凤求凰 孔雀东南飞

张恨水 著

泰山出版社 · 济南 ·

图书在版编目（CIP）数据

凤求凰；孔雀东南飞 / 张恨水著. -- 济南：泰山出版社，2024.6

ISBN 978-7-5519-0833-7

Ⅰ. ①凤…　Ⅱ. ①张…　Ⅲ. ①章回小说—作品集—中国—现代　Ⅳ. ①I246.4

中国国家版本馆CIP数据核字（2024）第105757号

FENGQIUHUANG　KONGQUE DONGNAN FEI

凤求凰　孔雀东南飞

责任编辑　池　骋
装帧设计　路渊源

出版发行　泰山出版社
社　　址　济南市泺源大街2号　邮编　250014
电　　话　综　合　部（0531）82023579　82022566
出版业务部（0531）82025510　82020455
网　　址　www.tscbs.com
电子信箱　tscbs@sohu.com
印　　刷　山东通达印刷有限公司
成品尺寸　165 mm × 240 mm　16开
印　　张　16
字　　数　250千字
版　　次　2024年6月第1版
印　　次　2024年6月第1次印刷
标准书号　ISBN 978-7-5519-0833-7
定　　价　49.00元

凡 例

一、本书收录了作者的经典中长篇小说，主要展现了作者的思想情感、审美旨趣与价值观念，以及当时的时代风貌等。

二、将作品改为简体横排，以符合现代阅读习惯。原文存在标点不明、段落不分等不便于阅读之处，编者酌情予以调整。

三、作品尽量依照原作，保持原作风格及其时代韵味，同时根据需要，对原文进行了适当的删减和订正。

四、对有些当时惯用的文字，如“的”“地”“得”“作”“做”“哪”“那”“化钱”“记帐”等，仍多遵照旧用。

目　录

凤求凰

孔雀东南飞

凤求凰

第一回

名拟古人善读夸蜀郡　事在今日策马上长安

中国人有几句恒言：这个人文章作得很好，就是说这人对诗词歌赋，无所不通。赋，从前的文人，是都会弄几句的。赋是什么样子的呢？班固说得有："赋者，古诗之流也。"古诗，这就是《诗经》一流的句子。到后来，赋又变了样子，赋要对偶，要押韵。在汉朝赋就崛起，首先一个作得有名的人，叫做司马相如。这位先生的赋，词藻瑰丽，气韵排宕，后人推他为汉代的词宗。不过他有两种病，作文章虽然是好，因为口吃，就是口里吐字不清楚，说起话来，咭哩结巴。还有一样，患有消渴症。于今对这种病，叫做糖尿病。所以人家称他长卿善病。虽然他患了这种病，可是文章作得太好，人家照样称赞他。我们要作赋的传说，就要谈《司马相如传》。因为他作了一个《凤求凰》，引起了许多事情，所以我们在相如传里，特作了一个《凤求凰》。

司马相如，号叫长卿，四川成都人。他从小就爱读书，因为那个时候没有印的书，要读哪一种书，就拿竹简抄起书来读。所以读得书不少，就是手抄的书也不少。不过他有一种嗜好，好耍剑。到了读书呀，或者抄书呀，对于用功的时候，觉得太多了，这就要休息。休息不是光坐着，或者躺着的，要找一种东西，锻炼锻炼好，这锻炼什么，这只有击剑了。这个时候，读书的人不多。至于击剑这个玩艺儿，那就太多了。相如一到休息，就有一批少年前来比较击剑。这击剑若是用真剑，长短相击之下，就难免碰着，碰着就受伤了。所以少年击剑，都取用削成的假剑。即使碰了一下，也无所谓了。

这一天，相如和几个少年，在门口广场击剑，他的父亲在门里望见，见相如拿了一把竹剑，照对手少年头上猛然一刺，那少年见来势相当厉害，把剑一拦，这剑击手稍缓一点，没有拦住，赶快连退两步，可是这两步，也是缓了，这剑就伸到头上，把头上的头发，削了一些。他父亲立刻在屋里面大声叫道："慢来慢来，这犬子碰了对手一下，碰伤了没有？"他说着话，对那碰着的少年，连拱两下手。这个时候，各人停剑未击。那少年拿着剑，依然挺立。便笑着把头乱点，答道："没有没有，你老爹太多礼了。"相如也过来点头道："我是太孟浪了。以后我们击剑，尽量要避免碰着人。"少年笑道："这击剑本来要杀伤人，我不能预备碰伤，这是我的本领不好，还没有学到家啊！"当时大家一笑了事。

在当时，那个被假剑削伤头皮的少年，他说："你老爹太客气了。"看起来，相如的父亲，是好像客气一番。其实不止客气而已，因为这是犬子碰了对手一下，他就责罚他，不问碰伤没有。原来父母爱惜这个儿子，取了小名，叫做犬子，就是说狗生的儿子，那也就是狗不懂礼貌，见了生客，就乱吠起来，客莫要见怪啊！还有父母爱子之心太甚，说是比上一只小犬，那更会长成人的。我们看很多中国人，小的时候，有取小名叫小牛小猫的，是同样的道理。这时，客气过了，少年和相如比起剑来，当然这回比剑，各人留心，没有碰上了。比剑一回，各人满意而归。

司马相如这样取名字，也有原故的吧？从前有一个蔺相如，是七国赵国上卿。秦昭王听说赵国得着一和氏璧，昭王就假说，这个璧，秦国愿意用十五城换它。当时的秦，各国诸侯都不愿得罪的，赵国也是一样。他说："秦以十五城来换，那就来换吧。"可是赵国的臣子，都说："秦国这话，有点靠不住。"蔺相如说："我愿带了这璧去，若是秦国没有把十五城来换，这璧就原物奉还。”蔺相如就怀璧入秦。从前赵国都城，现在叫邯郸。秦国都城呢？在陕西的咸阳。蔺相如既入秦国，看了秦惠王没有把十五城来换的意思。他就把璧包好，叫他的小使换了衣服，把璧藏在衣服里面，从小路赶回赵国。秦国知道璧不在相如身边时，相如也就说：“秦如先割城，璧早已奉上给秦了，秦不给十五城归赵，当然璧，我已遣小使送回归赵国了。”秦听了这话，也没奈何了。心想要把相如杀了吧？于事无补。后来，秦又想到一条计，秦要赵王会盟于渑池，蔺相如又跟了赵王同来，秦王想侮辱赵王一下，要赵王鼓瑟，赵王当然不敢不弹。蔺相如按剑站在秦王身边，他要求秦王击缻，否则他就要杀秦王。秦王又没奈何，也击了一下。缻是瓦作的乐器。这乐器没有什么好听，不过秦王要赵王鼓一下瑟，蔺相如就要秦王击一下缻。这就是以牙还牙了。所以秦国虽强，可是又没奈蔺相如何。司马相如看到蔺相如这样作法，真是不怕死，而能急中生智，他很想学慕蔺相如，干脆，就取名司马相如了。至于他字长卿，也是蔺相如那字里来的，蔺相如做到上卿，他取了一个卿字，上字是官名的上半截，当然不便用，他就取一个长字，长字与上字，也差不多啊！

他既慕蔺相如之为人，就欢喜学他。他想到现在作官，要好好的读书，当然要死读一番。可是先生方面，没有这一路书时，人家有这个书，自己想法子，借了来抄上一抄。或者是那地方有书，不能借来抄，可是到那地方抄，这倒是可以的。因此，他听说何处有书，也到那地方去抄了。成都，说来是个大地方，藏书的人家，还有的是。古人说的有，欲知今古事，须读五车书。这里藏的，总不少于五车。五车有多么大？就是马驾起来的车子，五车这不是太多了吗？我们要晓得：古人的书，不是现在印起来装订成册的书。书是用竹简，或者用木头版，长约二尺，高低不一样，成为一编。还有这里竹简木版写好，但是不如说削好，因为把刀修好了的，这样牛皮筋一穿，就成为一卷书了。一卷书，又不是现代的书，将简或者版，将简版穿好，就是一卷，像现代卷画一样，这才成为一卷书啊！到人家去借书来抄，要是成套的，这有多么多么重，多么麻烦了啊！但是司马相如好学，就着实的抄。这要说司马相如读的书不少，这是真不少啊!

司马相如好学，这就成都人相传遍了。有人就问他道：“相如，你真的好学呀！你有了好的学问，就不想作官教书吗？”相如笑答道：“这是有一点。”那人又问道：“你的名字，好像慕蔺相如之为人吗？既是慕他之为人，这成都不是你所望的地方，要到长安去才好。”相如就拱拱手道：“多承你指教，我也不想往长安去。不过我真要去，那里熟人不多，恐怕不能如愿啊！”那人道：“那我替你介绍几位，你也向令尊说一说。”相如道：“正是我应当同父母商量，你老哥的好意，我也不能忘记。”那人说着话辞去。相如想，我既要上长安去，自然要向父母商量同意，我才去呀!

这天晚上，屋里点着蜡烛，他父母都坐在席上，这是地上铺的。那个时候，没有凳椅的。这蜡烛下面有一个烛台，这是瓦器做的。相如走进房来，把烛台放在尺多高的案上。对父母一揖，就道：“儿有一件事情，要禀告父母。”他父亲道，“儿有哪里的书，没有借到吗？那不要紧，我给你去借。”相如道：“不是的。儿抄了许多书，哪一卷书，也读得烂熟了，不借什么书了。”他父亲道：“你除了借书，还有什么事哩？”他母亲笑着，把手一指道：“这个我倒明白了，你要定亲吧？”相如把长衣扯平，脸上没有一点皱纹，就道，“定亲不是现在的事，母亲这一猜，更不对了。”他父亲道：“儿还有什么事呢？我倒愿意听听。”

相如看父母的颜色，都平和得很。这就道：“儿读书很多吧？”他父亲点点头道：“的确很多的。”相如把手一张，作个击剑的样子，便道：“儿的击剑，好些少年都击不过我，我想，还可以吧？”他父亲道："这击剑在成都呀，你算是可以吧。可是到外边去，强中还有强中手，那就难说了。"相如道："我击剑，是一种锻炼身体的玩艺，要有出路，还得靠读书多呀！"他母亲道：'孩子，我明白了。你靠读书多，才有出路，现在你难道有出路了吗？"相如道："正是我想找一种出路。"他父亲道："好呀！你有出路，这是父母欢喜的呀！"相如想了一想，便道，"出路要靠我去找呀。不过成都没有出路，就是有，那出路是有限的。"他父亲道："你这话也有理，你坐下来，慢慢的讲。"

相如看到面前，还有一块席，这就跪下，两腿弯曲，就了席坐着。他戴了一顶儒冠，身上穿了一件蓝色袍子，生得一张白皮肤的面孔，耳目很整齐。他母亲看了儿子，这就道："这儿子多么好呀！要说作官，他准算得一个呀！"她抽出了紫色的丝锦衣袖子，将手摩着相如的胳膊。他父亲也看着儿子很好，尽管望了他，听他讲些什么。相如道："成都既是不能找出路，我想到长安去，父母看怎么样？"他母亲道；"你要到长安去，这么远呀！"相如道："这也不远，骑着牲口，慢慢走，有半个月，也就到了。"他父亲道："要是找出路，当然，长安是惟一的地方。因为那里是国家的都城，皇帝就住在那里。"说着，就把手摸摸胡须。相如看父亲的样子，好像答应自己去。就对父母道："这里有条大路通长安，有些地方，要爬山过去，可是不要紧，这里有栈道。这栈道，母亲或者不知道，就是在悬岩的地方，用木头架平，像平水桥一样，很是平正。马车呀，牛车呀，都好过去。我要是在长安作了官，那就把家眷接了去，这怕什么呀！"

他父亲把青色袍子，朝里面把衫袖一卷，把手一划，笑道，"这话说得对。不过这是你作了官的话，这还远啦。但是你去找路子，在长安你有熟人吗？"相如道："我虽有几个熟人，可是找出路的话，恐怕不够。"他父亲这时候，对屋上望望，在那里想心事。停了一会，点头道，“我倒是有几个熟人，其中有个杨得意，他在宫廷里面，这人大概可托吧？还有刘行俭、李多仁，赵作云，这些人也在长安多年，你去拜会他们，总有好处。而且这些人，都是蜀郡人，这一打听，就知道他们住在哪里。”相如道，“这样说，父亲是让我去的了。至于这些人，自然我是要拜会他们的。父亲还有什么话要指教吗？”

他的父亲将袍袖一摸，将手摇着道：“你的书，比我读得多了又多，没有什么指教了。不过你年轻，要多处虚心。至于你去长安，我决定让你去。”相如起来，对父母统同作一个揖，说道：“父母既许我去，我这里感谢了。”他的母亲道：“你父亲既许你去，我自然不拦阻，可是你年轻，诸事要小心。”相如答应了：“是。”他的父亲道：“你要去找出路，我还有一些办法。我家中有一点田，你到长安去，把家财算一算，一共有六百石，可以拜你一个郎。”这里说到郎，郎是什么呢？就是一位官。郎的上面称呼，也是很多的，把称呼一律叫起来，这就很麻烦，所以不提了。至于要把家财算一算，现在隔了汉朝许多年代，这已不知如何算法。相如家中有六百石吗？后人也没有考据。其后，相如返川的初年，家空四壁，那是很穷的了，相如作官有了几年，家中就穷到这样吗？我们也不明白的。当然他父亲谈了这一番话，相如道：“自然，这也是一条出路，但愿我文章作的还可以，文章上找出路，却是正理。”他父亲道：“是的，文章上找出路，自然比别的什么都好。”三个人谈了一阵，就决定了相如上长安。

自这日起，相如的父母作了儿子出门这些个准备。第一，是银钱。银子和钱，那时候又不像现代，银子未知道是如何用法。钱，那个时候，叫半两钱，也有叫四铢钱的。那样子打得像一把刀一样，所以叫刀钱。自然，有民间铸的。就在相如以后的年月，武帝时代，用的却是五铢钱。其余的民间钱，一律作废了。五铢钱是怎样用法呢？铢要二十四铢称一两，五铢五铢的用吧。第二，书籍。这书一套是很多很重的，所以相如要带书，这只带要查的书。就是要查的书，这多少简和版啦。第三，衣服用物，这也很多吧？所以这个时候出门，是很麻烦的。此外，就是人作的介绍信。这要完全弄妥，那很要准备好几天，不是要走便走的。

这准备得够了，相如的父亲，雇了一匹马，两驾车子。这马是留给相如骑的，车子呢，是一匹马拉一辆车子，这里书载一辆车子，衣被随用东西，也载一辆车子。到了这日早半天，都预备好了。相如吃饱了饭，这就要马上启程，请二老来到堂屋，自己趴到地上，磕了几个头告别，自己站在堂上，再请二老有什么话要说，算作临别的言语。他父亲道："我同你要谈的话，这几天都谈够了。现在没有别的话说了，就是你要随处留心，随处虚心，那就得了。"他的母亲更没有话，就是牵着他的手，看了又看，随后才道："儿啊，你要好好望上爬啊！"相如站立了好久，见父母都没有话说，才道："孩儿走了，望二老多多保重，我得了便人，就向家中来信。"说完了这句话，又向二老一个长揖，然后慢步转身，出了大门。这正要上马，这又看到无数街邻，以及很多少年，团团围住车马，几多人都道："这里庆贺你步步高升啦！"相如两手抱拳一拱，便道，"多谢各位的美意！"还有几个要好的少年，在马前头，各位向相如一揖。内中有一个向他道："相如呀，你这番去了，我们知道你，是会高中的，可是你别忘记我们要好的少年啦。"相如道，"那怎么会忘记哩！我求各位别远送了，再会吧！"这就拿过马鞭，趁势就跳上了马，后面两辆车子，跟着马向前跑，相如这就向长安去了。

第二回

文字有缘饮添知己酒　家财报可郎作侍从官

长安，是前汉一个都城，就在于今西安西北十三里。这里隔着渭河，渭河那一边是秦都咸阳。汉朝筑起城来，就对着咸阳了。汉刘邦夺得了天下，这里天下太平了七十年，没有对内的兵事，所以都城很富足，要什么东西都有。这时除长安以外，有五个大都市，那就是洛阳、邯郸、临淄、宛、成都。相如是成都来的，以大城市的人，又到一个大城市里去，应该没有什么惊异。可是相如一进长安，看到繁华异常，要什么东西都有，他着实吃惊了一下。他在长安市里，先挑了几间房屋住着，将一个长行旅人，把安居各事，稍微布置一下。他要作的第二步，就是打听一下，这里的出路，到底怎样呢？

他访了一个多月，这时还没有路子可走。一日闲着，走在街道上散步，忽然肩膀上被行路人拍了一下。回头一看时，正是杨得意。动身前父亲曾对自己说过，这人可以拜会于他，他在宫廷里面，消息灵通。因此，到长安来曾会过多次。他头上没有戴帽子，把头发编起，扎了一件蓝色绸子，身上穿着淡绿色的袍子，这不是作事的打扮。相如道："原来是老兄，我今天没有事，在街上散步，阁下也无什么事吧？"杨得意笑道："正是没有什么事。碰见你老兄，正有几句话，要向你谈一谈，我们一块儿散步吧。一块儿谈一块儿走，这也很好。"相如还没有答应，抬头就见一幅红帘，飘得很高，红帘之下，挑着一根竹子，插在店门上。相如笑道："何必要散步，你看，前面挑出一块红帘，下面便是酒店，我们进去，同饮几盅。你有话，在那里谈，你看好不好？”杨得意道：“好呀！我们就一块儿进去，同饮几盅吧。”

两人带着笑容，朝路北，找着那酒店进去。找着窗户边下，那里铺好席子，中间摆个不到一尺高小桌。杨得意笑道：“这里很好，没有人来往，我们可以谈谈。”两个人靠桌子两边位子坐下。酒保问明了要多少酒，要什么菜，然后去了。相如道：“这酒店开得好，他门外这幅红帘，还是宋国传来的，算一算也有一百多年了。”杨得意道：“我兄读书甚多，什么东西有什么考据。”相如道：“这也算不得什么考据。你在宫中，听说文章做得好的，今上喜欢吗？”杨得意道：“今上对此，好像不注意。不过宫里要招用一批郎。”正说到这里，酒保走来，端着酒壶，两只酒杯，还有几盘菜，用案子张了。这个案子，就像现代的托盘，酒保将案子放了，随着走去。相如就将酒杯摆好，将壶把两杯酒斟上，一人面前摆了一杯。

两个慢慢喝着酒，杨得意笑道：“现在你到长安，来了这多日子了，你找出路，有点眉目了吗？”相如道：“没有呀！你老兄看是怎么样呢？”杨得意把酒喝了一口，才把杯和筷子停住，笑道：“路子是有一点，可是你要俯就一点。”相如道：“怎么一条路子呢？”杨得意道：“我在宫廷里面，呆了许多的年月，这就知道宫里要人不要人了。郎中令方面，最近说来里面要人。”相如道：“郎中令是管宫里面的门户，也有时出外。他底下有不少的郎，是议郎车郎骑郎还有常侍等，这郎官就多了。”杨得意道：“是的，一个中郎将他的位份，比将军差一些，大约有这么一千多石的收入，郎中令也是如此。不过不是管门户而已，他要跟着皇帝走。”相如道，“这个我都知道的。你说要人，是这些郎不够用的吗？哟！请菜。”盘子有鸡有鱼，相如将筷子拨动了几下。

杨得意也就拿起筷子，在盘子里拨动几下，吃了几筷子鱼，又吃了几块鸡。把杯子端了又喝了几口酒。笑道：“等下子再喝吧，我要把话说完。是的，这郎中令署里还差好些个人，前几天写了表札，通知了皇帝，问可不可以补上一批郎官，皇帝看了表札，说是可以吧。我得了这消息，所以我说有点出路了。”相如想了一想道：“这也行吧。可是这要怎么样通知郎中署里呢？”杨得意又喝了几口酒，淡淡的笑道：”这杯子里是一杯好酒，是酒量好的人，他不要什么菜，见了酒，就也能喝得陶然一醉。可是酒量不好的人，他就不知道这酒呀，有多少香，多少味道好，那醉就谈不上。你老兄是文章做得好的，自然，这书读得很多，那就不用说了，可是这郎中令署里就不知道你文章作得好，比如这酒一样，尽管是好酒，他就不知道香味。相如兄，我这样譬喻，你说好吗？”相如道：“你老兄把我这一比，那太高了些，我是说我怎样能够把郎中令署里的关节打通呢？”

杨得意笑道：“我兄要把这好酒的譬喻想通了，那就好办了啊！郎中令那里不考究文章作得好坏，只要你写出怎样读书，那就行了。此外，你有点随身的武艺，那就更好。”相如道：“这样打动关节，那是太容易了。除此之外，还要什么东西呢？”杨得意又喝了几杯酒，才笑道：“自然，还有一样要紧的，就是你的家财，要你实实在在说出来，经郎中令查实，果然不错，那就赐你为郎了。”相如道：“我父亲同我说过，要家财有六百石，报上去，就可以为郎。是这样吗？”杨得意道：“不错，是这个样子的。这一批郎官，是中等官，朝廷为什么要有六百石家财才可以为郎呢？因为郎官，是司门户，随着作天子侍从，这人不是一个等闲的人啊！所以这人要有家财。”

相如听了这话，就点头道：“原来这样。可是我家财，虽有一点，却是要细查，不是一天两天的事，我在长安怎么样等得及呢？”杨得意把杯筷一停，打了一个哈哈，将手一伸细声道：“事在人为呀！你认得我姓杨的干什么？你在家里，将竹简写好，就说家里有六百多石的收入，自己会读书，会舞剑，愿意求一个郎。你写好了，我替你送进郎中令署里去。这署里我有很多的熟人，到署里去我好好的说一说，他们反正要人，也没有什么驳回吧？”相如抱拳作了一个揖道：“你老兄肯这样帮忙，那就十分感激。这样就行了吗？”杨得意道：“大概就行了。不过要面试一番，这里还把剑要舞上一回，你老兄对这事，如同吃饭一样，那有什么难处。至于你读书一层，他也许要问一问，那就更容易了吧？这就行了。”

相如把酒喝了一口，将事又思索了一回，才道：“这事看去，好像不费力，就是这样没有一点难处吗？”杨得意道：“这在别人，或者有一点难处。可是你我相处，是一个好朋友，你读书很多，我就十分佩服你，至于把你作一个郎，这是十分委屈你了。你没有难处的。我现在作了一名狗监，皇帝要出去射猎，就是我的事啦。我管领有几百头猎狗，我还有手下人，也有几十位。这要一出去，我的威风也不小啦。我因此在宫廷多年，认识许多人。我要说，这是我的好朋友，托他们照顾，他们还能推辞吗？你为人又甚好，他们也会恭迎你的。这样，你还有什么为难？来吧！我十分恭迎你，喝你这杯喜酒吧！”他说了这番话，就端起酒杯来，喝了几口，相如也陪了几口。

这里宾主爽叙一番，杨得意又说佩服他的，相如也就很高兴，他道：“要凭你老兄这番说，是一点为难之处也没有了。我这里要谢谢你老兄，事成以后，我还要请兄喝酒。”杨得意笑道：“这一杯喜酒，我是要喝的。你老兄赶快回去，把那竹简写好。这要几天，你老兄才可以写得好呢？写好了，就送到我家里去，我替你转呈。”相如道：“这很容易，只要两三天，我就写好，送到府上去。”杨得意想了一想道：“好吧，那就后天吧。再有个几天，听署里传见你吧！自然，我还要在署里多托几人，保你成功。”相如甚为欢喜，和杨得意又谈了许多话，把酒喝足了，相如掏出钱来会了酒帐，才分别回家去了。

相如在家里起了草稿，自己还不放心，又托几个朋友，商量一下。自然，相如的文章，根本就好，这一番报告，不过说家财有六百石，自己读了很多书，也会击剑。自己作好了，将竹简穿起，在头尾钉上两页木版。到了下午的时候，就送到杨得意家中去。杨得意正在家里等候着，看见相如来了，手中还拿着一批竹简，很是高兴，就请到堂屋里坐下。相如把竹简递过，笑道；“老兄所定的时候，这里没有敢耽误，老兄请看一看，措辞有不妥当地方没有？”杨得意笑道：“老兄的文章，是十分华丽的，我先睹为快吧。”于是他接过竹简，把木版揭开，就在坐位上把竹简细细一看，看完了将手一拍道：“妙呀！这里不谈别的吧，这竹简上你就没有提到一个行商巨贾，这是极好的。因为今上就不满意商贾。这上面谈到读书舞剑，在成都就很有名，我也知道的，你很虚心，自己说，我是懂一点的，可是长安这地方，人才集中，能手之中还有能手呀，这样说很好！”

相如看他称赞了一番，这就道：“竹简这个样子，那就行吗？是不是要商量一下？”杨得意道：“我看了行，那就行吧！我明天替你转呈郎中令署里去，这以后你听消息吧！此事现在不必谈了。我这里有蜀地新来的茶叶，我兄也好久没有尝这种东西了，叫家中新泡两杯茶，我们来喝一喝啊！”说着就大声喊叫，这里要茶，快送上两杯来。茶，从前有槚树，槚就是茶，但那时候是战国，茶叶在中国，还没有行得遍。到了汉朝，自蜀地运来了茶叶，这在上等人家，开始饮茶了。所以杨得意叫了家中人拿茶来。过了一会，家中人却是拿了一把陶器壶，两个陶器杯子来，因为这时候还没有瓷器啊！杨得意看见一把大壶，笑着把壶摇了几摇，笑道：“这有的是茶，喝吧！他于是倒了两杯茶，分着各人一杯，两人就细谈了一会，饱喝了一顿茶，相如才告辞了回去。

当然，这郎中令署里，收到了司马相如一道报告，还不能马上就给他回信。相如无事，就到街上闲逛。走了多次，就看见两家书店。这时候的书店，是极为少数的店铺。那时候，没有印的书，也没有纸张，卖的就是版和竹简，一套书，要多少人工才抄得起呢？所以有书店，也是文人开的，而且书价也就很高，相如买了几套书，回家看上一看。那一天上午，郎中令署来了人了。他拿着一块木版，上面批有几句话，明天上午，着司马相如带剑去到本署，郎中令有话要谈。这是要考一番的了。相如就答应知道了。

次日上午，相如将一把剑插入腰间带子上，身上还穿的是蓝袍，到郎中令署里，自己报了到。站在阁子里等了一会，郎中令就传见了。传见的所在，是一间大堂，堂下是个大院子。郎中令在大堂上将虎皮毯子铺在席上，郎中令就坐在上面。相如走了几段阶坡，上了大堂，站住朝上一揖。郎中令问道："你是司马相如？"相如道："是的。"郎中令道："你的文章，我已经看过了，作得是相当华丽。你报的家财，我调查过了，也相当确实。你说你会舞剑，你真会吗？"相如拱手道："小可会弄一点。"郎中令将他身上看了一看，便道："你会，你身上带得有剑，就在我的院中，舞上一回吧！"相如道："是。"就下堂去，把剑取来，拿着朝上一揖，就舞起来。这一把剑，他一手拿着，一手比了剑诀，舞得剑和人就成一团。把剑舞毕，又登阶静听郎中令的言语。

郎中令点头道："你的舞剑，也算不错。等我奏明皇帝，假如皇帝许可，给你拜个武骑常侍吧。这常侍是跟随皇帝的官，随时要警戒的，好像譬钟一样，随时敲动。至于他的官爵，就是一个郎。"相如道："还有什么话吗？"郎中令道："回去吧，我这里已经查实，还面试了一回，这里没什么事了。"相如听了这话，就起身一揖，别了郎中令的衙门。心里想，这个郎好容易就面试过了。虽然要得皇帝的许可，然而皇帝没有什么不可以吧？不过虽是这样想，没有皇帝的许可，那总是不放心的。又过了几日，郎中令批了出来，果然司马相如作了内廷的武骑常侍。

武骑常侍是跟随皇帝的人，皇帝要上哪里，他跟着皇帝警戒着万一。相如就这样想：我以后天天看见皇帝吧，我作了赋，等皇帝哪时候欢喜，就哪时候给他看，那总可以吧？虽然大家说，皇帝不喜好赋，那是没有好的赋吧？若是皇帝见了我的赋，也不能不爱好的。相如这样想着，觉得很对。自己哪一天入宫去，还没有定妥，这个事最好是问一问杨得意。然后就打听得杨得意哪一天在家。

正好这天杨得意在家，就起身往他家里去。一进门咳嗽了两声。杨得意听见相如的口音，就走到院子里，把两手高举相迎，大声笑道："恭喜，恭喜，武骑常侍！"相如道："这都靠我兄帮忙，特意来给我兄道谢。"杨得意笑道："我帮忙是应该的呀，谁让我们是同乡呢。"说着，他就引到客所里坐。相如脸上带了几分喜容，道："我哪天入宫去，还没定，你看哪一天好哩？"杨得意道："这事不能太缓，我看后天一定要去。下午你到郎中令署报到去，再过一天，你就正式上班。"相如道："好，就如此。我想从此以后，我见皇帝的面，那就很多了。等皇帝兴致很好，我就把我已经作好了的赋，给他一瞧。还要他出一个新的题目，我另外作上一篇，你看这事，成与不成？"杨得意道："我也是这样想。至于皇帝最近没有注意到赋，那是没有好赋，没有看上瘾来呀！"于是两人就哈哈大笑，相如很高兴地回去了。

第三回

免职独居闲有朋荐士　倾谈众意好同客游梁

前汉自刘邦即位以来，到司马相如到长安，共有七十年的光景，没有兵革。是哪几个皇帝呢？高祖刘邦的儿子叫着刘盈，称他为孝惠皇帝，即位共七年，寿二十四载。第二，刘邦的妻室叫吕雉，她在位八年，称她叫高后。第三，刘邦的儿子叫刘恒，称他为孝文皇帝，即位二十三年，寿四十六岁。第四，刘邦的孙子刘启，称他为孝景帝，在位十六年，寿四十八岁。相如来到长安，就是刘启在位的日子。那个日子天下太平，人家说他为文景之世。刘启不好文学，自然也不爱赋了。所以相如这时拿赋来说通皇帝，那时还早呀！

相如定了那天来见皇帝，老早就到了未央宫前。等到这里传见相如，相如就到宫门外，立刻拜见。这时他戴着弁冠，就像现在的博士帽，不要边沿，蓝色袍子，腰上横系着带子，口里称“臣司马相如叩见”。这时，刘启坐在宫内中心，那时没有横凳，地上垫高一点，铺了皮垫子，垫子上铺了坐墩这就是皇帝坐的。宫里宫外，站了几排侍从。余外，站了好多的官员站立候见。这时有一个侍从，拿了版，给皇帝看了一看。刘启看过，对侍从谈了几句。侍从就走到宫门口，对相如道：“皇帝知道了，以后你在武骑常侍里上班，你谢恩啦！”相如听到谢恩这句话，那是报到这回事完了，给皇帝磕了三个头，这就慢慢的退回院宇门口，等皇帝早朝完，才各人退出未央宫。

上午，照例见了郎中令，出了门口，就遇见杨得意，他也是步行，他道："恭喜你到差了，你好好的作吧。"相如道："是的，我要好好儿作，不过这武骑常侍，好像也没有多少事。"这两人说话，就到僻静的街道，这里行人稀少。杨得意道："这就很好呀。不过你既作了常侍，这在署里你是天天要到的。署里要给你一匹马，皇帝要出去，你就得全身武装，跟了侍从队伍走，自然，这郎中令会通知你的。此外，你天天上班，皇帝若是高兴，忽然想起了你，那就是你好运到了，那就随便哪个宫里朝见皇帝。此外，也没有什么大事。好在你有个郎中令在上面，等一有大事，你可以接到通知的。还有什么问的吗？"相如道："这就没有什么要问的了。好在我们都在宫里，有什么大事，我要找着你，就问一声，这大概没有什么为难吧？"杨得意道："宫里虽然人很多，我的署那就很好找，你找到我，自然我会告诉于你。"相如道："这就很好，我有你这位朋友，就放心得多。"杨得意点点头，两人这才告别了。

这个武骑常侍，他是不愿意作的，不过他心里想，作了侍从官，同皇帝见面的机会，那就很多很多吧。等皇帝召见了我，我把作赋的经过，给皇帝一说，那就我的命运转好了，我的赋就值得天下一顾了。他有这样一个想法，就耐烦天天上班。可是这刘启，对于武骑常侍的官，就没想到有很好的文学在内，至于赋、文学差不多都非他所喜欢，所以也没有顾到武骑常侍里面有很好的赋。司马相如天天等着机会，可是皇帝哪里知道呢！相如虽然跟皇帝出去好些次，可是皇帝就没有单独召见过他。相如等了一天，又是一天，总没有被召见。等了一年多，还是没有被召见，相如看去被召见是没有望了，心里好不痛快。

可是相如有一种病，那时候叫消渴病，常常喝水。现在叫着糖尿病，就是尿里带糖。可是事在当年，就没有禁止食糖及淀粉质的办法，消渴病要好，这是碰机会。相如的消渴病，就常是厉害。当侍从武官，要天天上班，相如得了这消渴病，就常常不能上班。日子一久，相如想到常常不能上班，这是武骑常侍不许可的。就上郎中令那署里，见了郎中令，自己就忙着禀道："小可患了消渴病，这就不能天天上班，我看我的病，请皇上免了职吧！"郎中令道："我正在这里想，相如的病，这是要休养的，给你免了职吧。我正有这种想法，你自己提出了解职，这很好，明天我奏明皇上，把你免职了。但是你虽然解职，等你病好了，你来找我，还是给你复职。"相如道："那多谢郎中令。"郎中令道："你回去好好的休养吧，这里没有什么事了。"相如这就告辞郎中令，从明天起，他就把武骑常侍解职了。

相如把职解了，他就没有事。不过那时候，身边还有几文，可以到书店里，看看有什么书可以买。假如这书看得对劲，这就买了回去。自己反正没有事，这就把书读了又读，读得很熟这才放手。还有他喜好作赋，遇到可以发挥的题目，这就作上一篇，好在不限时候，这倒可以慢慢的作好。他有一班文学之士，交成了朋友，相与走往。我们应当知道，长安是这里的都城，什么才人都有。虽然皇帝不爱文学，但这里文学之士，还是很多很多。相如的好友，除了杨得意之外，要好的朋友，就算壶充国。这里看了一卷书，看了之后，还有点意思，正想把刀笔在这里发挥一下，这壶充国就推门而进了。

相如看到他来，就连忙起身，迎到屋子里坐。壶充国看竹简和木版，堆了一地，相如席上，收拾了刀笔，这就要写东西的样子。壶充国笑道："你又要写东西吗？"相如将书堆上一指道；"这里的书，作得倒是不错，不过作得不够，我想继续发挥一点。"壶充国坐在他对面座上，看看相如的面貌，便道，"这倒是好，可是你脸上，还是瘦一点，可不要太累。"相如道："我的消渴病，最近好一点，我不过在这里好玩，没有太累。"壶充国笑道："你近来没有找我，我倒有一点事通知你。”相如道：“什么事呢？我倒愿听听啦。”壶充国道：“最近梁孝王来朝，他手下有邹阳、枚乘、庄忌这一班文人，也来到长安。虽然我们皇上不好词赋，可是梁王虽和皇上是亲兄弟，他却好词赋。你的赋是太好了，他现在正在长安，你何不去见他呢？”相如道：“梁孝王来朝，我只听说他很想立他为后一任皇帝，当然这事不容易办到。我想这事，我们谈不上，所以听到谈他来朝，就来朝了吧，也没去见他。你说他手下有一班文人，也来到长安，我倒想去见他们哩。”

原来这位梁孝王，是刘启的弟弟，单名叫着武。他很奢华啦。他封着梁王，那梁国的都城，就是现在的归德。他作了曜华宫，把天下的奇珍异宝都放在内。他又作梁苑，也可以叫着做兔园，这就在开封附近。他为这个兔园下了禁令，人民有伤了一个兔子的，就要抵命。他母亲窦太后，就十分喜欢他，太子废了，皇帝也都随处敷衍。他虽非常奢华，同他去到归德的说客，他都好好的款待。他到兔园去闲游，也都带着这些说客去，到长安来朝皇帝，所以说客也成群的跟着来。这些说客又没有事，就在长安逛逛吧。

壶充国笑了一笑，将手摸了一下胡须道：“好呀！你要去的话，我事先替你介绍那些文人，那些文人也极愿见你的。”相如道：“你同这些文人有来往吗？”壶充国道：“是的，有些来往。我今天写信介绍，明天你就去。我介绍必定把你的学问，略微说点。我也算是文人吧？他们也就相信了的。”相如道：“老兄当然是文人，给我说得来的，也非文人不可啊！”壶充国道：“我这回家去，足下愿意和他们谈些什么呢？”相如道：“关于文学的，我都愿意谈，尤其是赋，我更愿意谈。”壶充国笑道：“我猜你关于赋，你是极愿谈啊！我这要马上写信，我少陪了。”于是他就回去。

等到次日下午，相如就上他们住的地方去。这梁孝王自然住在宫里。可是跟他来的一批说客，也有些纵横家，也有些儒家，也有些文人，这就住在盖的大屋里面。相如走到这屋门口，通了姓名。这守门的人看相如这一类人才，自然就晓得这是个文人，立刻进去禀报。相如这就在门口候着。没有一会儿，这里面出来一个人，身穿蓝绸袍子，头上戴了儒冠，见了相如，马上就是一揖。称道："足下是相如吧？"相如回了一揖道："是的小弟是司马相如。"那人道："在下是枚乘。足下的赋，我读过了，真是英华得很啦，久仰久仰！请到里面去，我要爽谈爽谈啦。"相如道："我也是来爽谈一二。"

他请到屋里，上首摆着屏风，四围席垫，空隙里摆下了很多的古董。这一进门有几个人站了起来，枚乘介绍着这一个邹阳，这一个庄忌，还有张李各位。相如自道姓名，各人都是一揖。分着在席子上坐下。枚乘笑道："这幸得相如来了，我们有很多事要请足下指教啊！"相如道："小弟也是来长安不久，指教我就不敢当，不过就长安情形而言，我们大家爽谈吧。"枚乘道："虽然来长安不久，可是我们不久这样一句话，那都谈不上啦。"庄忌笑道："纵然相如说到长安的日子还不久，可是把我们比上一比，那就日子够久了。我们要爽谈，还是请相如兄开始。"相如谦逊了一下，他就只好开始了。先谈到阿房宫怎样繁华，随后谈到始皇坟怎样人工伟大，可是不久，这项羽进关，就一把火，把它烧掉了。他说着这些话，又把山水方面的烘托，说得十分的好。大家都说相如的话很好，大家还愿意多谈啦。

相如看看太阳西下，天气已不早了。就道："各位说我谈的还不错，要多谈一点。可是现在天快黑了，明天来谈，诸位以为如何？"枚乘笑道："足下若是有事，那就请便。若是照足下的话，天黑了，不便回去，那要什么紧呢？你谈到吃晚饭，我们这里有便饭。再谈晚一点，我们有马车，点着灯火，送兄回去，你说好不好呢？"相如自从来到长安，却没有人这样看得起，心中十分愉快，就道："我哪有什么事呢！从前在宫里，当了一名武骑常侍，可是我有个消渴病，常常误班，我看了这实在不像话，就把它辞了。辞了以后，我只是埋头看书，回家去哪里有事？”庄忌道：“那就很好呀！我招呼厨师，多添几样菜，我们就谈到再晚，我们已经吃得很饱啦。夜色已深了，就招呼马车的司坐人，送足下回去。”相如笑道：“那就叨扰了，我就这里奉陪各位再谈吧。”这里大家听他还要谈，十分欢喜，就坐着静听。

相如有个口吃病，可是谈得很高兴时，他这口吃病，也会好的。从前这屋里，就只有六七个人听讲，后来几个听的，听着委实不错，坐着不走，来的人就格外增加，这就有二三十个人了。相如谈了许久，这屋里点上蜡烛，他们是宫里取来的，就点上了十来支。过了一会，这里有请吃晚饭，当然不在这里吃饭的也在被请之列。有一间大饭厅，铺了几十张席子，相如看到席子上，上了十几样菜肴，而且好几席，席子边上，用大壶盛着酒。相如，就哎呀了一声道：“你们这样款待，我简直不敢当。”枚乘笑道，“你不必多谢我们，应当多谢现在的皇帝。因为梁孝王来朝，我们皇帝要谢他的亲弟弟，问起他带来的随从，晓得很多，因此把我们聚到一处，分了许多等级，我们这些人是第一级啦。这第一级，皇帝把了许多的食物，餐餐有好菜蔬，所以这些菜，是皇帝给的啦。”相如道：“虽然是皇帝给的，这还须你们招待呀。”

这就大家欢笑着，把相如牵入中间一席，将酒斟着，同席坐了，枚乘指着菜，笑道：“我们要感谢皇帝同王爷呀，请吧！我们遇到了相如，我们要大醉一番。”大家笑着说：“是的，我们要大醉一番。”相如见了许多新朋友，都很好的，这就不客气，把酒喝着，当然，酒席上他还谈着。一餐酒席用过，这就有二更天了。枚乘道：“今天一谈很好，现在晚了，不必再谈。可是明天还继续的请相如来谈，诸位看是如何？”庄忌笑道：“岂但是明天，我想我们在长安一天，天天请相如来。”大家笑道：“那是的，天天请相如来。”相如

这就向各位打一拱道："若是各位不嫌弃的话，当然我就来。今天我们谈的是古迹，明天我们还换一个题目，诸位谈一谈文艺，诸位好吗？"枚乘道："明天我们随便谈吧。"这时，门外预备了马车，相如告辞了众人，坐上车回去。那车子前面，亮着灯光，这在京城，却没人拦阻。

到了次日，相如照旧的来。不光是谈文艺，他们游历多处地方，如阿房宫秦都等遗迹，他们都游过。这一日梁王要看看他的随从，前来随客这住的屋子，正好那天相如也在这里。他听说相如文章很好，就叫左右把相如找了去。梁王坐在便屋内，相如见了就连忙磕头。相如起来之后，站立门边。梁王道："相如你的文章很好，我这里用你的地方还有，你是愿意到我这边来吗？"相如躬身一揖道："那就很好。我这里同枚乘各位，已经相处不错了。"梁王道："很好。我本来想住在长安，可是皇上不答应，叫我还是去梁国。我看来，几天之内，就要走。你既愿意这边来，同我一路去吧？"相如道："就是。"梁王道："你回去料理你的东西，我说走就要走呀。"相如答应："是。"谈了一回，相如告退，回家就料理他的东西了。

这一天，天气很好，他们随着梁王，就要回国了。他同枚乘、邹阳、庄忌共坐一辆车子，这里梁王告诉他们："在灞河等候，我在长安告别了皇帝就来的。他们听了梁王的话，四人就上了车。那时候，太阳刚出来，阳光斜照着大街。也没有起风，看这街上，静静的一点喧哗之声都没有。因为百姓由梁孝王要回去，相率闭门禁街啦。相如想道："禁街这是过余了，不过这随着三个随客同车，这是很体面的，不知道回来，又是怎么样啊！"

第四回

待客竹边亭四围皆妙　引人松风阁一见都倾

相如来到梁国，这里很好呀，在文人一处，款待得很好，他还作了许多赋，最有名的一篇，叫做《子虚赋》。这赋作得非常好，都抄读遍传了全国。梁孝王说了，将来尚能作一个官，现在同一些文人在这里住着，那就暂时的吧。相如只指望前途，现在这样，也就很好。同文人有时逛逛梁苑，有时向各处跑跑，有时在家作赋，十分愉快。这样相处一年多，忽然梁孝王去世了。在这里的文人就向各处奔波。相如想着，这向哪处走才好呢？我回老家去看看吧，过了几年，也许我转运了。他如此的一想，就向成都走。

相如在外多年，没有钱财积下，回家原想找着父母想一点办法，可是到家一问，才知父母也都谢世了，不过他家的房子依然还在。至于田园呀，家中所有的东西呀，都不知道向何处去了。相如是一个文人，除了作书，其余的职业，也都没有做过，这作什么是好哩？没有办法，无非找一找旧相识，在家里读读书罢了。他有个朋友王吉，这时作了临邛令，临邛就是现在的邛崃县（邛崃市），到成都很近，没有二百里。这个令就是知县。那天王吉来了一封信，信上大意说："长卿！听到说你回来了。只是在宫里做了武骑常侍，又向梁国去了一个时间，照说，你的运气很好吧，可是听说，近来宦游不利，你的愿望，还未曾达到，你觉得是很疲倦吧？贫而来家，干什么呢？你作的文章自然极好了，但是没有人引荐，那也是枉然啊！不过我作临邛令，可以陪你玩上几天，你到我这里来吧，我这里敬候台端。”相如接了这封信，就考虑了一下，去呢还是不去呢?

考虑的结果，就想道：“王吉是我相当好的一个朋友，他叫我去，当然可以陪我几天。我要看到他对我不恭，我即刻回成都来，也没有什么为难之处。”于是就决定了去临邛。这日就乘自己的一辆马车，奔临邛而来。这里派人先告诉了王吉，就说司马相如到了。王吉听了这个消息，穿着令官的衣服，也备了一辆车，来接到十里亭边。相如的马车一到，王吉赶快上前，在路边一揖道：“相如兄呀，我们有好多年不见了呀，可是你还好，还和从前是一样。”相如也即刻跳下车来，拱揖相还。笑道：“我虽然作了一任武骑常侍，可是我依然两袖清风啊！”王吉道：“我们的事，以后再谈吧。我在这里，看好了一所屋宇，名字叫舍都亭，屋子很好，就往那里去。”相如道：“我在此是客边啦。足下既说好，当然此地好。”王吉道：“请上我的车子，我这里引你前去。”相如道：“好吗！”于是二人同坐了车子，直奔舍都亭了。

原来这舍都亭，就在临邛县城外。这里路东靠山边下，栽种着许多竹子，都有菜碗那么粗。那竹子长得很密，老远望去，竹子将路盖着。这竹子上面，也有很多古松，这是三面的竹林，靠山角一面，是一道山涧，流水潺潺有声，看远处，露出一片青天，青天之下，远山带着云雾。这里靠着竹林一转弯，露出了一所空地，也是竹树很密。在竹树交叉的地方，有几户人家，在人家当中，有一所新盖的屋宇，屋宇里露出橘子树和桂树。王吉就在马车里笑道：“这就到了，这里好是不好呢?”相如道：“的确很好，多谢你在这幽静的地方，替我找好了住所。”王吉道：“这是我新翻修的一所房子，专门让我们知己在这里歇下。这里有小厮有厨子。进城也不远，一向前就看到临邛县的城垣。”相如道：“那就格外方便了。”

马车停住，二人下车，走进房屋，看到里面有两进新的房子，都是五开间。王吉引他走进后面，两棵桂树，就浓密得很，还有很多的花木，在栏杆外边。二人又走进了住室，这里有床，有木几，四周摆了许多席子。相如道："这里很不错，这一些东西，是为了我来，老兄才安排的吧？"王吉笑道："足下来自长安，什么宫宇也都见过，我作山野小县的小令，那如何能比，这都是来了知己的朋友，这里凑合一点罢了。"相如道："足下一个县令，能办到这个样子，这也就令人十分满意了。"说话之间，相如自备的一辆马车也就来了。相如自己带了一张七弦琴，自己零用的东西，还有随身小厮，就一齐搬了进来。

王吉坐了一会，便道："我兄跑了这些路，让我兄休息休息，我已吩咐这里厨子，为兄主仆预备好了菜饭。明天一早我就来，接兄进城看看。"相如道："我兄坐一会，也无妨吧。"王吉起身道："我兄还是休息，明天我来奉陪。"他于是作了一揖，就告退了。相如看这番王吉招呼，却是很恭敬，明天来了，我要告诉他，自己要好的朋友，望各事随便，他是临邛县令，当然有公事要办，以后要有空就来，不必为陪朋友把公事耽误了。次日，果然王吉一早就来，相如一要看看这里街市，二要看看令的衙门，也就随了王吉前去。这些都看过了，随后王吉请了相如饮酒，饮到天黑，方回舍都亭。相如对王吉说："不要太客气了。"

可是王吉呀，他以后更为恭敬，每天早上他一定来。相如因他是老友，来了他就陪他坐着，七扯八拉的谈心。日子久了，相如就感到烦闷。等到王吉来了，相如就告诉小厮说："我的消渴病，近日又犯得厉害，告诉于他吧！"小厮把这些话，就告诉了王吉。王吉听了话，脸色就变了，他道："相如有病，这越发要见了，我来看看，病怎么样？"当然，舍都亭是王吉办的招待宾客之所，他要进来，那又什么人敢拦阻哩？他一面走进后进，口里道："相如，你病了吗？"相如在屋里听到，只得起身相迎。宾主坐下，相如道："我的消渴病，自昨日起，又复患了。”王吉道：“我请位医生来瞧，你看好吧？”相如道：“不用。这里的山水幽静，树竹蒙密，我在这里好好一养，那就好了。”王吉将他脸上一看，点头道：“你脸上没有一点病容，好好的养一养，那是自然会好的。”相如两手一拱道：“谢谢我兄。”

王吉静静的想了一想，就把两手指伸出来道：“这县中有两个财主，一位姓卓，一位姓程。他们财主有多少钱财呢，那就算不清。他们比王侯还有钱，比王孙公子还要阔，你是想见他吧？”相如笑着摇头道：“他们这样阔的财主，我去见他，干什么呢？我不想见。”王吉道：“他们虽然有钱，在宾主上面呀，那是很客气的。至于你老兄，文章现在全国都知道，你老兄去了，那他会格外恭敬。再说，你既到临邛来了，将来要到别地方去，近一点，就是成都吧！人家问，你既到了临邛，那两位财主，你见过没有哩？若是没有见过，那就不要说很多不快。你就是将来作赋，没有形容到他们，那也很可惜的！”相如笑了一笑道：“他们家有钱，我不去，不见他们就感不快吗？”王吉也笑了，因道：“你到过临邛，这没有见过他们，那总不妥。”相如也没有答复，一笑了事。王吉心想，看他这个样子，那就见一见，那总可以吧？于是他向见的这条路上想。

真的！临邛有两个大财主。何以他变成大财主呢？有点原故。原来他们也不是蜀郡人，是赵国人。因秦国后来吞并六国，就看到那里人少，就把人烟稠密的地方，征集许多人向人烟稀少的地方移走。尤其是现在的地方，陕西、四川两省来的人多。卓家是冶铁的商人，也可以说是掘矿的主人，他们就迁移到蜀郡临邛的地方。他看到临邛附近，有许多的铁矿，就在这里安家。汉朝相传，等到司马相如谋事的时候，这就有七十年的光景，这里没有兵事，商业就只管发展。迁来的人，当然其初没有铸铁，可是钱财总还有一点。他们过了些时就有了熔铁的炉，风箱和土型的模子。这临邛人当然不懂得铸铁，就听移来人的话，怎样的摆布。卓家就是这样制铁的。这时铁的用途很多，卓家就一面制铁，一面招来奴隶，把事业发展。后来传到卓王孙手里，那家财算不清，单是奴隶一项，就有八百人。比卓家少一点的程家，也有好几百人。那个时候的奴隶，叫作僮客。这僮客以外，家中的雇佣人，也还不少。至于盖房子买田，都用僮客工作，那就不用提了。

卓王孙有一个儿子，两个女儿。大的女儿才十七岁，长得仪表非凡。从前有人这样形容过她，说她眉毛弯而长，面目好像远山一样，要是风和日丽的晴天，你在远处看来，这就层次井然，眼睛乌而且亮，耳鼻高低合适。脸上像芙蓉，肌肤平滑像抹了一层油脂，这样这就身子不长不短了。她的名字叫做文君。文君也喜欢读书，而且喜欢作书。她还有个嗜好，喜欢弹七弦琴。可是运气不好，她自幼订了婚，快要出嫁时，她的未婚夫就死了。后来人家就说，文君新寡，也就是这一个典故。可是她的父亲卓王孙，说这不要紧，物色好了人物，这就再嫁吧。这在家中人，当然也没有什么议论。

卓王孙虽然有许多钱，但是官却没有份。所以他遇见官，却是客气得十分周到。临邛县令是他的顶头上司，格外的对他恭敬。至于临邛县令王吉，就也拉住了他。这就是官与富豪互相利用，临邛县令自然也就得了许多的钱财啦。这时王吉坐了一辆车子，来到卓家，卓王孙就自己出来引接，引到室中坐下。王吉笑道，“我来了一位多年要好的朋友，你知道吗？”卓王孙坐在软席上，就颠动一下身子，将手一拱道：“是的，我自然知道，是司马相如吗？”王吉点点头道：“你猜得不错，他到临邛来，各方面都打算看看。”卓王孙道：“我这里他也许会来，要来的话，那我要摆酒恭迎。”王吉道：“这也可以吧？可是你也不能不请。”卓王孙将手一拍道：“那是的，我既要请，自然不是小请，要大大的请上一番。”王吉道：“这就很好。你打算在哪天请呢？”卓王孙坐着昂头想了一想，自己就道：“就是后天吧！我这里松风阁，那里房子多，又碰到这日子是秋高气爽的天气，后天还又是月亮团圆之夜，那时好风一吹，我屋前后，有好多桂花树，那就很香呀！”王吉道：“好的。松风阁我也去过，这地方摆酒很好。”卓王孙道：“这就定了，时间就是下午。”王吉道：“你虽然要请相如，要恭敬一点，你还是下一通请柬。”卓王孙将手摸摸胡须，笑道：“我既要大请客，自然的，这请柬是必然的要下。在明天早上，我命专人送往舍都亭。我还要请我的县令作陪呀！”王吉道：“这席酒，是整年难遇的酒，我是一定来，我这就不陪了。”王吉起身很高兴的回去，可是他没有猜着相如的心事。

次日，王吉又跑到舍都亭，马上来到后进屋里，只见在坐席边上，摆了一通卓王孙的请柬。笑道：“我说要去见一见卓王孙吧？不想他的请柬已经到了。”相如说了一声请坐，自己站起来，把请柬摸索了一会，笑道：“这番请酒，是一个生人，我怎么能去呢，只有谢谢了。”王吉道：“怎么样？你不去吗？”相如坐下来道：“卓王孙是这里一个财主，我是一个穷书生，我要去了，人家要说我贪财。”王吉道：“这就是你的不对！人家为你，大请其客，这还来了请柬，这是说明了，他请足下，足下又没有要求见他，你怎么见他是贪财呢？”相如微笑道：“那就明天再说吧！”王吉道：“老兄一定得要去，不去，我的面子也不好。”相如哈哈大笑道：“这就是我必去不可呀！好，我去吧！”

王吉听相如说了，他去，这大概没有问题了。次日，半下午的时候，王吉就往卓家去。到了那松风阁，一个大的客厅，里边就来了一百多人，卓王孙忙着陪客。王吉这四围一瞧，并没有相如。就问卓王孙道：“相如没有来吗？”卓王孙道：“他打发一个人前来了，说是他病了，他不来了，就此谢谢！”王吉道：“他病了，这也是真情，但是不要紧。我自己去请他，病了也得来。”说毕，也没有入座，也不管主人送与没送，到了门口，就坐上自己两匹马拉着的车子，望舍都亭跑。到了那里，跳下车子就往后进走。口里道："相如，你怎样没到卓家去呀，人家这酒席就等着你啊！"

相如看到王吉来了，就哈哈一笑。王吉也不等他说话，说道："我这里有车子，坐我的车去，走。"相如道："你也等我说两句话。"王吉拉着他的衣襟道："有话到车上去说。"相如笑道："我这衣冠也得整理一下，还有我的琴，也得带着。这是梁王送我的。听说，卓王孙好琴，应当让他见上一见。"王吉才松了手道："是的，你应当带了琴去。"相如把衣冠整了一整，把琴的绿绸套着套了，叫小厮扛着，就同王吉同上了他一辆车，小厮上了另一辆车。这四轮子转动，就上卓家走去。车子来到卓家门首，好大一片空地，可是来会的宾客，把车马都停满了。

车子停住，王吉先下了车。随后相如跟着下车。这时，这里有一条小路，岔上了门首。来了两个妇女。前面一个挽了双髻，上身穿一件蓝绸褂子，倒只有十三四的年龄。紧随后面，也来一位妇女，看去也不过十七八岁。头上梳着盘云髻，髻的四周，插了一支凤头钗，这下面紧贴着几片绿色的秋叶，两耳挂着凤尾耳环。她面目非常的调匀，看去整齐。上身穿件绿绸子褂子，腰上横系黄色的带子，随风飘荡。她脚下穿一双凤头履，踏着路上细草，走路没有一点声音。走路这里遇着了，临邛令不便不理，老远的就叫道："文君，你也出来玩玩。"文君就走了过来，道了一个万福，答道；"我出来散散步，这里有个丫鬟陪着，也不寂寞。"这蓝绸衣服的丫鬟，也过来道了一个万福。这时，相如站在王吉身后，看到人家连道了两个万福，不好意思不理，这就走上前一步，向王吉问道："这位小姐，是卓王孙家的吗？"王吉笑道；"这我都忘记了，这是卓王孙的大小姐，号叫文君。小姐有文学天才，看的书还不少呢。还能弹一手极好古琴。小姐，我这替你介绍，这位就是司马相如，当过宫阙的武骑常侍，很远的由梁国来的，你令尊特意办了酒席招待。"文君仔细一看，司马相如穿着儒服，面白无须，眉目清秀，被风吹了衣服，下摆飘然而起，心里就暗下思忖，这倒是个好男子，就走了向前，对司马道了一个万福。司马相如因这是卓王孙令嫒，也不能怠慢，也就回了一揖。文君对那丫鬟道："如愿，我们由这耳门进去，别拦着来宾的路。"如愿答应着："是。"便转身由大路插上了小路。文君这就在司马相如一揖之下，又看了一看，见他后面又来一个小厮，右肩膀上扛了一台古琴。她也不说什么，就离开大路，向小路上走。临去的时候，又把眼睛扫了一下。司马相如被文君两看的当中，心上就动荡了一下，卓王孙有这么一位姑娘，很算得光耀门楣啊！我从来就这样想的，有钱，也不见得生下儿女就好，这卓文君就很好，这王吉就介绍着，她很有文学，而且喜欢古琴。王吉的话，就算是夸大，看她的模样，总也有些根底吗！这是我想错了啊！他这样想，就望了小路，两位女人就慢慢的走去。王吉道："长卿！走，到了门口啊。"司马相如醒悟过来，就连忙答道："走，这已到了卓府，请你先走。"王吉到了这时，就赶快先走两步。门首，卓王孙已出来迎接。王吉就对卓王孙道："后面便是司马相如。"又对司马相如道："这就是卓王孙。"卓王孙就深深一拱道："我这样对待常侍郎君，不恭得很。"相如也还了一揖，连说："岂敢！岂敢！"这就看了一看卓王孙，头上戴着轻纱头巾，身上穿着紫色的袍子，脸上三部胡须。他后身八字白粉墙，大门开着很空阔，里外栽有几棵大樟树，绿荫一片。卓王孙、王吉在前引路，这里游廊四达，僮客有几十人在路边肃立。游廊之外，有十几株松柏盘空，秋花盛开在树木丛中。这样弯曲朝上走，有一个极大的阁，这就是松风阁了。这屋外边好多的奇怪的石头，盘着许多老松，涌起松涛汹汹的响。司马相如想着，这里曲径通幽，松风阁盖得多好啊！相如正这样想着，半空里有一阵桂花香味，往鼻孔里细扑，心里就暗叫了几声："很好！很好！"站在路边的僮客，忙过来两人，把帘子打开，一看这里面，四围挂了绿色的绸缦，四周摆了好些的古董，古董中间摆了一百多客位。客位怎样摆法呢？把席子铺在地上，上面用毡条又铺在席子上，这就叫席位。这席位已经坐满了来宾。他们坐在松风阁，大家都等待着司马相如要来。他们大家都这样想着，司马相如当过常侍，又在梁国耽搁了一些时候，这个人至少也有四十上下的年纪。现在僮客打开帘子，一个二十几岁的英俊青年，穿了儒服，面目清秀，当门站着。大家见了，都大吃一惊，各个连忙站起。司马相如四向拱揖，就道："在下司马相如，今日病尚未痊愈，有劳各位久等了。"就在这个时候，王吉向前道："相如本有小病，本打算告辞。我赶到舍都亭，我说，卓先生为你设下酒席，盛情招待，你是不能不到。其次，这里有一百多位朋友，要看一看这郎官是何等风采，若是不到，那就让各位失望了。他听了这么一说，他就勉强来了。"各位回揖已毕，大家说："司马郎官，抱病前来，我们就不敢当，还这样客气。"内中有人就道："司马郎君，飘飘一表风格，我们却是倾倒之至啊！请坐请坐。"卓王孙过来，引相如到上面坐着，相如就谦逊着道："这就不敢，这里还有许多的朋友。"王吉道："这就不用太谦了。卓先生今天设筵，本来是招待我兄，我兄何必过谦哩？"相如这就对四方一揖，恭敬坐下。王吉也就挨着坐下。卓王孙也在主席坐了。相如一看这多宾客，个个都衣冠整齐，阁里清风吹，都有桂花香气，就不由得连连赞道："这里很好啊！这里很好啊！这里招待来人，卓先生的盛意可感了。"

第五回

玩景桂花丛听声翠架　送歌凤律里动意幽琴

卓王孙听到相如夸奖说好，就道："这是郎官来的时候好，这时候正是桂花盛开，这后面有桂花树十几棵，所以在这里请客，有桂花香味。"相如道："难怪有阵阵桂花香味了。"说到这里，相如的小厮，扛了琴进来，随即把琴递给了相如，然后退下。相如对大家道："这琴，原来不是我的，这是梁孝王送给我的，琴上刻了四个字：'桐梓合精'。我听说卓先生好琴，所以带了前来，请卓先生一观。各位朋友既来，想必也喜欢这琴，也请大家一观吧。"大家听说这琴是梁孝王送相如的，这就同声说好，大家要看，当然，这卓王孙更加要看了。

相如脱去琴套，双手把琴托给卓王孙。卓王孙接过来，将琴放在席上观看。这是个绿琴，琴上果有"桐梓合精"四个字，将琴放平，把琴弦弹了一下，声音铿然。他就大声道："这琴果然是好，请大家观看。"说着，就把琴依次递着，被请来的来宾，个个观看，大家都说好。王吉坐在相如旁边，他笑道："这不但卓先生好琴，他的令嫒文君，也非常的好琴，她自己常常弹一会，这屋里就没有一点声音，那是这屋里人大家都在听琴啦。她还懂得琴音哩，可惜我不懂。"相如听着，就随口答道："那是自然。"原来他如此想着，卓家有钱，自然他的女儿会弄一下琴，那也无所谓。至于卓文君懂得琴音，他根本没有理会。说话之间，桂花香味，非常浓厚，只管向人身扑来。他道："这里很多的桂花树吧？"王吉道："这比舍都亭还要好，屋宇左右全是桂花树。”相如道：“怪道这里浓香袭人，我倒要去看上一看。”王吉道：“那我就陪你去。”相如道：“随便看上一看，那还不用人陪。”相如说着，就起身走了出去。

相如因为不要人引，所以王吉也没有跟随。相如走了出来，一片大敞地，四周全是老松树。在屋后有一叠假山，上面盖了一所亭子，里面空着，想是没人上去。亭外就很多桂花树。这时节桂花盛开，很多桂花，就绕了树枝开着。好像黄色的绣球，绕了树枝，这里花香更浓。相如看着甚好，就绕了屋角，望假山上面走去。自己一步一步的往上走，忽然听到有人说话，就躲到一丛花架下，把身子掩藏起来，看什么人也来赏桂花呢，不到一会儿，有两个人从假山上下来，前面一个梳了双髻，看得清楚，那是文君的丫鬟如愿，后面一个，脸上像刚开的芙蓉，渐生出红晕，这是那位文君了。这就像小鹿齐胸撞了一下，就越发在花架下深藏了。

文君不知道花丛底下有人，两个女子一面走一面谈。如愿道：“刚才遇到司马相如，后面又来了一辆空车，那空车一定是司马相如的车子吧？这人真阔啦，我们同在城里，何必还要跟上许多跟随呢？”文君笑道：“他在皇帝面前作过郎官的，他要出来，自然有许多卫卒。而且那不是相如的，那是我们令官的。如愿，你看到司马相如人品如何？”如愿道：“好啊！他长得脸上骨格清秀，还没有胡须呢。后面一个小厮，还扛着一个古琴。”文君道：“你倒看得很仔细呢。”如愿笑道：“那古琴把琴囊套着，我们家就很多啦。你很懂古琴的，不知道他弹与不弹，我们偷看一下，好吗？”文君道：“我是懂古琴的，可是不知道他弹与不弹，要是弹，在外面静静的听一会，好与不好，我就懂的。”两人慢慢的谈话，慢慢的也下了山来。相如听了，心想：这是卓文君，她说很懂古琴的，她说我要弹得好与不好，就听得出来，那她很懂琴音了。那文君长得很好，还懂琴音哩。卓王孙生了这样一个女儿，那真是出乎意料。

忽然有几个鸟雀在树上叫，相如才醒过来。心里还在想，皇帝宫里我也曾待过，梁国，我也曾住了许久，这样好的女子，我是少见啦。停了一会，自己想，去到松风阁吧，出来久了，恐怕主人挂念。于是站在桂花树底，折了一小枝桂花，在手中盘弄，取道假山另外一边，大转身走着，取道回松风阁。这边有一层粉墙，有道圆门通里边，相如不走那扇门，走小门对过，这样一插，也就到了松风阁。自己这样走着，如愿又出来了，她看见相如，手上拿着一小枝桂花，缓缓的走回松风阁。相如自然望见了她，还向她笑呢。如愿看到来客很有礼貌，就站着也回一笑。可是相如已经回到松风阁门口了。

相如依旧坐在原地方，王吉看他手上，拿了一小枝桂花，笑道："你看见这里桂花吧？你看这里，多么是好！"相如道："果然不错。可是这里与后院上房，大概为路不多吧？"卓王孙道："不，为路也很远。不过我内边有人，很懂琴声，我若是有客，在这里弹几套琴曲，她们高兴，也就在假山上静听。"相如道：" 原来如此。"说话之间，这琴已经大家都看过了，又递到卓王孙坐的席边上。卓王孙摆下这琴，在席面前，这样弹了几下，这就声音很好。王吉笑道："这琴音很好呀，相如自是弹得甚好，相如来弹一曲，如何？"相如把桂花放在大陶器瓶子里，拱手道："此处很多知音，我不必在此处献丑了。"王吉笑道："你不必谦逊了，请来吧。"

说着话时，这里酒席，已经摆上，卓王孙拿着酒壶，先向相如杯子里，斟满了一杯。笑道："现在酒已经来过了，我们先喝酒吧，喝到了半醉，再请司马郎鼓琴。"大家都起身相和，于是这里安排酒席，大家同饮。这酒席是如何的摆法呢？先把座位围着，围成十几圈，就摆下十几席。座位摆得四方，这中间空了一片，好摆菜肴。在人座位的地方，铺了很厚的席子。相如把酒喝到尽量的一半。王吉和卓王孙都同一席，王吉道："这酒已喝到差不多了。我们这要弹琴了，诸位看来怎样？”大家都说很好，都请相如鼓琴。相如笑道：“请各位先弹一弹吧。”王吉道：“你不要客气了，我们都要听你的呢。”

相如看来的客，都停了杯，相候自己弹琴。相如料是不能推辞。把琴拿过来，在席前摆平正了。自己两足盘起，两手自蓝袍里伸出，按了弦，声音不错，于是就弹了一首短歌行。“行”是往年所弹的曲子，它有长歌行短歌行，一行这就是首歌曲。相如把这行弹毕，将两手缓缓的收起，笑道，“我这就不恭了，这行没有弹好，各位包涵一点。”他虽这样说了，大家都哈哈大笑。有人道，“这琴弹得好，还要弹一曲。”王吉道：“是呀，大家都说好，还要我兄弹上一曲。”卓王孙也道：“众位宾客听了足下的琴，兴致十分豪爽，非足下再弹一曲，各位宾客是不会满意的。”相如因大家这样相求，就依了大家，又弹了一曲行。弹毕，大家异口同声：“这实在是好呵！”

相如在众位称赞之间，自己也觉得很是体面，这就各人请酒，也还上一杯。他忽然见糊窗的帷幕之中，里面露出一点缺缝。在缺缝里望去，就有一张半红半白的脸，在那里看了各位。心里于是又动荡了，他心里想着，这是文君又在看我啦，我应当报答她一下，看她以后如何？便停杯不饮，向大家胡诌道：“我从前在梁国，作了《凤求凰》一个曲子，就要弹上一弹，我还没有醉，趁着这酒兴，我就弹《凤求凰》，诸位以为如何？”大家道：“这是足下愿意弹的曲子，我们正要听听呢。”相如说了这话，从帷幕空档里向那面孔一望。那帷幕里露了一下脸，也是笑了一笑，面部还略微震动一下。原来凤凰是雄雌二鸟，凤是雄鸟，凰是雌鸟，这《凤求凰》一段曲子，就不言而喻了。

相如道：“既是大家愿意听，我就弹起来吧。”于是把琴放在席子上，就弹起这《凤求凰》来。这要是把它的字义，完全照书里写出来，这也不适而今读书人的口味，现在且把它变成白话吧？曲里这样说：

凤呀，凤呀，你到了家乡呵！飞遍了四海你找你的凰啊！可是时候未遇呢，无所得啊照常。怎么一下省悟了，今天晚上到了这画堂？这里有一个贤德而且非常美丽的女子，在那里独守空房呀！她所住的屋子这样近，可是人很远啦，真是饮了一碗毒药毒了我的心肠，有什么计划交叉着颈脖作鸳鸯呢？那就上下飞呀，一共这样飞得没有短长。

相如弹完了，笑道："这是第一曲，诸位听着怎么样？"这有几多人懂得琴音呢？同时，这琴音就是这样一点琴的声音，懂得的人也不多。大家就说道："好呀！请你还弹一曲。"相如看那帷幕里面，还是露出一点面孔在那里静听。相如不管他们懂与不懂，只要帷幕里面还在听，当然还要弹啦！他于是又弹了第二曲。曲词这样：

凤呀！凤呀！跟凰飞落这一枝呀！托着你的好看的尾巴永远为妻啊！交情遍体啊心事和谐呀，你要半夜里起身跟我在一处，那知道的有谁呢？举起你的翅膀啊，我们共起来高飞吧，你要懂得我这意思啊，莫让我伤悲！

相如弹完了，看那帷幕空当里那个面孔，又是嫣然一笑，一笑之下，这帷幕就忽然垂下。相如这两道琴声，自己想着，这大概是文君已经懂得了。就对各位道："我这道琴谱，请各位指教。"大家都说："很好呀！我们喝酒吧，来庆贺这琴声啊！"

这时，天色已经傍晚了。这松风阁里，有许多吊灯，僮客点着灯里面的蜡烛，照得屋子里通亮。卓王孙拿着琴，鼓动几下，琴声铿铿。它响声从静处传来，非常的入耳。这入耳的说法，不是诸位宾客，是卓王孙的女儿文君。她垂下了帷幕，并没有走开，站在松风阁的墙根下，听里头说些什么？她想着司马相如人是一表非常，才也是天下第一吧？他托琴心说我，教我把婚事许他，那我还能拒绝吗？这里什么人在弄琴呢？听这琴声，好像是我父亲。父亲今天请客，还不能就提儿女婚事，要怎么样使我父亲晓得呢？这倒让我为难了。要是他这里求婚，我父亲不允许，那真失掉了一个婚事绝好的机会。他琴声里说到我要跟他啊，夜里偷跑，那有我家这样大的财主，女儿偷跑呢？这是不好的事情啦！她这样的想法，在松风阁后边，只管来回的忖度，一下还不能定妥。

松风阁里把酒席吃毕，大家抬头向松风阁外边一看，月亮十分的圆满，照见松风阁外空地，老松树里影子涂在地上，那桂花香味，只管向鼻孔吹来。相如把风景看了一看，说道："我们这真酒醉饭饱了。这月亮很好，我还要步月一回。不过我还要对我的小厮说几句话。"卓王孙立刻起身，叫司马相如的小厮前来，有几句话说。小厮随着喊叫，就到了门口。相如一人迎到门外，就对小厮道："你来得正好，我有几句话要说。你随我来。"他说完了，就依着松风阁外的小路，走到几棵松底下，四周望望，也没有人。就对小厮道："现在我有一件私事，打发你去接洽，果然办得好，我将来重重有赏。"小厮道："我拼命去做吧！"

相如含了笑道："这倒不用拼命啦。这里有一个丫鬟，是伺候这里小姐文君的，你要是把她找到，那就好说话了。"这四围是轰轰的松涛声，看来依旧没人。小厮道："这位小姐就在这松风阁边转来转去，身边有一个丫鬟，小姐叫她如愿，是这个人吧？”相如道：“是的是的。”他说着在蓝衫里面摩挲了一会，拿出一锭黄金，笑道：“你去里边，就说找什么东西吧，请如愿拿给你。她要是这一喊就来，你就把黄金递给她，对她说，这是我们主人赏她的，不过请她转达一声，问她小姐，我刚才弹琴，我的意思她完全懂吗？至于小姐是怎样的人，我在桂花树底，早已瞻仰了，就只要说这些。这就要看小姐回说什么，若是小姐回答了什么，赶快回到松风阁来，给我报告一声，你懂得了吗？”小断接过那锭黄金，点头道：“小人懂了。她们还在松风阁边，我这就去。”

小斯拿了一锭黄金，走到桂花树下，远远的向前一瞧，那边却有两个女子站在墙下，这里人来人往也就不断，所以也没有避开。小断走了过去，离姑娘还有两步路，便道：“如愿姐：我想喝一口热茶，姐姐能行一个方便吗？”如愿看他并不像一个僮家，就问道：“你是哪一个？”这地方没有树的阴影，月光斜照，这里很明亮。所以看人，也非常清楚。小断道：“我是伺候司马郎君的。”文君站在如愿身边，就笑了一笑，把手牵动了一下她的衣襟。如愿会意，便道：“你随我来吧。”她离开了文君，就只向假山转弯的地方走，走到树荫下，她就不走了。问道：“你呼唤我，有什么说吗？”

小断将那锭黄金，塞在如愿手中，这就把相如说的话，轻轻的说了一遍。如愿手里接了黄金，心中想道：“这相如真是出手大方呀！”便道：“我这就去问小姐一声吧，你在这里等我。”小断一点头说：“是。”如愿走到松风阁墙下，就细声道：“这相如的胆量，真是不小呀！”文君道：“他说了些什么呢？”如愿道：“他说他弹的琴音，小姐全懂了吗？”文君道：“那有什么难懂的？”如愿沉默一会，就道：“小姐真的懂得吗？”文君道：“他弹的这一段琴谱叫《凤求凰》呀！”如愿道：“啊！我去回答他。”说毕，就走。但走了两三步，文君道：“回来！”如愿当真回来了，问小姐还要说什么？文君却是一笑，想了一想道：“没有什么了。”如愿又转身走了两三步，文君又笑道：“你还是回来。”如愿又转身回来，问道：“你到底还说什么呀？”文君笑道：“今晚月色很好。”她只说了这句，又格格的笑着弯了腰。如愿道：“你这又是不说了，但是我晓得了。”她便跑了。

第六回

静室笑商时忙同上路　曲廊步久思苦乱开门

文君站在松风阁的后墙边，看着如愿跑去，自己想要拉回，但是这句话，始终还没有开口，如愿已经跑得看不见人了。自己想，如愿说：我的心事，她已经晓得。那她和相如的小厮一说，我就要偷跑呀。我一个千金之躯，如何能做这样的事？这事做不得呀！等她回来，我要好好的教训于她。这时，松风阁里，一片喧哗，好像送客了。自己想到，这没有什么可留恋的，回房去吧？可是这样想过，说也奇怪，可是两只鞋儿，总不见动一步。她听着松风阁里缓缓的人声稀少，这真是席罢客人已起身走了，那没有可听，应当回房去了。

她一抬头，却见如愿已站在身边。如愿笑嘻嘻地，把手指着前面道："他已经回复了相如，他们已回舍都亭了。"文君也不笑，也不说话，把脸一绷着，向房里走去。如愿看了心里奇怪，怎么样？我传话不对吗？我得跟着她，看一看她说些什么？于是跟到房里。文君还没有坐，看到如愿站在一边，就发怒道："你见到相如的小厮，已说了些什么？"如愿看到小姐发怒，就骇得不敢说，低声道："我没有说什么呀！"文君道："你真的没说什么吗？那你为什么要上假山边上去。"如愿道："这是小姐叫我去的呀！"文君听了这话，却不好不承认，就默然着，两只衫袖却把来靠身傍后，自己却走了两步。

如愿看见，想，这是你叫我去的，那我还怕什么？故意道："那我去告诉主人吧！"文君怕她真去告诉卓王孙，立刻掉转身来，脸子就平和下来了，扯住她的衣袖道："你要死啦！这样的事，还告诉我爸爸吗？"如愿听了这话，心中越发不怕了，便道："我见相如的小厮，就是照小姐的话说的。"文君道："你说了我懂琴音吗？"如愿道："是的。"文君看看屋外，没有人经过，就细声道："你说我全懂了，这琴谱叫什么哩？"如愿答道："这叫《凤求凰》呀！"文君拍了一下袖子，笑道，"这丫鬟要挨打吧？怎么好全告诉他？"如愿走近了一步道："那时小姐叫我回来，只是笑着，没有说，这话不能全告诉他呀？"文君想着，笑道："这真不好办，不过，不过。"如愿道："不过什么呀？"

文君这时候坐下在墩子上，向如愿望着，问道："这你还说了什么？"如愿道："小姐还说了，今晚月色很好。"文君道："呵呀！这话你也说了吗？这可了不得！他又说了什么哩？"如愿道："那小厮说，他明白了，以后他没有说什么了。"文君笑着将墩子拍了几下道："你就不必再说了，说了今晚，那就再说许多话，反正不能跑了今晚吧！"如愿道："那么，小姐怎么办呢？"文君坐着，只管翻弄这十个指头，许久说道："我也不能瞒你哟，我听了这琴声以后，就打算临夜逃走。这司马相如，是一个好少年呀！可是过了不久的时候，我心想这事却做不得，我家有许多财产，这岂能私逃？司马相如自然不错，可是他要明媒正娶，那才是对的呀！所以我说了今晚上逃跑，那事做不得。"

如愿看到小姐和她说真话，便道："小姐说的，自然是对的。但是相如要派媒人来说亲，我家的主人不答应，那事要怎么办呢？这相如作过皇帝面前的常侍，又有一肚子的学问，至于那个人五官端正，在今日这里赴宴，这些宾客都不如他，这不但是一个好少年，这人才确是少有呀！"文君没有作声。如愿道："小姐呀，你怎样呀！这时间很急迫呀！"文君道："是的，时间是很急迫。不过这事，非同小可，你等我来想一想。"如愿道："好，你要赶快想一想。我暂时避开，回头你叫我，我就来的。”文君点点头，如愿并没有走远，在她隔壁。

可是如愿在这里等，好久的时间，文君并没有喊呼。她又到屋子里来了，见文君一人睡在床上，闭了眼睛在细想吧？如愿轻轻地叫道：“小姐，时间不早了，你想着怎么样了？”文君翻身起来将长衣一拍道：“走，今晚上就走！我想通了，我家里有许多财产，随后我要，我父亲不能不给我。我既答应了他，说是今天晚上走，不能不走。要是不走，就失信于他了。至于父亲怎样说我，那都由他。”如愿道：“是呀！不能失信于他。可是小姐走了，我呢？”文君对她看了一看，笑道：“自然你同我走。”如愿笑道：“那是好啊！怎么走法呢？”文君道：“你找着一个熟赶车的，说我有急事，赶快到舍都亭去，叫他在后园门口等着我们，他不要作声。你懂得了吗？”如愿道：“我自然懂得。还有什么话？”文君道：“我们是密计行动，要瞒着没有一个人知道，那就是了。”如愿点头，就出来找那赶车的熟人了。

卓家是有钱的人家，家中有八百多名僮客，自然哪项人都有。过了一会儿，如愿回来，悄悄地说：“这赶车的已经在后园门边，等着我们了。我各处听了一听，都已睡熟，要走就走吧。”文君道：“我把我的箱子检好，你也把你的衣物检妥，稍微静坐一会，看家里人还是睡熟没有？”如愿听到这就要走，赶快回房去，将衣物检理一番，将一只小箱子装了。她走到文君房里一望，她也只带两个小箱子，已经站在那里盼望了。她道：“小姐，走吧。我已叫好两位僮客伺候，叫他们不必声张，白天小姐回来，有重赏给他们。”文君细声道：“这倒好，他们在哪里？”如愿道：“他们在院子里。”文君道：“你叫他们来搬东西吧。”如愿就叫他们进来，两位僮客是卓家养驯了的奴隶，主人说是不许作声，他们进来，就一点声音没有，扛了两个箱子向后园走，也没有声音。

文君这次临夜偷跑，虽然不是生死关头，那要惊动家中人，一齐抓住，那也要他们好看的。所以逃跑的时节，就绕了弯走，走的路是他家中人不大走的路。这样细小着声音走到后园门口，果然一辆马车停在那门边。文君在身上掏出了些钱，赏给了扛箱子两位僮客。就叮嘱他们道："我的车子走了，你们就关上门，关于走的事情，你们一个字不许提。"僮客答应了："是。"文君看着三口箱子，都给如愿搬上了车，那车夫已经手拿着鞭子，坐在前面驾马的地方，两匹马已套上了绳索。四周一看，都一点人声没有，不过那各样虫子，还继续的在四周叫。很圆的月亮，这时在天空，有点儿偏西。可是月亮所发的光，就像银子一样，照得地上，一片白色。有远近的树，是一丛丛的黑影。这卓家是有钱的人家，四周全是树林，所有邻居，都落在老远啦。文君这样站在门口，只管四下里张望。

如愿坐上了车子，看见文君只是向四周观望。她轻轻的叫道："小姐，你上车呀！还尽望些什么？"文君道："你哪里知道，我这样一走，把这个家就抛弃了，真有点舍不得！你看这屋宇，在月亮底下，好些个树来盖着，这里多么黑白分明啦。还有我的父亲，我的兄弟……"如愿想：她在这里念家了。便道："这屋里有些声音，你快点上车吧！不要是家中人惊动了，那可不是好玩的啦！"文君听了这话，就赶快上车，她一边上车，一边告诉赶车的道："你赶快走吧，走起来，你加上几鞭，赶快的跑吧。"赶车的听了这话，便将马绳一拉，就开始走了。

文君在这里催马快走，相如怎么样呢？他在松风阁饮罢了酒，众客起身告辞，他还等小厮的回信呢。正想说，还看一看桂花，却是相如的小厮回来了，他脸上带着笑容，相如道："你转来了，你替我扛了琴走。"说时，他和小厮给一个眼色，小厮当然不作声，扛了琴便走。这个时候，相如的车子早已来了，相如辞别了卓王孙，到门口上车，小厮也在车上伺候。车子走了，王吉也已坐了自己的车子回衙门。车上没有外人，相如悄悄地问小厮道："你见着如愿吗？"小厮就把见如愿的情形，告诉了相如。相如笑道："你这话，全是真的吗？"小厮道："我怎敢说谎。那如愿说到今晚月色很好，她尽管对我笑。她又说：今晚夜半时候，她们小姐准来。"

相如将身子一起，吃惊道："她这话要是全真，你的功不小。可是她要骗人啊，那真令人吃不消。"小厮道："那不会骗人的，那如愿说话句句都像真的。"相如沉默了一会，笑道："不管这话是真的，还是骗人的，我们照真的路上做。你回到舍都亭以后，要好好地听着门，这还有动用东西，把它检点检点，我们要马上离开临邛。假如是真的话，那这个文君就是天下少有啦！我司马相如她看得这样好，家中那样大一个财主，她都丢了，跟着我月色之下私奔吗？这在门户贫寒的人家，这还情有可原呀，她家的财宝，简直公侯都不能比，她都丢了跟我走，这有点不对吧？这就要慢慢的揣摩，对了，她无非在骗人？"慢慢的想着，他的想法，又有些不对头了，她与我又没有什么仇恨，她何必骗我呢，听了琴声索性走开，那也就完事了，何必又叫如愿说今晚月色很好呢？这样翻来覆去的想，想得没有准。

忽然车子停住，相如还是沉沉的想，小厮才道："到了舍都亭了。"相如这就哈哈一笑道："我简直想得……"他又一想，这话不妥，我想些什么呢？也就不说，满面含笑，走进后进去。他点上蜡烛，自己坐在席上，又打算要想，自己警戒道："想什么呢，她来就来，不来呢，便罢了吧。这里的桂花也很香，我到外面去欣赏一会儿桂花吧！"自己起身就到廊沿边，欣赏这桂花的香味。这种地方，是十分幽静的，一人站在这里，并没有一点一滴的响声来干扰。但是幽静地方，很容易勾人的幻想，他尽管是要避免这种幻想，那幻想却是不断的来呀！幻想着假使她能来的话，那是走得来呢，还是坐车前来呢？

他开始这种幻想，就不觉得怎样要走开了。后进这道走廊，是绕院子一周，自己也没有意思，要绕院子走一周的，可是这腿不知不觉就绕院子顺了走廊走起来。这深更夜静，又是舍都亭这幽静的地方，这鞋子踏着土地，便得得的响起来。于是想着，她要偷向我这里来，当然一个人走向这里来呀！一个人走着，大路上一个人也没有，鞋子走着这地，只是响个不歇。抬头看这月亮散着光辉，照见树林就是漆黑的，这路呀一条影子，也往黑处伸入，这不更可怕吗？而且她是个女子，黑夜行走，在屋子里也要灯火呀！敢走大路吗？这一个人向我这里走是决不可能，决不可能。

想着又想，他绕着走廊走，这一个圈又一个圈，自己也不知道走了多少圈。看看天上月亮，已经爬上了正中，自己想着，她一个人照情形说，那是不能来的，那就坐车来了。她家里车子，什么样子都有，那没有什么难处。可是她要坐上车子，那先必要和赶车的说好。再说，这样夜深，她一人上车，不怕惊动家中人吗？这应该更是不能。她一人走了来，那是不可能，叫车子来，也是不可能！那她怎么办呢？她就是有心要来，这一步难行，那只好算了吧！可是如愿说了，今晚准来，这是怎么样走法，我真猜不透。可是这样走着这样想着，自己却是不知绕了这走廊多少圈，不过自己要水喝，这且到屋里先喝点水吧！

相如回到屋子里，蜡烛快烧完了，赶快换了一根。自己坐下，在陶器壶斟了一杯水喝，自己将杯子捧了，喝了一口，想道："夜已很深了，自己想着，不知已是半夜了。听听看，可有人声？"正是这样听着，可是噼啪噼啪，已有人敲门，相如还不敢自认没有错，捧住杯子，偏着头听。果然这噼啪噼啪的声音，继续在敲。自己放下杯子，由廊沿下细心慢慢向前走，到了门边，问道："你是谁？"可是并没有人声回答。心想，这是她还没有和我有交情，这就不好回答吧？连忙开门一看，这门外没有人啦。那里有三面树林，月光照得黑白分外清楚，门前空敞，有几棵树，也照得影子在地，抬头一看，月亮偏了一点儿西，但是不见人啦。相如想，这倒有一些奇怪，这里没有人，是谁打着这门响声呢？正这样怀疑，又听到噼啪噼啪，敲了几下响，定神一看，原来这响声，是几棵竹子做的。竹子横枝靠了门，风吹一下，这横枝就打门几下，所以相如不看见人影。相如又定神了一会，自己哈哈大笑，这要是被人看见，形容起来，那真的把人笑坏了。

他心想，不要等了吧！半夜已经过去，她出来不了，她不会过来的了。自己就关上了大门，悄悄的回房。自己还不放心，将月亮斜看了一下，果然，东边走廊已经有一片地，照上了月光了。听听外边的声音，松涛慢慢地轰隆隆的响起来，那虫声唧唧地响个不停。这种秋夜的声浪，与往日未尝不同，哪里有人前来敲门呢？我就睡觉吧！但是他虽这样想，但并没有熄了蜡烛，自己面前放好了没有几寸高的一个木儿，又在上面放了一个泥做的烛台，依然亮着。自己慢慢地起身，将外面看了一下，这还没有什么变动，月亮照上东边走廊，阵阵桂花香味，却是依然送进鼻孔。打了一个哈欠，正要解衣睡觉，忽然又听到大门噼啪噼啪响了几下，这是竹枝敲了门响，我不必为它引得去开门了。可是停了一会，这噼啪噼啪的声音，响得更厉害，而且响了一阵，更响一阵，这不是竹枝敲门，是有人敲门啦！自己正想问声是谁，那里还没有等问，就有一个男子的声音道："开门！开门！"相如猛吃一惊暗道："这为什么有男子的声音？不要是文君偷走，卓王孙知道了，所以派人来了，抓我去对质吧？这样更不能开门了。"那男子又叫道："开门，还没有醒吗？开门来啊！"

第七回

水到渠成马快天将曙　家徒壁立酒来夜未央

门外乱叫着开门，适有舍都亭的伺候人，被声音惊醒了，即刻下床起来开门，还问明是哪个？门外有男子答应着是卓家来人，坐车来的呢。开了门，一个赶车的拿着鞭子站在门首，有两个女子站在稍后。他还没有说话，相如的小厮也醒了，起来门首迎接。他道："是如愿姑娘来了吗？"这两个女子有个答道："是的，我陪我们小姐来了，快禀明你家郎君，前来迎接。"小厮听了，就连忙向里面跑。口里喊道："卓家小姐到了，快来迎接。"相如正是没奈何的时候，听说着卓家小姐来了，就连忙答应道："哎呀！是卓家小姐来了，小厮，你快来点明又一支蜡烛，是呀是！我快来迎接。"他说着，就即刻将衣冠整整，要马上前来相迎。

可是点烛又整整衣冠，这总不是说话就得的事。那时，如愿在前面走，文君在后跟随。走到相如卧室门首，如愿就闪开一边，文君慢慢地将长衣牵了一牵，走在前面了。相如看到文君，就连忙将衫袖一拱道；"文君小姐夜深前来，真是不敢当！"文君只是笑嘻嘻地将身子微微侧了过去，道了一个万福。相如将身子闪过一边，让文君进了卧室，小厮和如愿慌忙退到门外。相如道："这样夜深，小姐是走来的呢？还是坐车子前来的呢？"文君却只是笑，这就望了相如一望，依旧把颈脖子垂下来了。如愿在门外答道："我们是坐车子前来的。"如愿看看文君，却是依然站立，她心里想，这文君还不好意思说话，我应当退避一点，就退到廊下。至于那个小厮，他早已退避了。

相如就把房里坐席，端正了一会，欠身道："小姐请坐，我们还有话细谈。"文君看这块席子，却是与那一块，摆着对面，自己就欠身坐下。相如坐在对面，又开言道："小姐坐车前来，还有随用的东西，应该搬下。"文君这就正色的道："我本来不当前来，我堂上还有一个严父，有什么事，应该禀明，然后才怎样处置。可是我略微懂得琴声，听一听阁下所弹，是很盼切我马上就来的，不然的话，你是思慕得很苦的，所以我瞒了家中人，在这月下投奔于你。"相如欠身道："小姐台爱，我这终身忘不了。这车子应当怎么办？"文君道，"你还想在这里过上一个月夜，才由这里走吗？那是不能的。我在车上与如愿仔细一谈，觉得凭一个月色之夜，坐了车子再走，这紧走过去几十里，我家虽然派了人来追，但是我车子已过了临邛境界，那就不要紧了。所以我虽有一点东西放在车上，却是没拿下来。"相如道："我也曾这样想，这舍都亭可是不能住得过久，可是这里的车子坏了，我要坐车还要和这里的县令支借一声。再说此处要有事，那县令必会替我们遮盖。"

文君听了这些话，忍不住一笑，把袖子挡住了笑容。然后才道："相如郎君，你读书很好，怎么一点人情世故，你还不知呢？我家里派人能捉我，一个父亲来管他的女儿，这还有什么事吗？至于你说向王吉借车子，我想这车子，也不用借。我这来是三匹马架的车子，车里再装两三个人，那并没有什么为难。我看月亮正圆，照着路清清楚楚，要走，我们立刻就走。"相如想了一想道："照你这样一说，倒是有理。这舍都亭以内，十分幽静，你刚才跑来，那该累了吧，应该休息一会。你看月圆如镜，桂花香气，阵阵的飞来，这夜色真好，这不可辜负。"文君又忍不住的笑，把身子微微的侧转，低声道，"这不好呀！"

如愿在这个时候，跑了进来道："我有一事，要问一声郎君。你说此处三面是树林，还有一面，是什么哩？”相如道：“那是一道深渠呀！”如愿笑道：“啊！那是深渠呀！人要望这深渠里终年有水，那要什么？”相如道：“那何用问？就是将来水的道路，把它疏通，那这里就常年有水，若是不把这来路疏通，这里没水，那渠也不成其为渠，那是一道山沟了。”如愿道：“郎君也明白了。古语有这样一句话：水到渠成。我小姐就是水，那水流到这里，你不赶快将去路疏通，水要流不出去，那下面筑的渠，也不就是一道山沟了吗？”相如道：“对！如愿说的话，果然不错，你的小姐是水，我们马上就走。不过我的话未完，那就说完了就走吧。”文君笑道：“郎君的话还未完吗？坐上车去说话，那不也是一样吗？”说完了话，文君就站起身来。

相如一看这种情形，大家全要走，而且马上要走。便道：“好！我叫小厮来，把检点的东西归并一处，我们马上就走吧。”文君这就向相如又作了一个万福道：“我此番半夜偷走，投奔阁下，这在君子的言语，叫私奔，这是不好的事情。但是我知道你的文章，天下均已驰名，不归司马相如，未免可惜，至于弹琴《凤求凰》，那还是第二层呢。可是我父亲管家，还是严厉的，不幸他女儿临夜逃跑，他怎不怒哩？所以我投奔足下，绝对不能让他捉住，你说这话是不是呢？”相如还了一揖道：“小姐这番言语，句句是真话，我这里赶快收拾行李，不必耽误。”说着就喊小厮，赶快收拾行装，搭来的马车走。

这小厮自己也都已明白，必须晚上走，急忙把几件随用的东西，收拾上了马车。相如叫舍都亭的管事人前来，说是有要紧事必须归去，替我谢谢临邛县令吧。他说完了，就各人上车，小厮和赶车的坐在最前面，如愿坐在车身下边，把衣服垫坐，坐了一个倒座儿。这车身有两个座位，文君走近车边，相如连忙搀扶文君一只胳臂。文君虽然看如愿眼睛向这里一睒，只当不知道，就轻轻一跳，坐上了正座。相如跟着上来，说道：“如愿，你怎么坐了一个倒座儿？”如愿拍着车身道：“我这里很好，你不用客气，请坐下，我们好开车啦。”相如欠身道谢，文君向旁边一让，这里让出好大一个座位，相如含笑着坐下。

赶车的将鞭子一举，这两匹马便跑起来。看到月亮往西移，照见一片秋光，夜色如水一般，远山近山，一个明一个暗，路边的人家，屋顶是白的，门户墙壁，有的灰白，有的灰色，月亮底下，真是白的黑的，分出许多颜色。还有树木分了层叠，车子向树影里一钻，月色从树缝穿过，人的身上好像盖了白绢一样。如愿道：“这夜景多好，我们小姐看了这番月色，也许能作一篇美丽的文字。”文君笑道：“所以我丢了千万家财不问，冒夜来投司马郎君，就为了他的赋，能作得真好，我要在他的身边，这焚香斟酒，那就更加好。可是我的父亲，恐怕不懂这层道理，所以人家怒骂我夜晚偷走。我想司马郎君必能懂这番意思。”相如道：“是的，我以后作赋，要请小姐多多指教。”

两人说到作赋，这就引起了相如的兴趣，就在车上，谈了个不歇。如愿道：“天色快亮了，你看这树林里，许多鸟雀，开始叫了。”相如朝东边一望，这天脚下有一片白色，当顶虽有些月光，但是已经变了灰色，因道：“果然天已经亮了。”文君道：“这马车大概离临邛已有四五十里了，我们再走个二三十里，马车要歇一会。”相如道：“再走了一截路，应当歇上一歇，那去临邛有上百里路了。”如愿笑道：“是呀！我曾这样想，加上一鞭，赶上天快亮的时节，我们就离开临邛，那就不怕了。”文君道：“你这话，是不错的。但是我还进一步来说，但愿司马郎君，这赋作得更好，加上一鞭啦！这就赶上天色大亮，你的赋就犹如朝阳初上，远景丽天，那就更好了。”相如道：“是的，我们上前呀！”

他们说着话，天色慢慢转亮，一刻儿，这红日东升，霞光照人，又走一程，这就有个三十里了。这里是路旁一个村庄，有一家旅舍，临门摆了许多食物。便停了车，相如等人，都已下车。相如指着旅舍道：“这里我们可以歇上一会，这一夜奔波，小姐是累了。”文君看看四周，乡人都已早起，平静无事，望望西去的路程，却是小山重叠，路由山缝里前来，笑道；“我父亲虽然已知道了，但是临邛县境，去这里很远，大概不要紧了。”她这样说着，就同着大家一路进了旅舍，在这里休息了很久，还没有看见卓家有人寻找，这就大家越发放心了。再继续的走，到了次日下午，就到成都了。

在路上谈起家财，相如说：“家中是很贫寒的。”文君想，家中贫与寒，我已经早明白。但是无论怎样贫寒，家里总收点稻麦吧？便道：“贫寒是我早已知道，我家财在我父亲手中，总要分我一点，你不必忧愁。”相如想着，文君的言语，这还可信吧。她的家财赛过公侯，一个女儿出嫁，那总要分上一点。车子到了门口，看这门户，已不够宽大。文君下得车来，将身随着相如进去，虽是两进房屋，但都是破烂的，再进门，中心房屋，是个客厅，除一些破的物件，什么也没有。走进卧室，除了一张床，更是找不着一点动用的物件，这里除四面墙壁，是原来的而外，真是毫无所有呀！所以后来人说：家徒壁立，那是说极穷的。徒，作“空”字解释。相如穷得精空，四方全是墙壁立着。文君看到，也笑了一笑。相如随着进来，就一揖道：“我多年未归，家事狼狈，就穷得不堪了。”文君道：“这也无妨，明日打发车子回临邛去，这种情形，给我父亲一说，他必能给我安排一下。”相如道：“我也曾推想如此。但我的文章，是他们偷不走的，我怕什么？”说毕，哈哈一笑。

文君是一个女中丈夫，一进门看到相如家这样穷，她只看了一眼。随后一会，看到相如淡然视之，她也就不放在心上。到了次日，双匹马的车子，要打发回家，她就叫车夫来到面前，告诉他道：“你见了我父亲说，司马郎文才很好，而且一表非俗，我要嫁他。若是求亲的话，我要得着父亲依允，那还罢了，若是得不着，那岂不可惜吗？所以我临夜逃走，望父亲饶恕。我同司马上成都，那都很好，这就是了吧？”车夫道：“小姐的用途怎么样，不必说吗？”文君靠着门站立，就依门站立不作声，将衣服缓缓地清理，随后才道：“你告诉他也好，你说，我尽管穷一点，那相如的文章，不会久穷的，所以我也不放在心上，那就告诉如此吧！”车夫答应了“是”，退了出来。那如愿已早在院子里等候，看了车夫，就告诉了他许多的话，车夫道：“那自然我所遇见的事，到家我要细说一遍，我想这事以后，要把很多家财，赐予小姐吧。你放心吧。”

车夫听了文君与如愿的话，就赶车回临邛。他曾为文君驾两匹马的马车，临夜并无响声逃走，这也不敢冒昧去见卓王孙。所以回家以后，托了人先去对卓王孙一说，卓王孙认为这个车夫，系奉小姐之命，把她送上成都的，他不足为怪，叫他把上成都情形，告诉于他，不责备于他就是。车夫听着这番话，来到上房，见卓王孙就磕头请罪。卓王孙坐在一块席子上，手边一个木儿，高一尺长五尺，将手放在上面。车夫行过了礼，卓王孙见过了他，脸上带着怒容，对车夫道：“我不怪你，你把经过对我细说。”车夫站起来将过去的事，对卓王孙细说一遍。卓王孙冷笑道：“文君这番逃走，我还不知上哪儿去了。过了些时候，舍都亭的人来报告，她是和司马相如共坐一辆车子，逃上成都去了。你说司马家里，空无所有，这是应该的。我养了这样一个大女儿，她竟会偷着逃走，真是岂有此理！”他说到这里，将木儿一拍道：“我本来想追上前去，将她杀了，但是我又不忍，那就算了吧。她不必上我家来。至于钱财，哼！我分文也不给，我只当没有这样一个女儿。我本来要送你到临邛令署里去的，可是我对自己的女儿还管不着，送你去有什么用？”说着，站了起来，一顿脚道：“你下去吧！”

车夫碰了这样一个大钉子，还好，他这时尽管怒恼他的女儿，没有工夫怒恼他的车夫，就告退下来。可是自这时起，人家都已经知道，卓王孙有个女儿，跟司马相如逃走了。这样相传约有十几天，就传到了成都。文君听了这些话，心中十分不乐，自己坐在房里，闷闷的不作声。相如由外面走了进来，见文君枯坐墙角，两手整理衣襟，低头不作声。便道："文君！你好像不乐意，你有什么心事吗？"文君抬起眼皮看他一眼，于是又低了头不语。相如道："果然有什么心事，我好替你分忧呀！"文君却笑道："我是这么想，我丢了这份家财，我不去想它。可是年老的父亲，和我就失了父女之情，这有点不好！"相如道："你怎么又想起家来了？"文君叹了一口气道："不说，你心里不明白，我和你说吧。"于是她将父亲怒恼的话，对相如说了。

相如哈哈一笑道："这父亲怒恼，也是人情。过了几天，他气平了，父女之情，那是会好的。至于你说的那份家财，你不想它，这就很好。人家说我家徒壁立，那不算什么呀！我的赋作得不差，遇到识者，那家财慢慢会来的。我预备了酒，我们痛饮几杯，这忧愁自然消失了。天快夜了吧，我们叫如愿点上两支红烛，对了红烛，我们痛饮一番，如何？"文君笑道："这也好。"相如听到她说，这喝酒她也同意，自己很喜欢，立刻在房外取了一壶酒来。此外，如愿端盘子来，是烧鸡卤肉，这些东西，放在坐席前面。回头，如愿将两个烛台，插上两支红烛，也放在前边。相如又在房外，取来两份杯筷，放在席前。与文君对坐，先斟两杯酒，一人一杯。他笑着将酒杯举起道："文君，喝吧。这夜晚长得很，喝得够了，我们就放下枕被，大睡一场，这里还有什么忧愁啊？"他这样说了，两人就开始痛饮。

第八回

莫嫌老家贫卖裘买酒　且喜故乡好对客当垆

两人痛饮之后，这就依了相如的话，蒙被大睡，不知东方之既白。上午起来，文君起床看着窗外的太阳，一丝一丝的慢慢西移，自己就靠了窗户，只管看了太阳，晒着院子里的花朵。如愿打了一面盆水进房，放在地板上，叫声小姐洗脸，文君还是对花望着，没有回答。相如便惊醒了，起来对文君道："窗子外边，有什么稀奇的东西，劳你只管看着呢？"文君这才回道："我自然有原因。我看着这太阳，逐渐往西移，这光阴去得好快啊。"相如道："原来是如此。是的，光阴去得很快，你有什么心事吧？"文君盈盈的一笑，就道："你现在且洗脸，回头有事，我慢慢的对你说。"相如也不知道要说什么，就依了她的话，赶快洗脸漱口。如愿等相如漱洗已毕，又照样打一盆水，脸盆里又放了一只碗，为漱口用的。文君在窗户边，慢慢的想，慢慢的洗脸漱口。洗毕看相如把坐墩移拢，先行坐下。

文君看到，知道他等着自己发言了。自己把墩子一移，也坐下了。自己打开了窗户，笑道："今日好晴天，太阳晒得院子暖烘烘的。"相如道："你今天要说的话，就是这个吗？"文君道："就是这个啊！不过这是一个话头，后来还有呢。"相如笑道："这里是一个话头，后面还有，我愿意听。"文君将手指着太阳道："这里太阳晒着，过一会儿，就没有了，这就成阴处了。你看，一日之间，太阳正暖时间，也不过是一会儿。一日之间，正暖的时间，也就只有一会儿，人生一世，也就如此吧？所以人生当玩时候当玩，当努力的时候当努力，不然，人生就白过去了。我们昨天晚上大醉，今天起来，看太阳容易西移，我就发生了如此一点感慨，你说，我发生点感慨，是正当吗？”相如听了她这番话，便不禁哈哈大笑，拍了手道：“你这样一说，是正当的。我司马相如，要努力自然努力，现在玩两天，也不要紧。”文君看相如的念头，这会儿当玩，还没有丢开吧。于是也就一笑道：“当玩一会儿，我也同情。可是你玩，要有一个相当的止境啦。”相如道：“当然有止境。我也不是白玩，我有许多朋友，现在给朋友盘桓盘桓，说不定这里就有路子。”文君道，“这样一说，你倒没有忘记努力。”相如道：“自然我不敢忘记努力啊！”

文君看相如并没有忘记努力，就没有往下谈。相如这就在家里换了衣巾，把铜镜拿了，照了一照。文君看到，便道：“你大概又要出去吧？”相如道：“正是如此，我要会到知心的朋友，把家务谈上一谈，那有出路，也未可知。”文君道：“你既是要去会朋友，望你不要谈得太长，不必谈的话就少谈了。”相如笑道：“这些话，我都晓得。”他说着，就出去了。他相识的朋友里面，有一个叫杨昌，他家开了一个酒店，相如每经过他家，就要扰他几杯。这天，会了几个朋友，谈了一些作文章的办法。回来尚早，又经过了杨昌酒家门首，他经过了这门首，就要望上一望。他正在望着，就被杨昌看到，便道：“司马先生，就在这里，喝两杯吧？”相如就走到店里去，笑道；“我昨日回去，带了一瓶酒，喝得大醉，今天起来很晚，今天就不喝了。”杨昌道：“不喝，也就算了，请坐请坐。”相如把衣服一扯，就这样坐下。杨昌在旁边望着，笑道：“司马先生，这次去临邛，结了很富豪一个亲戚，这衣服有得穿了。”相如本想说两句，但是文君说了，不必谈就少谈。文君夜奔，家中不认，这事不光明，这当然不谈。她家中哪有衣服相陪哩，是这也不必细谈啦，杨昌说，这衣服有得穿，承认不对，不认也不对，就随了他这话，笑上一笑。杨昌望了天道：“天也快入冬了，冬天的皮衣服，也该上身了。”相如道，“早呢，还谈不上，再说成都的天气，皮衣服不穿，也不冷。”杨昌道；“是的，是的。”两人说到这里，就说到别的地方去了。

相如说了一阵，自觉要吃饭了，就告别回家。在家中就住上半个多月，这里作赋，出外看朋友，日日照常，可是也没有出路。这一日出门，天气阴沉，刮了大风。相如翻了一翻箱子，翻得了一件鹔鹴裘。把这衣服一包，就拿着上杨昌酒店走去。杨昌看见他来了，向前问道：“这包袱里面，包些什么呢？”相如慢慢的打开包袱来，笑道：“这是鹔鹴裘。冬天加在身上，那是极暖的。在成都，我不能穿，因为太暖了。所以拿到贵酒店来，想押，或者就算出卖吧。若是讲成了，我就背了一罐酒回去，掌柜的，你能要吗？”杨昌摸一摸头，就失声道：“哎呀，你司马先生何至于卖衣服买酒喝呢？”相如道：“实在的，我要卖掉鹔鹴裘来换酒喝的。我何以这样的穷，往后再谈。”杨昌只管把两手搓道：“司马先生，若是你要出卖的话，我就出个十两银子吧？”相如抓着皮领，将鹔鹴裘一抖，笑道：“这是我到梁国，朋友送我的。若是加寒，那十分是暖，在我们已经看得出来吧？至于这衣服在成都要值多少钱，我真不知道。”杨昌道：“这裘在成都要值多少钱，可是我也不知道哟！”相如道：“只要换得来酒，那就行了，我卖了。”杨昌把裘一牵，这裘真好，毛一丝不乱，就对相如道：“你先生真个痛快。鹔鹴裘放在这里，暂交十两银子去用，明日有人要这裘，出个十五两或者二十两，我可照补给先生。”相如道：“好，就照这样说。”杨昌把裘拿过，笑道：“司马先生真痛快，我就把这皮袍子拿过来了。这酒一小罐，还要什么下酒的么？”相如将鼻子闻了一闻，笑道：“好香啊，锅里煨上了什么？”杨昌道：“是鸡，先生闻了好香，还要吗？”相如道：“自然要，还有什么呢？”杨昌道：“还有肉，也有鸡子，先生也要吗？”相如道：“酒店里的东西，样样都好，每样给我拿一点。”杨昌笑道：“好的，我样样替你配上一点。”

相如见杨昌挽起袖子，拿了许多干荷叶，铺在切肉的桌上，把肉啊，和煨熟了的鸡啊，各样切上一堆，将荷叶包上，这里捆上一大包。相如坐在一边看着。杨昌捆扎完了，笑道：“先生这样子，要背上一小罐酒，又提着这菜一大包，这也不像个样子吧？我叫我店里小伙计，替先生送了去。”相如道：“那更好了，多谢多谢！”杨昌起身到里面去，拿出八两多银子，交于了相如，叫一个小伙计把酒罐扛着，把一包熟菜也提着。相如看到，又向杨昌道谢，然后出门。相如引着小伙计，自己想着，这皮裘果然的很好，今日天阴，寒气逼人，我意下想喝酒，可是没钱。等到向酒店一问，居然有酒有菜，皮裘拿来一换，都有了。想着，就乐起来。小伙计将酒送到堂屋，放下了告退。相如喊道：“如愿快来，我这里有菜有酒，搬了进去。”如愿听说，就出来搬酒菜。相如满脸笑容。一面走进卧室，一面笑道：“今日不是阴天吗？我出门去，谋得了一罐酒，还有许多菜，我们痛饮一番。”文君在床上坐着，笑道：“怪不得满脸都是笑意，你哪里有钱哩？”相如道：“我有一件鹔鹴裘啊！拿出去卖，卖得了很多银子，要把银子买酒，我们很可以喝上几顿。”文君笑道：“你是把鹔鹴裘换来的酒，可是鹔鹴裘就只一件，我们把这银子用完了，这以后的事如何呢？”相如将头皮摸了几摸，笑道：“这一层，我还没有想到。”

文君慢慢起身，笑道：“喝酒我们就喝吧，可是喝了酒以后怎样办，应当想一想。”相如将两手一扬道：“我简直没有想过。”文君笑道：“啊！你简直没有想过。假使今天我们把银子用完了，我们今天就当想明天银子从何处来，不然我们把银子用得精光，再去设法弄银子，也来不及了吧？”相如道：“这倒说得不错，只是我在这一个月中，天天想，也没有想出，文君，你还有什么法子吗？”文君道：“当然，我也没有法子，不过我们去想，总可以想点法子出来。”相如道：“好，我们去想想看，看谁想得出。”文君道：“这要慢慢的去想。你换了酒回来，我们先喝酒吧。”相如听了文君的话，这就慢慢的想。可是上午想到下午，下午想到夜晚自己没想出什么法子。

到了次日吃午饭的时候，相如从外面回来，文君看到相如无精打采的神气，就道：“看你这神气，大概又没有想到出路。”相如把两手一拱道：“真是惭愧，可不是又没有想到法子。”文君道：“你怎么想法子呢？”相如道：“我只会作文章，除此以外，我什么也不懂。”文君道：“我倒想到一点法子，我们坐下来再谈。”相如道：“你倒想到了法子，可贺可贺。”说着，将两袖一扬道：“快说快说，我猜你说什么呢。”说着，就在身边一个草墩子上坐下。文君也在一个草墩上坐下，把衣服一牵道：“我问你，出门去找朋友，找朋友之下，你还作些什么？”相如道：“找朋友之外，至多，我是坐坐酒店。”文君道：“酒卖多少钱一斤，你总该知道吧？”相如道：“那自然是知道的。”文君道：“下酒的菜值多少钱，你总也该明白吧？”相如道：“本来我不懂的。可是杨昌和我交朋友，他说我很痛快，他就把下酒的值多少钱一斤，完全告诉我了。”文君拍手道：“这就很好啊！这是你交朋友之外，多懂了一项卖酒的生涯啊！”

相如还不明白她的话，就起身一问道：“这算得懂了一项卖酒的生涯吗？就算是懂了，这又从何解决我们的出路呢？”文君站起来说道：“卖酒你不会卖吗？”相如道：“这个就算我会卖吧！”文君道：“你可以开店卖酒呀！”相如吃一惊道：“什么？叫我卖酒？”文君点头道：“叫你卖酒。”相如道：“我就卖酒吧！可是卖酒，也非我一个人，就可以卖酒啊！要弄一家店面，也要一个对酒当垆的人，要弄一个小二，最少也要三个人，就是答应卖酒，还差两个人啦。”文君笑道：“还问你卖酒不能卖？若是你果能卖酒，差两个人那不算什么，就是差三个人，我也有办法。”相如笑道：“你差三个人有办法，我倒要打听三个人，从何处来？”文君指了自己的鼻子道：“你果然开一家小小的酒店，这对酒当垆的人，就是在下。慢说对了炉灶看酒煨热没有，就是命我作司务，要弄几斤猪肉，几斤鸡，几尾鱼，我都全会。至于两个小二，那更没有什么难处，你面前有一个姓王的小厮，我这里有个如愿，我们卖酒，他们当小二不会当吗？”相如道：“你家财上百万，这当垆卖酒的人，也会作吗？我不信。”

文君将袖子一卷，两只手全露了出来，把手撑着门，笑道：“这又何妨，古来屠狗之辈，尚有封侯之日，为亭侯之人，当了天子，我们有什么不能？”相如道，“你的话，说来不错。可是当垆之人，却是不能这一身穿戴。”文君听了这话，哈哈一笑道：“那是自然。我把衣服一脱，换身粗糙衣服，这又何难？”相如拍手道：“你真不愧是巾帼的丈夫，我司马相如，既打算开酒店，也不要长袍大袖这项衣服了，赶快替我作一件犊鼻裈穿上。”文君道：“真的，你穿犊鼻裈吗？”相如道：“酒店我也肯开，为什么不穿犊鼻裈，我还是舍不得穿吗？”文君道：“好，给你做上。我们要在哪里开酒店呢？”她说着，望了望相如。

相如经她问了这句话，他没有考量，率然的答道：“这酒店不开则已，要开，我们到临邛去开。”文君把衣服一褶，从从容容的对相如又看一看，笑道：“你以为到临邛去开，我就不敢去吗？只要你愿意到哪里开，我都敢去。”相如笑道：“你是巾帼中的丈夫，到临邛去开，你也敢去，真是对我的话，毫无愧色。”文君道：“说开就开，可是这还要一点本钱，你从何处得来？”相如道：“这点本钱，我筹得出来。我还有一辆车，还有许多衣服，若是卖去，打几罐酒，那确是有余。”文君道：“这就很好。真是不够，我这里还有钗环首饰，我也可以出卖。”相如道：“你的首饰，我还打算不要。若是不够，那时出卖，也还不迟。”文君道：“话要说明，到那个要钱的时候，你的本钱没有了，那时着急，后悔可晚了。现在我们决定上临邛开酒店，我们不知道后悔。你到街上去该买的买，该卖的卖。我在家里，替你收拾一切。”相如道：“好的，我这就去办。任何人说，这个计划不好，我们都不要信他。”文君道：“那是自然！”

过了三四日，各事都预备齐全，相如文君就带了如愿、王小厮，驾了一辆马车，奔上临邛。到了临邛，相如也不通知王吉，文君也不向家中请求，夫妻两个人，在街上投下一家旅舍，赶快在外边打听，有歇业的没有？却是有一家杂货店，就要歇业。而且店面所在，就是十字街口。那店面也相当的宽大，相如就把它转租过来，将里面粉刷一遍，这里通亮。他们如下的排场，门口起了一个炉灶，将酒放在炉上烤热。店里铺上一块大席子，分作好多位，把围墩围好，四四方方一块。相如将长袍脱了，系上个犊鼻裈。这犊鼻裈与现在的围裙差不多，就是底下没有裆，上身也没有袖子，靠腰一系，这是打杂人穿的。文君穿了一件紫布裤子，头上挽了一个髻，将布包上，就坐在炉灶前。店面后进，是厨房，也搭了灶，这里下酒的菜，都预备好。肉、鸡，样样弄得齐全。这里多余的脏水，街角头有一个阴沟，洗脏了，相如还端了盆来，亲自倒入阴沟内。

临邛是一个大县城，可是女子开酒店，这还是没有过的事。文君当垆，各人都听得稀奇。及至到了店内，一打听，这个当垆的女人，就是卓王孙的大女儿，这更稀奇了。几个文人认得司马相如的，这有一个文人也进店喝酒，起身一眼看到了他，就吃惊地道：“郎君你怎么在临邛县开酒店呢？”相如道：“这是自食其力啊！我们一家人，都自食其力。”文人道：“我正是不敢问，当垆的人，是阁下的……”相如笑道：“这当垆是我内人。”说着，将手一指，文君就起身，对那人一点头道：“我这自食其力，阁下前来，我们将有好酒拿出来，阁下一次前来，饮了我们的酒，包你还想来第二回呢。”

那人连忙奉揖道："小姐，司马夫人，你有数百万财产，何至于谋这点蝇头余利，你来到临邛，回家去看过吗？"文君道："我既是来谋蝇头余利，并未通知家里。"那文人道："你既未通知家里，司马郎君和这里王县公，是最好的朋友，王县公那里你通知了吗？"相如道："王吉那里，我也没有通知。"文人道："哦！你也没有通知，你这是神秘行动呀！"文君笑道："这也不算神秘行动吧？这要是我父亲前来，除了把好酒款待他，我这里有肉有鸡，也让他吃得非常受用。"这文人听了他夫妻们这样的言语，就立刻心里想到，这要卓王孙听到，他要怎么样呢，那准是要大闹吧？不过这样要惊动全县，也许不会大闹。那这家酒店四围临街，他好意思前来吗？就哈哈大笑道："妙！妙在看你父亲怎么样呀？"他们这样一谈话，惊动了全数吃酒的人，就知道这一个小店，不是平常人开的，那个穿紫衣服的人，就是卓王孙的闺女呀！大家对于酒店当垆的人，都站起来向她点个头。文君道："到我这里来，都是主顾，不要认我是千百万家财的小姐，就说我是当垆的人得了。"众人都道："小姐真是难得，今天当垆，连千百家产的小姐，都忘记了啊！还有司马先生，当过皇帝的侍从，今天来伺候我们，这也难得。"这就一个人叫好，大家都随声附和。

这小酒店里一片好声，就连街坊都听见了，就十人传百，整个临邛都传遍了。自然，卓家也就知道了。卓王孙听了这样一个消息，当时还不肯信，派了几个人，到街上去看了一看。当那几个人回来，都是亲眼目见，口传的一样。他们说："大小姐换了衣服，对垆子坐下，司马郎君穿了犊鼻裈，在店里招待客人。"卓王孙道："他既穿犊鼻裈在身，有人还认识他吗？"这几个人都道："好些客人还叫司马郎君呢，大小姐人家也不叫她当垆的人，还叫她大小姐呀。"卓王孙道："这简直气死我了。他们何至于开酒店？就是要开，何至于来临邛开，分明这是要我好看呀！我本当亲自到酒店里去，将大女儿抓来痛打，可是这太没规矩了。要是写一个条子，叫王吉县令，将他驱逐出境，可是他开酒店，也不犯法，我真没有法子，对付他们了。罢罢罢！你们将大门关起来，我不出门了。”说着，将地板一踩，叮咚一下大响。

第九回

邑令为讲情贫家暴富　小姐甘受责换服同归

卓王孙有三个儿女，文君是大的女儿，文君有一个行大的哥哥叫文采，一个妹妹叫文星。他两人看到家里，父亲竟是闭门不出，自然这都是文君在十字街口开了一个卖酒店的原故。自卓王孙跺了一下地板，家人都猜想父亲的气可就大了。当时文采就找着文星，私下就议论一番。文星道："哥哥！这事也不能完全怪我们姐姐，我们家的家产，有一千几百万，父亲对姐姐就不名一文，姐夫和姐姐开一个酒店，给我们父亲看看，这也难怪。"文采道："这当然是父亲太把银钱看重了。我们两人就私下劝劝父亲，不要把银钱看得如此的紧。"文星道："哥哥年长，望你先说，我以后再提。要去我们就去。"文采说："是。"二人就来见父亲，卓王孙的脾气，可就大了。他一个人在房里，在床上半坐半睡，将丝绵被盖了双足，身子横睡在床上。两人走到床边，文采道："父亲为何不出门呢？"卓王孙捶了床道："这事你还不知道吗？你大妹在十字街头，开了一个酒店。最可恼的，她还亲自当垆。她这是分明耻我！我要出去，那人家就会指点着我说，我不作好事，这女儿出乖露丑了。我真气极了，恨不能杀她。"

文采便道："父亲有气，那是我们知道的。不过我们有一点见解，父亲听儿说几句，可以不可以？"卓王孙道："你说吧！"文采道："当文君出奔之初，这有很多亲戚朋友劝过，请父亲分点家产给她，可是你老人家就不理。而且扬言分文不给，你老人家说，恨不能杀她。可是她想到，你老人家说恨不能杀她，真的不能杀她，她瞧你怎么样呢？她猜你也不能怎么样处理于她吧。她就二人来临邛，在十字街口开了这个酒店，而且不怕人晓得，就卖酒当垆。我们禁止她不开酒店啦，那不能吧？既是不能禁止，她开一天，父亲就一天不出门吗？”卓王孙坐起来，将手一拍道：“我叫王吉驱逐她离境。”文星含笑道：“这话不能这样说吧？王吉和司马相如是好朋友，他就不会驱逐他。就算可以驱逐他到别县开酒店，那总可以吧？这里还不过是煮酒当垆，要到别县再开酒店，那还不止当垆呢？那你怎么办呢？”卓王孙听了这话，好久没有作声，叹道：“这真是没奈何！”文采道：“你老人家不必生气，她之要开酒店，偏要在临邛开，无非是想出一口气。你在家财上看破一点，他得了家财，她还开酒店吗？”卓王孙道：“家财呢？我就分一点给她，但是这一口气，颇是难出。”文星道：“我们都是你的儿女，要出一口气，这有什么难呢？等事情解决了，要打要骂，那全在你呀！”卓王孙道：“你两人的话，等我思量思量吧。”

文采二人看父亲已松了口，对父亲不好催得。可是向亲戚告诉了一切。这些亲戚已劝过卓王孙一次，听了卓文采已劝过了父亲，父亲已松了口，这事有个八成了，就二次又来劝卓王孙对于家财看破一些。卓王孙听了亲戚朋友又来劝二次，就回答说：“亲戚朋友来劝过我多次，这都是好意，等我考量考量吧。”他还是没有答应给多少钱，而且没有说明那天给。这天上午，王吉坐车来了，就与他客室里会见。两人在席子上坐了，王吉带着笑答，两手一拱道：“我这里向你告罪了。我的朋友司马相如，未通知我，也未曾和我见面，就在十字街头开了一个酒店。本来呢，开一个酒店，那不算什么。可是你的大小姐，是嫁了他的。你的大小姐在这里开酒店，那总是不大好吧，所以我向你告罪！”卓王孙道：“这哪里能怪令公，这是我生的女儿不好，她不告诉我，就临夜私奔，嫁司马相如也可以吧，何至于临夜私奔呢？她这次来临邛，任何人也未曾通知，这分明是要我出丑啊！”王吉道：“过去的事，我们不谈了吧。我看要她将酒店关闭了，那就没有什么事了。你曾说，分文不给她，这一着，太厉害了吧？不过在家产上，我兄要看破一点才好。我兄有一男两女，家中有这么些财产，这也没什么不足吧。文君既是跟着相如，那就让她依相如终老吧。我看相如，他曾做过侍从官，又到过梁国，是眼界很高的。他倦游了回来，虽然穷一点，却是人才很好呀！他作的赋，各处都有吧？这样的人才，不会穷一辈子的。”卓王孙长声叹口气道：“也罢，令公这番来说情，就依了令公吧。”

王吉拱手道：“多谢多谢，钱财给她多少哩？”卓王孙将两手十个指头掐了一掐，说道：“我家里有八百人，这就分她一股，一百人。至于钱财，金子银子还有钱，就分她一百万，还有她出嫁的衣服，以及一切随用的物品，我也赐给她，这不少了吧？”王吉抬头想了一想，就道：“这大概可以了，我马上去会他两个人，把你分的家产，告诉于她，你还有什么话吗？”卓王孙道：“就是酒店马上要关闭才好！”王吉哈哈笑道：“他有这么多钱，他们还要开酒店吗？我兄还有什么话呢？”卓王孙道：“我没有什么话了，他两个人也休要见我。问她还有什么请求？问得了，请令公回头告诉我。”王吉道：“那是当然。我兄既是没有什么话，我就走了。”王吉就起身告辞。

王吉看看，这是上午临吃饭的时候，不宜去，到了下午吃晚饭的时候再去。这样想了，一面令听差通知司马相如，令公到天将黑的时候，他就会来的，到了那个时候，请不必卖酒了。天慢慢的要黑了，王吉便坐了车子，来到十字街口。这时相如接了令公的通知，果然不卖酒，可是他还穿着犊鼻裈呢。王吉在门口，老远一揖，叫道：“相如兄，好久不见了呀！”相如在门里边，马上回了一揖道：“我自食其力，在这里开一个小酒店，要我公多多关照才好。”王吉下车进店，见店内没有顾客，哈哈的笑道：“我兄是作赋的能手，在天子手下，当过侍从官，这是多么荣耀？今天这样一来，那是如何看得起临邛人？我兄还穿犊鼻裈，这未免太吃苦了吧？”相如道：“这也不苦，是我的本行。”王吉拉着相如的手，笑道：“我兄的本行，是读书作赋呀！”相如笑了一笑，也没说什么。大声喊道：“文君快来，令公前来了。”

文君在后面答应着，就慢慢前来。王吉看时，是灰色袄子，下面扎一条青色的裙子走来，和王吉作了一个万福道：“我们这里，非常的肮脏，真对不起。”王吉笑道：“你和相如，真是一对，非常的会说客气话。”相如连忙将席子拉了一拉，三人围了木几坐下，笑道：“坐下坐下，慢慢谈吧。”王吉笑道：“你们这一来，我心中非常的明白。过去的事，我们不提。我今天为你们的事，到卓府去了一趟。卓老先生也觉得自己太多余一点，他现在已经明白，愿意给你们一些家产。”相如笑道：“我们这就很好呀，我们为什么要上临邛来开酒店呢？是地方熟呀！并非图谋家财来的。”王吉笑道：“这些话我看不必提了吧，你的事，我还不明白吗？”于是把卓王孙家财细说一遍：僮客一百名，银钱一百万和文君陪嫁的嫁妆。说完，就问文君：“还有什么请求？”文君道：“多谢令公为我们讲情，我并没有什么请求。”

相如笑道：“拿酒来，令公为我们亲自讲情，我应当敬令公三大杯。”只这一声，如愿便将酒一壶送来。随后又将下酒的菜，放在各位面前。文君起身拿了三副杯筷，放在木几上。相如立刻将酒斟上了三杯，笑道：“我们这是一点小意思，不算敬意，令公且干一杯。”王吉道：“酒我是要喝的，可是话，我也要说。”相如道：“令公有话，也尽管说，我们洗耳恭听。”王吉道：“好的，我们且干了这杯酒吧。”王吉拿了酒杯，喊了一个“干”字，就端起来喝干了。然后看相如夫妻也把杯中酒也干了。然后王吉道：“这是卓老先生的要求，也是我的请求。就问二位，你得了家财，你这酒店还开吗？”

相如道："令公不要我们开，我们也不敢开。"王吉道："呵呀！这就不敢当了。"说话的时候，望着文君。文君笑了一笑，眼睛也望着相如。这就答道："令公是不要我们开酒店，是不是说，我们开酒店，替令公丢丑？"王吉道："岂敢，不过是说，你们有了这多家产，相如还要穿上犊鼻裈，人家要说相如太爱财了。"文君道："请你回去告我家父，关就关了，免得说我们是来出丑。"王吉道："到底我大嫂聪明，要哪天不开呢？"文君道："明天我要去看一看家父，就明天关闭吧。"王吉又斟了一杯酒，这就把杯拿在手中，对着相如、文君，喊了一声："干！"把酒端起，就仰起喉咙干了。

相如看到，就先说道："令公是说，走来不多久，就把心里的疙瘩解决，这就把酒干了，说是痛快吧。"王吉道："你所说的话，自然是人情所必有，但是这是痛快之一。其实，我心中叫的痛快，还不是这个，就是我们大嫂说声要看家父，这非常痛快。"文君笑道："我当日嫁了相如，在背地里听到一些人说，父亲恨不得要杀我，现在父亲好了，不但把要杀我的念头取消，还给了许多家产。父亲就是不给我家财，只要父亲不责备我，我回到临邛，也当去看看家父。"王吉道："大嫂这样说，好的，这才顺乎人情。"他说着，指着相如道："你夫人已经表明，明天要去看家父了，你呢？"相如将手指在木几上慢慢的画，口里答道："我吗？暂时不去吧。"王吉笑道："咳！这事是你少考量吧，你作了暴富翁了，马上就回成都，可以买田买屋了，那里还能够久住临邛呢？你暂时不去，你过了这个暂时，就没有了时候呀。明天上午，我把马车拖来，就送你二位同往卓府上去，你二位看怎么样？"相如道："我马上前去吗？这有点不妥吧？"王吉道："这还有什么不妥呢？你是一位娇婿，你穿得齐整一点，登门叩首，他难道不认你是他府上一位娇婿？再说，有你夫人陪同，他更不会有什么言语。你如不去，让你夫人一人难受呀！我打包票，你丈人不会说你什么的。"文君就道："令公讲情，多有偏劳。这件事情，就依令公吩咐。”王吉道：“痛快！拿酒来，换上一壶吧。”

如愿听到叫换酒，就端了一壶酒来。王吉见了她，笑道：“你这几天，太辛苦了。”如愿含笑道了个万福道：“丫鬟倒没有什么辛苦，不过小姐啊，这几天太辛苦了。”王吉笑道：“从明天起，不必受这辛苦了。明天上午你小姐回家去，你也去吗？”如愿道：“我听小姐的吩咐。”王吉对文君道：“你这丫鬟很好呀！言辞很有分寸。”如愿退下。文君笑道：“令公夸奖。不过走路方面，她很能出点主意。”王吉笑道：“过去的事，你就不必提了。新亲过门，是一件喜事。我扰你三大杯，我就到你府上去，给你父亲回信，我叫他也不必提前事呀。”相如道：“何必这样急？”王吉道：“儿女的事，焉有不急的吗？”他说完，就斟了三大杯，一举手端杯向相如、文君道：“愿你夫妇头白如新。”把这句话说毕，就连喝三大杯。立刻站起来道：“我这就去卓府，明天我的车来，请二位赶快去呀！”这就一拱揖，登车去了。

自客去了，文君就和相如商量道：“我父亲虽然过去太不对，那是为家规，不得不如此，所以这次回去……”相如笑着拦住她道：“我也是为你好呀。我同你回去便是了，别的话不用提了。我看你这次回家，你父亲对你会恼不会恼呀？”文君便道：“我们是笑脸回家，他要打要骂，他也无从动手开口呀！”相如笑道：“就是这关口不容易过。”如愿走过来对二人道：“他要打我们小姐啊，我就替小姐受责，因为当日晚上偷跑，多半是我的主意，这要动家法，要打打我这为首的人。”相如道：“他动家法不打这坏了家法的女儿，打你吗？”文君道：“不要说这些小孩儿的话了，替我把衣服清理一番，明天上午，我们回家呀！”如愿听了小姐这样的话，便道：“明天上午回家，带我一路去吗？”相如道：“刚才你还说你替小姐受责，不带你回家，你又何从知道要受责呢？”如愿没得说了，只有当面微笑。

文君同相如商量，同老人说哪些为是，他两人商量过半夜，文君道："明天看事行事吧！"到了次日，这酒店里不卖酒了。令公署里的一辆马车，已经来到了。还派了一个跟随，给司马相如回话。相如穿着蓝袍，戴着儒冠，自后面出来。跟随就向前道："我们的令公，已经向卓老先生说过了，对以前的事，一律不提，还办了席，迎接二位新亲，请二位尽管前去。"说着，文君出来，她的钗环衣服，还没有卖掉。头上梳着盘云髻，上身穿着红绫子嵌花边长衣，系一条蓝色的百幅裙，脚上蹬着一双凤头鞋。如愿跟随在后面。相如留小厮看守店门，这里，三人上车。这时，只有文君看到车外的冬景，不住的心中怀念着过去。那时候桂花正是盛开之时，满眼碧绿。现在的杨柳树，虽然蜀郡暖和，却是落叶纷飞，柳条带着黄叶，连一点绿荫都没有。经过人家的竹园，就是满园的竹子，也看到竹叶的稀少，在竹子里看到人家的炊烟，慢慢地升起。记得那时，虽已经是深秋，马车经过草地，却唆碌地响，现在大地草都枯萎了，却响声不同，连唆碌都变成吱咯了。这里有几片黄叶，打进了马车，沾上了衣服，如愿拿了一片黄叶，却连忙叹了一声道："光阴真快，出来深秋，我们回去，已经是冬天了。"文君同时也发了一声长叹。

第十回

兄妹坐谈在梅花香里　朋友急召驻杨柳桥边

相如吃了一惊，连忙问道："坐了车子回家，快要到家门首了，你好好的叹一口长气，这为着什么呢？"文君道："我说是光阴易过呀！你可记得那日，吃了酒醉，在醒后看到院子里阳光，慢慢的移去，我曾说了这光阴易过吗？"相如道："是的，我还记得。"文君道："今日还是一样啊。记得嫁你那一天，身上穿了夹衣服，今日回来，穿了丝绵衣服了。光阴易过，我们应当设法加鞭前进。"相如道："你说的是叫我前进，我们现在有百万家财，我就用不着怎么样劳苦了。我自后要好好的念书，好好的作赋。"文君就笑道："只要你好好的作赋，我也就满足了。可是不要饮酒过多。"正说过此话，只见一阵风吹来，这里好多树叶，纷纷落了。如愿道："哎呀，好大一阵风呀！这里我家园子，已经在望了。"文君照她说的看去，这里松柏以及没有落叶的树木，变了老绿，阵阵香风，袭人衣袖。相如道："好一阵香风，这是梅花香呀！"如愿道："这是我们家的梅花，这是梅花将开的时候吧？"相如心想，这卓王孙真是有钱，他家里什么花都有呀！他心里的话，还没有说出来，车子就到了门外了。大路旁边，就站了好些的僮客。大门边，站有一位姑娘，身穿蓝缎子袄，下系红粉绫子裙，头上梳着乌云盘龙髻，配了两股凤钗，凤钗旁边，就在鬓角插了一支红梅花，文君看是妹妹文星，她忙招呼车子停住。打开车门，文君扶了车身下车。文星已经走过来，搀着文君一只手道："姐姐，你回来了，我们都在想你啦！"文君立刻拉住文星一只手，只管摇了几摇道："是的，我回来了。父亲生我的气吧？"文星道："没有呀！"相如紧跟文君进门，文君道："妹，这是司马相如。"文星赶快松手，掉转身，向相如道了一个万福，笑道："姐夫！你好呀！"相如回礼道："这是二小姐，以后要多多指示了。"文星道："这样客气，指示，我们就不敢当。姐夫是当今一位有名的文人，我们以后多请姐夫指教呢。"相如道："以后大家在一起，把古今事大家研究考证吧。"文君道："父亲在什么地方，我应当前去拜见。"文星道："父亲同哥哥现都在梅英馆等你们啦，那里梅花正在盛开，你快进去吧。"她说着，两人牵了手朝前走。

这梅英馆，前后有许多地方，都栽着梅树，靠梅树盖了一座屋子，就叫着梅英馆。按四川的天气暖和得很，照农历说，十一月的梅花就盛开了。相如跟着文君走，转过几座院子，就见梅花有几十棵正好盛开。他这里的梅花，有丈来高，有白的，有粉红的，最好的是胭脂梅，有胭脂一般红，人家盛称成都红。相如看了这盛开的梅花，心想有钱的人，真是好，他家中有许多僮客，买了田园无数，看到哪里梅花好，就指示搬了回去，这都不值什么。我在此地遇到文君，正是桂花大开的日子，现在又是梅花盛开的时节了，日子真快，文君所说，光阴易过，大好日子不要混过呀！

忽然有人大声笑道："大妹子来了，哥哥在此恭候。"文君道："哥，说恭候，作妹妹担当不起呀！这是司马相如，这是哥哥文采，过来见礼。"文君说了这话，人向后退了几步，微微向前一指。相如向前一看，就在屋门以内，出来一个少年，身上穿蓝缎子袍子，头上戴了玄冠，这是文君的兄长了。文采听到说"见礼"二字，就老远的一揖道："司马先生，你的文章作得好，现在已成亲戚，我们也是光荣呀！"相如回了一揖道："文采兄，说话多客气，我们有累大兄了。"文君在后听到，相如这些言语，恐怕又牵涉到贫寒的话，正好卓王孙穿着紫色裘，站在屋子当中。就道："相如，父亲在这里，我们进屋去，行个大礼。”说完，她就赶行几步，当卓王孙的面站定就等候相如进来。相如一看卓王孙的面上，虽无怒容，也无喜容，将面朝南，对二人呆望。文君一见相如走来，回头一望，对相如以目示意，然后道：“父亲在此，让儿大礼参拜。”卓王孙道，“今天你们能回来，这就很好，不用拜了。”文君、相如走近，文君不问他意思怎么样，就朝上跪着，相如见到也只好跪着，拜了四拜。卓王孙弯腰答礼。如愿等文君拜罢，立刻也过来，朝上拜了几拜，口内便道：“丫鬟避开了主人好久，今天特来领罪。”卓王孙便道：“起来，你小姐无罪，你还有罪吗？你还有许多同伴，找她们去吧。”如愿拜罪起来，这就退下，找她们同伴去了，谈些别后的情形。

礼毕，大家忙找位子坐定。卓王孙道：“我们不在一起谈话好久了，坐定了，我们就谈吧。”文君道：“看我们屋子还是一样呀！相如，你看这屋子，盖得好吗？”文君怕只管谈别后，会提起不好的情形来，这是父亲不要听的，赶快找了一句闲话，把以往的事情丢开。相如道：“好呀，这里是一个读书的地方吧？这里钉了地板，地方真干净呀，这屋子全用白绢裱糊，格外齐整，在这里坐一会儿，就觉得心里空空洞洞。”文君道：“你说这屋子盖得好呀，还有一样，你没有提到，这里很多梅花呀！”这时，朝东西南三方，开了六扇窗户，阵阵梅花香味，被风吹来，人就像落在香国里一样。相如道：“正是梅花香味，我没有提起，这里好像香国呀！”文君道：“这里读书，还不算坏吧？”这里有个火盆，正填了木炭，坐在屋里，只觉暖气扑人。相如道：“此屋盖得甚好，在此读书，门外是春是秋都忘记了。”文星坐在姐姐前边，笑道：“我们姐夫既是这样夸赞这梅英馆，那就搬来住，好不好？”

文君还没有答话，卓王孙把胡须一摸道：“你这话是小孩子言语了。文君！我想你们快回成都去吧？既要回成都，我就要谈我的家财了。昨日令公到你们那里去，把我分给你们的家财，也谈了吧？我还没有改变，分给你们僮客一百人，你们若是要用人，马上提十几名僮客前去，那也可以。家中钱财，我想你们也要用，我这里分给你一百万，你们需用多少，回头我叫帐房提出来，交给你们。至于你的嫁妆，我一齐拿了出来，放在堂屋里，你的衣箱，就有三十六口，其余的东西也还多，等一会你自己前去检查。我虽然分给你这些东西，恐怕还有不周，我请令公问你还要什么？你说不要了。至于相如，你要有了这些钱，你不用愁吃愁穿了，只要你好好儿读书，那就是了。我的话说完了，你们还有什么话，尽管提出来。”说毕，就看着相如、文君二人。文君欠身对卓王孙道：“我们没有什么话了。”卓王孙站了起来，对文君道：“好吧，你们没有什么话了。你这些东西，那里有僮客百名，叫他们搬上成都，我这里另外派人押送。至于银钱，我派车子装运，和你们一路走。我心中不好受，你们同文采、文星在这里谈谈，我要去歇息歇息了。”说毕，就移步慢走。相如等人就起身相送。卓王孙就开步出门，老远的还听见他叹了一声长气。

文采就对文君道：“我们父亲在各位劝说下，他就不责备大妹了，可是一个年老的人，总会有点奇怪的脾气，所以他不说什么，他也就不陪新亲，司马先生请你不必见怪。”文君道：“我自然知道，今日他一句也没有说我，可见父亲对我还是怜惜的。”相如对文君这话，也没有回驳，只是对文君兄妹三人微笑一笑。四人又在坐墩上坐下，阵阵梅花的清香，只管被风吹来。家人把茶叶泡了，各人面前敬着茶，糕点碟子十几项，摆在坐席当中。四人闲谈一会，文采问道：“你们打算哪一天回成都？”相如道：“明天我们要谢谢王吉，后天可以走吧？”文采道：“后天你们一准走的话，那我就派几个亲信的人，送大妹所有的东西一同走。大妹还要钱不要呢？”文君道：“我不要钱了。”文采道，“那都听便。大妹去看你箱柜，看过之后，我把钥匙全交给你。”文君道：“多谢大兄。父亲虽说不能陪新亲，然而我是他的女儿，要听他的指示，我这就去见父亲。”文星笑道：“姐姐去，我陪你去。”文采笑道：“那更好。”文星搀扶了文君，向父亲房中去了。

这里文采和相如，继续谈话，到了吃午饭的时节，这里办了很丰富的酒席相待。谈到太阳偏西，二人叫来如愿，三人同坐一辆车子回去。到了家中，相如笑着向文君道：“今天的难关，这还容易过。不过岳丈对我们，似乎还不信任我们能办大事。”文君向相如浑身一望，笑道：“要办大事啊！我们要努力。”相如笑道：“自然要努力。不过岳丈这样对我们不相信，别人对我们也是一样吧？我们要接办大事，让岳丈瞧瞧。”文君道：“那很好呀！”两人说这话，文君不放在心上，自己父亲勉励几句话，那也不至于看不起相如呀。过了两天，司马相如全家就回成都。来是四个人，现在回去，僮客和押送的就有一百多人，那就很热闹啊！

司马相如既有了钱，那就在乡下买了田，安置这些僮客，在成都买好了挺大的房屋，还有花园，相如在此读书写文章。这时的相如成了成都市上财主了。两年之中，相如只在市内，同读书人来往。这又春天来了，也只是看花玩景等事，忽然那日下午，有远路人来了，说是长安来的，有信寄给这里司马先生。相如也常常给长安写信，这有长安信来，也并不稀奇。就叫家人把送信的带进来。送信人走进，那人穿青色的衣服，上面有宫廷字样。相如坐在客室坐墩上，连忙站起问道：“你是宫廷里的人？”那人道：“是的，我在狗监衙里当差。现有杨狗监寄书司马郎，等着回书，所以前来投书。”说毕，将简牒呈上。这是杨得意写的信。有好久不见杨狗监的书信了，这次写了书信，还派了一个专差送来，想必有事。于是将两片夹版打开，将书信取出来一观。大意如下：

乡弟杨得意奉书司马相如足下：有不断乡人前来，道及足下与卓王孙联亲，是以家财富有，读书有得，弟十分羡慕，为颂为慰。兹有喜讯，报于足下。一日，天子观书，读《子虚赋》而善之。时天子浩叹曰：“朕独不得与此人同时，惜哉！”时弟在侧，乃奏曰：“此人为司马相如，臣之邑人，现时尚在故里。往时，曾入宫门，为武骑常侍，因病免。陛下欲见之，甚易，臣发书召之，自然前来觐见。”天子大喜，命弟作书召之。书达，望足下即刻上道，足下还有不明白之处，请问来人，自必禀报。即来千万，书不尽意。年月日。

相如看了来信，心中大喜。便将来信，有不详尽的地方，从头问了一遍。便道：“天子见召，不能迟缓，我明日就坐车北上，你自然骑马来的了，回去你还骑马，你必定先到。”送信人说：“是的。”相如道：“我回头作书给你，拜复杨狗监，你也明日动身。不过你骑马，当然快得多，我随后便来，你到下边去休息。”送信人打了一拱，退下。相如等他去了，就拿着书信，高高举起，往里面走，口里喊道：“文君文君，我的赋，有出头之日了。”走到房里，文君起身相迎，便笑道：“看你很喜欢的样子，大概你的赋是有出头的日子了。刚才听到守门人来说，有长安来人送了一封信给你，莫非长安有人爱你的赋吗？”相如道：“是的，长安有人爱我的赋。若提这位人吗，是个伟大的人物，你瞧这封信吧！”就把竹简托着，给文君看。

文君接过看了，看毕，笑道：“这是天子看中了你的《子虚赋》，恭喜恭喜！大概你要进京了。”文君将信放在木几上。相如道："我打算明日就走。"文君将手一扬道："我呢？"相如笑道："自然，你也去呀！"文君将相如的衣服拉住，笑着道："我也去吗？那敢情好，听说长安，吃的，住的，一切玩景都好，我就恨不得马上到长安，现在好了，马上去长安。"如愿总跟着小姐的，这时站在一旁，便道："小姐到长安去，我在家里干什么呢？"文君笑道："我也套你司马先生一句话，自然，你也去呀！"如愿笑道："当真，我也去吗？"相如道："你小姐去，你能不去吗？"文君笑道："不用说了，我们一齐去吧！你司马先生到长安，要作赋给天子看，我们在旁焚香泡茶，也出点儿力吧！"如愿听说自己也上长安，当然十分快活，她就立刻将相如、文君的箱子清理一下。

相如要马上去长安，自然要忙起来。次日一早，相如已把给杨得意的信写好了。把送信人叫了来，将竹简交给他。并道："你马上动身，兼程去到长安，我今天半上午也动身，比你迟几天到，你替我多多拜上狗监。这有一封书信，你送达狗监吧。"文君又早在里边赏了好些个钱给送信人。当时送信人道谢，跨马离开了成都。相如忙乱把早饭吃过，他们夫妇还是带着两个人，一个伺候相如的小厮，一个如愿，坐了一辆车子同上长安。古来皇帝召见，那是刻不容缓的，所以相如启程，尽量少带东西，这马跑起来，好快一点呀！

这日天气很好，相如、文君坐在车里，四围没有车壁，当顶一块绸子盖上，就像现在纸做的雨伞一样，这正是春天，倒好观望。出北门十里，有一座桥，跨油子河建立，原名叫升仙桥，这桥有个亭子设在桥的中心。原是为过桥人避雨之用。车子经过此座桥，等刚到亭子下面，相如命车夫停车，车子一停，相如站在亭里观望，只见两岸的杨柳，把河密密盖着。回望成都还有一点青影，两岸的村庄，许多杂树相拥起来。自己沉吟道："这里去成都甚近，要是成名，有人到桥边来接，那多体面！好，我立这个志愿吧！"司马相如就在车上，取过刀笔，在亭柱子上，刻了十个字："不乘高车驷马，不过汝上"。把字题过，将刀笔放回车中，笑道："走吧！"当时别人不知道司马相如题的这句话是什么用意，到后来人们才明白了。

第十一回

赋佳复官用材分大小　奏闻加爵持节奠西南

这时候，汉朝换了第六个皇帝，我们读书读到汉武帝，就是他了。武帝是刘启的儿子，单名叫彻。他雄才大略，把四边土地，差不多扩充了一倍。他不但武功很好，对文学也有根底，不像他父亲不大在行。他那天看了《子虚赋》，就觉得很好，所以叫杨得意荐书去叫司马相如。这天早朝已罢，武帝在宫内看书，杨得意又值内班，照例伺候皇帝。杨得意看皇帝无事，就奏道："陛下命臣召司马相如来京，相如接到臣信，就即刻前来，现住在臣家，明天让他朝见，陛下之意如何？"武帝道："他已到京了。不必在坐朝的时候，前来见我，明天这个时候，就到这里来见我吧。"杨得意道："是，明日他来朝见陛下。"杨得意奏罢，等武帝退了，赶快回家会见了相如，告知一切。次日，相如在宫里就见着武帝了，其情形大概如下。

相如穿了蓝袍，戴了儒冠，来见皇帝。行到宫礼，就跪下三拜，称呼万岁。皇帝坐在金墩上，相如拜罢，就奏道："臣司马相如，接到陛下的旨意，就即刻前来，在路上不敢耽误。"武帝道："我读《子虚赋》，很好，是你作的吗？"相如奏道："有的，是臣作的。不过这是诸侯的事，陛下不足看。敢请为天子游猎作赋。"武帝道："那很好吗！几多时候，可以写完呢？"相如奏道："臣现住狗监家中，大约一个多月就可以写完吧。"武帝道："你作赋，不用急，不限定时候你作完。只是像《子虚赋》一样，要作得好。"相如答应：

“是。”武帝道：“大概你出门人，笔札带的少一点，我赐给你笔和札子，让你尽管去写。”说到这里，望着旁边站立伺候的太监道：“你传谕下去，在管理书房的尚书那里，叫他给司马相如一些笔札。”再回头给相如道：“你到这尚书办公的地方去领笔札吧，我等候你作的赋呀。”相如看皇帝没有其他的言词，这就向皇帝告辞。

这个时候，皇帝也没有纸张，至于用素绢写的，倒是有，那很精贵的，所以总是用竹简木版写，札是木版之薄而小的。笔是古来用木作笔杆，秦用枯竹，到了汉朝，那笔比现在的笔大得多，墨是用漆浸水写，笔札两个字联在一处，就像现在说纸笔一样。纸，都用竹子木片作的，将线连起来，叫作简策。有的长二尺四寸，短的一半。札是简策的总名，就是许多页的简策，所以用线连起来。大概司马相如当日与皇帝对话，就是这种情形吧。相如拿了许多笔札，就回家去。这杨得意是皇帝的狗监，现在听到这两个字，有点不雅，我想汉朝还没有不雅的习惯。所以他作了狗监，房子还是相当的大。相如自远道来，他家分了几间房子，给相如居住。有住的房屋，就赶快作起赋来了。这首赋，以三个人首先登场，子虚是楚国人，说这首赋是虚言。乌有先生是齐国人，说没有这事。最后亡是公出来，亡念无，说没有这人。首先谈到游猎，中谈天子游猎，后谈天子忽然觉悟，解酒罢猎，启发了仓廪，以救贫民，顺了这条道路，行了许多仁政，就这样收场。这首赋，很多奢侈之说，而且这里边古字不少，不过最后，就谈到节俭爱民，大意如此，详细当然不说了。

相如将赋作好，自己看了一遍，就将札子仔仔细细书写得完美，然后送呈宫门，请天子看。武帝接到这赋，就从头看了一遍，自然是很好。就叫杨得意过来，问道：“这司马相如文章作得挺美，他现在没有作官吗？”杨得意道：“是的，他现在没有任何事情。”武帝道：“他是个文人啊！从前他作了武骑常侍，究竟与他不很合适。

我命他为郎吧。（按武帝命司马相如为郎，这里书上写的有很大的缺憾。郎，是个官名，要加一两个字才着实。如议郎，中郎，侍郎，郎中等。这里叫作郎，那是侍从官吧，就是侍从郎也不一样，有清闲的，有天天要上班的。所有书上就只言郎，没有说明他是什么郎，我们又不能以意命他为什么郎，所以只好由他）。杨得意谢了恩。武帝道："明日我就传谕给他，命他为郎，你马上告诉他。"杨得意称："是。"

到了次日，谕旨一下，这就司马为郎了。现在的相如，钱就有的是，他就在长安城内，买了一所大房屋。他这次来，是有皇帝的召见，在路上兼行，所有僮客，一个也不曾带。现在自己作了官，房屋又很大，所以专人回成都，叫家人挑选十个僮客，到长安来做事。成都家中派一两个人来走动，所以家中和长安常常通信，成都有什么土产，就叫来人常常带来。相如家里若是没有事情，就在家里读书，有时陪文君下棋。这时，文君才二十多岁，人住长安，当然打扮也极为时髦。所以相如在家居住，也甚是安静。可是他的文名，就越发提高了。别人看到相如作的文字，或者写的字，就有人说，这是司马相如的文章，皇帝都看了称好，拜他为郎，我们就只有佩服了。这不仅是长安，凡是通都大邑，都知道有个司马相如，他的文章很好啦！

相如也常常作赋，题目有大的，也有小的。作好了，把它捆束起来，放在书箱里。若是别人知道他作了赋，或者托人来说，让他重抄一遍，或者前来当面相求，让他借去读。所以相如的著作，放在家中，所说无人过问，那简直没有。《前汉书·艺文志》里，共有赋家二十一家。相如的赋，流传的有二十九篇。这个赋，是说当时人家都知道的而言，当然人家不知道的赋，那还很多呀！相如的文名，越发的传扬起来，而家道富有，又不用发愁衣食，可是相如常常有点不平的样子。文君等他不看书，坐着闲谈道："你怎么常有点不平啦！你的文名现在传遍了天下，家业也很好过，这不平从何处来呢？”相如笑道：“不是不平，却怪我用处太小。现在中国北方打败了匈奴，西方就赶快请和，纳贡称臣。东方闽越也是败得不能立脚，南方番禺派太子入朝，这是四方都服了，我为什么不在四方立些功劳呢？我名字叫着相如，是器重蔺相如之为人的，所以我想起古人来，有点牢骚。”文君笑道：“原来这样，我看你文名很盛，也就很可以了。”相如道：“牢骚是有一点，不过文名也就很可以，我们就祝四方太平吧。”他们夫妻俩这样闲话，过去也就算了。

不过相如在长安住了几年，西南夷发生了事故了（西南夷，是我国汉代对居住在我国西南部少数民族的一个总称）。南夷是夜郎国，在现今贵州桐梓县，往东二十里，为牂牁江的发源地。但夜郎有三个：一、就是上面所说的桐梓县。二、在现今湖南芷江县界内。三、现在贵州的石阡县。这里所说的南夷，是指的桐梓县的。西南夷是僰（僰音博）中，是四川宜宾县（宜宾市）西南。这时候唐蒙为使，打山开石，已通达夜郎，可是西南夷，还没有通。本来通西南夷的使命，一郡只派吏卒一千人，可是这里郡守又多发一万多人，而且用军法管这些被发的人。这样一来，蜀郡人大吃一惊。这就想起司马相如了，相如的盛名，蜀郡人都知道的，而且他又是皇帝的近臣，这要对他通说一说，总比百姓请愿，要好得多吧。于是推了几个知名的人，找相如说明这事。请他向皇帝或者大臣说，把西南夷使节，给他免了。

相如既是蜀郡的人，对于开通西南夷的事，自然要懂得多一点。听说两三万人开通西南夷，这是蜀郡一件大事。这事要是不过问的话，在良心上说不过去。当时答应了蜀郡来人，说这事要奏过皇帝，然后再定办法。次日，就在宫里得见皇帝，当时磕头道：“臣有一事，要奏明陛下。”武帝道：“什么事呢？可以奏来我听听。”相如奏道：“唐蒙为了陛下的旨意，开通西南夷。当日陛下说明，一郡只派一千名。可是那个郡守，就派一万多人。原来西僰的首领，极端愿意纳贡称臣的，可是要走很多的山路，才能够得到长安，所以他们没有来。可是唐蒙使了这两三万人，就不是照陛下旨意，原是奉了钱帛去给这些首领的，他没有这样作，是把开山修路，尽量转运米粮，而且还要军法从事，这是兴兵讨伐呀，陛下哪有这个意思呢？现在通西僰路上的人，自相残杀，或者流亡，这样死的人很多呀。所以不敢躲避斧钺，冒死奏闻。”武帝道：“有这样的事吗？你可以作一道檄文，告诉巴蜀人民，说我没有这个意思。”相如奏道：“谢万岁！我回去，将这道檄文作好，送呈陛下观看。”武帝点点头。相如告别回来，在屋外就笑道：“好了好了，天子同意我的说法了，叫作一道檄文，相告巴蜀人民，不要听郡守的话，往西僰去了。”他们这里，多半是蜀郡人，自然欢喜。

相如又将蜀郡来人叫来，将蜀郡多发的人数，其情形再问了一遍，就把给巴蜀人民的檄文，作了起来。作好了，就送天子观看，武帝看过了，就说可以，于是相如就刻了许多张，叫蜀郡来人带回去，广为散布。蜀郡来人想不到这下打响了。当然这一下响，是相如出的气力。同时，蜀郡人民是复活了，高高兴兴回到了成都。他们将檄文又复写了无数张，各县乡下都送到。这道檄文虽是由长安发的，但是不用皇帝的口气，是用郎官的口气，有人知道相如为郎，这就明白了相如大大的出了力了。檄文发过了，回报皇帝知道，这开通西南夷的事，就发生变化了。

唐蒙已经略通南夷夜郎，但要到西南夷还早。因为征召的人越来越多，已经有数万人了。可是治路的百姓，有两年的光景，路还没有打通，花的钱，不知道有多少，这还罢了，就是修路的百姓，死的就很多。这些百姓自檄文来了，大家才松了一口气。于是这邛筰的首领，就首先内附了。邛国就在现今四川的西昌县（西昌市）东南。筰国就在现今四川的汉源县东南。这两处与僰中交界，在四川的西南。邛筰的首领（筰音昨）一个姓冉，一个姓駹（音龙），就派人对中国人说，他们愿意内附，我们的男子愿称臣，我们的女人愿为妾。中国人听到这样说，就告诉地方的官吏，官吏又转告天子。武帝一见地方的文告，把地图一查，那就是四川边境，由西往东，直抵夜郎。夜郎现已内附，这就自四川西南边境，直抵湖南西边境界，都是中国土地了，当然很高兴。

当此日临朝，就召相如问话，问西南夷的情形怎么样的呢？你从实奏来。相如上得金阶，就奏道："僰中邛筰，早是中国的郡县了。至汉朝兴起，就无人过问，如今要复兴，这就容易得多。至于通棘中的路线，再转邛筰，也是很容易通的，用不着调这些百姓去打开山路，不过山道弯曲儿罢了"武帝道："你这番奏达，我也以为极是。我派你为中郎将，你要用事谨慎。建节前往蜀郡，地方官吏，如有不服从你的，你可以把节办他，不用奏闻。我除派你为中郎将之外，另外派三个副使，以佐你不及办的事。这就传王然于、壶充国、吕越人进见。编书的报告一声：这个节，古时跟竹筒一样，秦汉变了，柄长有数尺，羽毛为节，这使人拿着。这三个人，当昨日就得了宫中旨意，今日有事。听了这一声传见，就在班中出来，走上金阶匍匐下来，磕了头，口称见驾。

皇帝在宫中，金墩上坐着，他三人见驾已毕，武帝道："刚才我已命司马相如为中郎将专使，前往成都，办理西南夷这些事情，派你三人为副使，以佐相如的不及。你们四人要以大国的风度出现，让西南夷看见或者听闻，知道中国是多么伟大。你们四人我赏你们四辆专车，各用四匹马拉着。凡是经过的县，那县令带弩矢先走一程。至于你们的卫卒，着带一千人。"四人同称遵命。武帝就对左右两个太监道："将节拿过来，赐给中郎将司马相如。"太监将节取来，捧着交付了相如。相如谢恩拜赐。四人慢慢退朝，出了宫门。相如看见马车，走上去坐着，就赶回家中。相如满面笑容，走回屋里头，还未开言，文君含笑道："今日退朝，十分高兴，这皇帝又有好事，派了你吧？"

相如换了朝衣，坐在墩子上，哈哈一笑道："我往日曾发牢骚，说四夷有事，就派不到我。现在不用发牢骚了。西南夷要内附，皇帝派我为中郎将，就建节专往成都，收拾西南夷内附。你看这节，也是皇帝赐我的。"文君看墩上靠立着一支竹子，上面把漆漆了，头子微弯，像旌旗一样，用彩绳挂起，上面悬着一簇一簇的白色羽毛。便笑道："这恭喜你，作了中郎将。"说着，还侧身道了一个万福。相如又把三个人为副使，各人赐了驷马专车一辆一事告诉了文君。文君笑道："这越发好了。驷马高车，作专使往成都，这是国家的大事情，让你作啦，我可以同行吗？"相如道："当然，你同行。君命在身，长安不可久停，我日内和皇帝告别，就要动身的。你收拾东西吧！"文君笑嘻嘻地说："是。"

这日风清日丽，正好启程。相如同三个副使，朝见皇帝告辞。这三个副使，全是相如的熟人，尤其壶充国更熟。这三人告别回家，过了一会，三人到相如家来聚会。这里队伍，有一千人在顶前面，中间有骑兵一百人，分走两边，其后有数十面旌旗，上面写着中郎将奉使成都往收西南夷，有些旗子上面只写司马两个字，还有副使，只在驷马专车的旁边，旗上分写着王、壶、吕三个字。启程之前，有长安灞陵两县的县令，背负着弓箭，起身先走。要到了邻县，这就交替着邻县，令前往，这两县令才能回来。随后听到一声启程，听到随队伍的乐队，就把鼓打着，角吹着。千人的队伍，慢慢行走。三个副使先行，后面相如前来。相如穿着紫色的袍子，戴着中郎将的帽子，冕旒挂王旒。手上拿了节，缓步上驷马车。文君也就跟着上车，随后有用人车辆跟随。驷马车有很大车身，有四根缰绳，拉着四匹马，有两个车夫，车身让紫绸子遮盖。鼓角齐鸣，马车随着声走，相如抚着节笑向文君道："这我去办大事啊，看队伍多么整齐呀！"

第十二回

千岁后人来升仙桥改　万家明火照故土情浓

县令负弩矢先驱，这在汉朝是一个极有礼貌的举动。平常的人，要去到陌生的地方，或者少到之处，这里就推人去迎接，见了面，把他扛的行李，拿过来自己扛着，而且先走，在前引路。所以这里县令肩上负着弓箭，在前面引导，这就是很礼貌了。至于要经过之处，早得了报告，那就派人郊迎，武帝有令，在太守以下，都要郊外相迎的，你瞧，这是多么阔呀！蜀郡人士得了这消息，以为蜀人莫大的光荣，这里官吏迎接，这是皇帝的谕旨规定的，那不去说他，就是蜀郡百姓，听说司马相如要到，就许多人齐集县中，派定人士前往相迎，带着酒和牛猪各项物品，犒劳司马门下这些兵士呀。

司马的队伍，要到升仙桥，他在车上望着，笑向文君道："马上要到升仙桥，我于此地，定了什么计划吗？"文君笑道："自然，我们都记得，你在桥心柱子上，刻下了字说，我不乘驷马高车，不过此桥。今天你乘驷马高车来了，不但是驷马高车，还有皇帝的节，你的副使，千名你的卫士队伍，那就不止驷马高车呀！"相如哈哈大笑道："是呀，我此番过桥，桥大概过得去，但是你也光荣啊！"文君道："这是自然，你听，这鼓角齐鸣，这是到了什么地方？"相如道："那自然到了升仙桥。"文君道："那我下地走走，看你题字的柱子还在不在？"相如道："鼓角齐鸣，怕是有人来相迎，我们且等一等。"于是两人一齐朝外看，果然，队伍停住。有几批人物，衣冠整齐，朝四辆车子前奔跑。车子停住，相如暂时注目车外，那些人围住车子，就一齐躬身作揖，有人禀道："成都县令，郫县令、临邛县令，同拜中郎将。"相如一听到临邛县令，就不觉一起身，心里念道："哎呀，这王吉来了。"赶快就肩负着节，慢慢下车，向县令等官就回一揖。相如下了车，文君就跟着下车，向各县令回了一个万福。

相如走向前，拉着王吉的手，哈哈笑道："老友，你怎么也来迎接？"王吉笑道："我兄，已是天子授命拜为中郎将，通达西南夷，这是应当来迎接的。又我先是蜀郡人士，这一回天子的宠命，真是蜀郡一时的光荣，这也应当前来。"相如拿着节，就不能说这不是宠命，就道："这就有劳我兄了。"王吉道："我兄既下车，就烦我兄顺行几步，前面有成都的市民犒劳我兄的部下，还有我兄的岳家，闻得我兄前来，岳父卓王孙同了长子文采前来恭迎。"文君在一旁听见说，就道："我的父亲也来迎接我们，这如何使得？相如，你就要步行上前，说句不敢当才是。"相如含笑道："这是自然的。我们就去。"他走了向前，三个副使也下了车，正在与成都来郊迎的官吏，寒暄一阵，相如连走带说道："前面还有成都市民来犒劳我们部下，我们前去拜领。还有临邛来的市民，其中有我的岳父在内，我也要前去见见。"壶充国道："令岳父是卓公，在蜀郡很有名，这以上迎下，如何使得？"文君连忙接着道："以上迎下，我们自然不敢当，可是迎接三位副使，这是应当的呀！"王然干笑道："我们来助中郎将，自然也居下，那也是不敢当。中郎将夫妇先去，我们见过成都的市民，随后就到。"相如点头，同了文君，赶快向前。

前面是相如的部下，一千多人，两边分站着，各人拿了武器旌旗，肃立不作声，相如由此前去，自己拿了一柄节，慢慢的行路。前面是成都的市民，有好几百人，聚在一处，拿了旗子，也都肃立着。前头是胡子很长的老人，人边上有牛猪鸡鸭的担子，还有几十罐酒。相如走向面前，旁边有人伺候，大声喊道："中郎将到！”这成都市民就齐齐的向相如作了三个揖，相如把节抱了，也回了三揖。成都市民的老人就举步向前道：“中郎将这次前来，是国家的荣幸，也就是我蜀郡人的荣幸。我们预备一点牛酒，犒劳我们兄弟，这不敢说是我们的礼物，不过是尽我们一点心意而已。”相如道：“各位乡长，有劳了。所赐的礼物，我们收领。后面尚有三位副使，还要见见各位。我们有话，等我们住在成都，向各位细谈。前面还有临邛来人，恕我不能久在这里细谈。”各个成都市民，就连连说道：“请便吧！”

相如在前面走着，后面跟着卓文君，他们举步慢行，前面就是临邛市民，他这里也有上百人，至于他们所办的犒劳品，比成都的还要多一点。他们边走边近，这里还是一点声音没有。文君细看，就见为首的十几个人，就有卓文采在内，文采穿了一件绿衫，头上戴有方巾，看见相如朝这边走，就满脸是笑容。相如看见临邛市民，照例说了几句言语。把话谈完，马上文采就挤上前，见了相如就深深的作揖。便道：“中郎将司马先生，我的妹夫，你这次回来，是多么光荣呀！我们得着你的启程日子，就高兴得连睡都睡不着。”相如回揖道：“蒙家中人惦念。”文君就此慢慢向前，可是四处观望，文采看到她上身穿着丝绣百花的红绫衫，下身围着百幅裙，当然是个夫人打扮。他还没有作声，文君就先开言道：“兄长，你还亲来迎接我们啦！”文采一手拉她的衣袖道：“妹子，你看，有几多人迎接你们啦！别的话，也来不及说，爸爸听到你们夫妇前来，就亲身来接你们，爸爸快点前来吧！”

文采说这话时，就对着一丛杨柳荫下，用手招了几招。这柳荫下，走来一个年老人，身上穿件红紫色袍子，头上戴顶远游冠，三绺胡须齐齐的飘在胸前，那就是卓王孙了。他走将过来，将袖子齐整摆动，这就向相如道：“相如，你这身受专使，国家待你很好，我特意来看你。”相如等他到身边，就手上拿了节，深深一揖道：“我这里身上有节，不能全礼了。”卓王孙瞧着相如后面，笑嘻嘻的道：“这是我女儿了！瞧，这多么像一位夫人，可是实在是一位夫人啦！”文君向卓王孙道了一个万福道：“我们到成都来，自然要去拜访爸爸，爸爸何必远来，孩儿怎么敢当？”卓王孙道：“我此番前来，一是看望副使，二是看望你们夫妇。儿的眼光实在是远，知道相如将来要拜中郎将，建节往成都。可是我一点都不知道，实在后悔得很啦。我有女儿，得匹司马相如，这是难逢难遇的事，我知道是太晚了，实在是太晚了。”相如听了这些话，心里实在高兴，就道：“过去的事，何必再提。牛酒相迎，我就觉得这也罢了，何必要岳父相陪哩，儿等承受不了。”

文君想起，当日夜奔的事，没有我知人之明，这哪有今日千人相送，到哪里有这样隆重的郊迎？后来卖酒在临邛市上，人家看着都未免好笑，那时有谁看到今日哩？我爸爸自言知道晚了，自然是真话。想到这里，看卓王孙不住的摸胡子，这就止不住一笑。文采看见了就问道：“大妹何故一笑？”文君道：“我记得相如去的时候，在升仙桥柱子上，刻下了十个字，这字是：不乘高车驷马，不过汝上。今天回来，果然是高车驷马，所以我为之一笑。”文采道：“这字题得很好，我们上桥去看一看，你觉怎么样？”相如道：“我正想去看一看，兄长请一路。”文采就先行，相如、文君在后跟随，卓王孙也跟在后。

走上了桥，这亭子柱子，依然如故。柱子上刻了十个字是相如写的。相如看看，不觉笑起来，他还没作过什么言语，卓王孙就道：“司马相如作事分明是不含糊，他说不乘高车驷马，不过汝上，果然来了高车驷马，你真是看得准，料得定，我有这大年岁，就看不准，料不定，惭愧呀惭愧！”文君笑道：“父亲何故说这种话，相如当日题柱，不过是少年人立志，要说这话自勉一番，也勉人一番。”卓王孙道：“虽然你这样解释，可是我不能漠然无动于衷呀。我想起了一人，你的丫鬟如愿，这次没有来吗？”文君将手向桥下一指道：“你看，她来了。”果然，如愿由桥下，跑了几步路，来到桥上亭子里，看到卓王孙，就打算在此磕头，卓王孙一把拉住，笑道：“你是夫人亲信的人，就不敢当你要行大礼。”文君吃了一惊，问道：“父亲干吗说这种话？儿纵然已作夫人，还是父亲教养的，难道夫人还大过父亲吗？”卓王孙笑道：“我是笑话呀！你看相如他拿着节，君命所在，也不行大礼。何况地上脏得很。有此好心，说了也就是一样。”文君道：“原来父亲是笑话，我还吓了一大跳呢。”

在升仙桥上的人，就都哈哈大笑。文君道：“我妹子文星哩？她在临邛还没有来吗？”卓王孙笑道：“文星还有个不来的道理吗？她在成都家中，这时候望眼欲穿吧？”相如道：“妹妹甚好，我们赶快去成都，好见见妹妹。”卓王孙摸了一摸胡须，便道：“我还有一句话要告诉你们的。在昔日我分给文君的家财百万，僮客百人，这就是我作的不对。我有家财啊，比这多个好几倍，这次要重新分过，男女一样，总是对的。”文采跟着在旁，便道：“父亲这话，甚为合理。”文君道：“我现在有钱花，这就不分也罢。”他们要分家财，相如不便作声，拿着节一昧的是笑。卓王孙道：“我既然说了，自然要作，否则我就不公啦。”大家都说了一个字：“好。”

相如在桥上，两边看看，只见两岸杨柳，把河依然密密遮盖，前望成都有一线青影，于是两岸村庄，许多杂树拱起。就道：“这座桥很好。不过它命名为升仙桥，太俗了一点，我要替它改换一个名字，只是改什么哩？”文君笑道：“这很容易呀，你不必构思了，就叫着驷马桥吧？你坐着驷马车过了此桥，以后有人也坐上驷马高车过此桥，大家都料得定，这不有点意思吗？”相如拍着桥栏道：“好了，就改名叫驷马桥，这颇有意思。”所以离成都约有十里，这里原有一桥，就叫驷马桥，改名字到今，也有两千年的光景，就还叫驷马桥，至今未改。

相如看着队伍，各人去休息，三位副使便也向旅社里去安歇。就叫卫士道："你下令走吧，我们要安歇，成都市里去安歇啊！"卫士就答应是，赶快下桥。相如等人，也下得桥去。这里所恭迎的人，各自回去。相如等人，各上了自己的车子。一时号吹响，随后军鼓号角，都随着响起来，队伍就开拔了。这已是夕阳西下，看远近风景，都在夕阳偏照之中。相如向文君道："这里的晚景很好，一片红霞，夕阳穿过来，这是何等的美呀！"文君道："是的，可是天气太晚了，我们进城，已看不到什么了。"相如道："这里观看很好吗。至于成都是我们的故乡，今日看不到什么，可是明日后日，我们一样看呀！"文君觉得他的话不错，也没有再说什么。可是这车子慢慢进城，只见各个人家，在门外都吊上一个绢糊的灯笼，也有人家不止一个的，照得通明。有各家人齐摆摆站在灯烛之下，还不是一条街是这样的，条条街都是灯火万家，万人空巷来看中郎将。相如看到，这真是故乡人给面子，正有两句话，要对自己的卫士来说，可是远没有说出，新近又发生一件事，这又给相如故土之情加深啦。

这是什么事呢？这时候深巷里又出来几百只灯笼，队伍就停住了。许多人，就在旌旗上各挂一盏灯笼，在队伍里面，十个人也悬挂一盏在武器上，四辆驷马专车，各挂六盏，末后随从车，也各挂二盏，从远处看去，就像一条火龙，在街上活动，因此看两面街道非常清楚。街道上虽然人很多，可是人的声音，一点也没有，相如就感到故土非常情重，自己正不知报答故土人情，要怎样才好。文君悄悄对相如道："人家站在门首，这是要看中郎将呀，你何不叫卫士把车棚取下，让成都故乡人，看得真切？"相如道："不是你提起，我倒忘记了。"司马相如随即就向车外叫卫士道："你去告诉驾驷马专车的人，把车棚子撤除，叫三位副使，在各人车上站立以便成都人士观看。"这里车子还没有开动，听相如一句话，就连忙将各车子车棚撤掉，三位副使已经站起。这专使车棚，自然先撤。相如手抱定这节，对两旁市民就不住的点头。文君在车上也站起来。街上虽然没有人声，但这样一来，就听到轰然一声，那意思是说好。

相如专车已经开动，前面队伍也已经向前行走。原来这专使以及三个副使，成都官吏更把衙门定妥，就是以前郡长的衙门。队伍向前行，忽然人群里面有人喊着："请中郎将的车子暂缓行，我们老百姓对专使有话说。"相如看去有十几个人，挤出人群。那群人手里拿着一罐酒，有的捧着盘子，里面有煮熟了的鸡鸭。相如向车夫道："停住！"那车子停了。人群里面有人斟了酒，有人捧着鸡鸭盘子，走到车边，在前面有一个人道："我们是中郎将的朋友，中郎将这次回来，蜀郡人都为之光荣，我们朋友更光荣，预备了一杯酒，请中郎将喝一口，夫人也喝一口。"相如道："好，我夫妻二人各喝一杯，你们这些鸡鸭，叫我的卫士留下。你们都是我的好朋友，等公事办得有点眉目，请各位大喝一场。"说着与文君各举杯大喝一口。

相如正要喊着谢谢，车子就要走了。忽然有人朝车上打了一躬道："我是杨昌，这在中郎将银钱不便的时候，把你的鹔鹴裘，脱下换酒。小人不当把裘留下，这裘还在，望中郎将留下，以减轻小人无知之罪。"说着，将鹔鹴裘包起，放在车上。相如对着，哈哈大笑道："杨昌兄，亏你也还记得啊！"杨昌将刚才斟酒的杯子，又满满的斟上，将杯子两手抱住敬上道："中郎将请干此一杯，小人就觉得无罪了。"相如笑着，端起酒杯就喝干。还了酒杯，就道："再会，少陪了。"车夫就加上一鞭，望中郎将新衙门而去。

第十三回

取号堪传奇才无上下　升堂有意中国重边疆

旧郡守的衙门，曾油漆一新的。这队伍到了衙门，灯火通明。这队伍就驻扎在衙里，最后两进，三位副使住在前面，中郎将夫妇住在后进。成都令还亲自到各房间看过，没有什么事，才告辞回去。一会开饭上来，还是三位副使一席，相如夫妇一席，就很方便吧。吃过了一遍，相如正要安歇，长途跑来，实在是累了。却是这时随从报道："这有卓家的老先生还同着一位小姐，要到后进来。"文君听说父亲来了，就说了请进。卓家人虽然有钱，可是经过队伍时要报姓名，自己和中郎将有什么联系。他们说明白了，一个队伍里的人引他走进了后进。可是这里有随从，又问上一问。回头队伍里的人，把他们交给随从，他们走开。随从又把他们引进相如住屋，叫他们在门外等上一等，他走进屋里回话，后来这屋里说了一声请进，这才算告了一段落。卓王孙哪里经过这许多的盘问，这才明白相如不是以前的相如了。而且他还要看看皇帝派出来的专使，又有何等尊严。他就同次女文星走了进屋，相如、文君站在屋里等候，文君看到父亲来了，就相迎道："父亲来了，请上，让我们大礼参拜。"卓王孙笑道："我们在十里路外，已经见过礼了。这就礼太多了。"文君道："在路上遇见，那时相如有君命身份，现在是在家里，女婿见了岳丈，岂有长幼都不必分吗？"相如处处都听文君的话的，这就道："是的！这就请老人居上，我们二人同拜。"卓王孙就喜欢这一点儿的，笑着朝上站，两个人同拜了。文星从前在旁不敢多话，现在见他们拜过，就笑向文君道：“姐姐，你现在是一位夫人啦！恭喜恭喜！我也要大礼拜上一拜吧。”文君笑着拉住她的手道：“妹妹不要说这种话，我们是同胞姊妹，哪有受大礼参拜之理？”文星道：“虽然这么一说，可是姐夫呢？”说着，望了相如。相如道：“我们就同揖吧。”文君的手放了文星，相如一揖，文君、文星同道了一个万福。

四人同在锦墩上坐下，如愿同两个丫鬟在一边伺候。卓王孙看到相如的起居，算是极舒服的，就点了头道：“相如，你现在极忙，倒是很舒服的。我为什么今晚还要赶着前来哩，就是你这妹子，吵着不依，要来看姐夫与姐姐。”文星道：“我是不依呀！你们在驷马桥边都见过了，我是听说成都市里万家灯火，好多老百姓也争看中郎将夫妇。人家都看见了，就是我还没有看见，这不急吗？”相如哈哈一笑道：“当年……”文君怕他将卖酒的话，又说了出来，就以目示意。相如也不愿将卖酒的话，又重新说了出来的，只管接着道：“那时作赋，是这样一个司马相如，如今作了中郎将，也还是这样一个司马相如呀！”文星道：“这样譬喻，好像是姐夫有理。可是那时候无人看出姐夫将来要作一番大事呀，要看得出来，那就天下人都看得出，就不怎样稀奇了。姐姐，你说是不是？”文君笑道：“妹妹这样说话，自然甚是有理，我呀，自然比一般人强一点。”相如道：“你就看得出来呀！”文君这就想着，我父亲也是看不出来呀，这段话就在这里停止！就吟吟一笑，把话扯到旁的事情上去了。

卓王孙和他的两个女儿，还有一个女婿，极为高兴，谈到夜深，方才告别而去。次日早晨，蜀郡郡守，又来拜访了。他姓余，名字叫宗汉。这里司马相如，以及三个副使，就在客厅相见。当然，余宗汉坐在客位，四位专副使就一边坐着相陪。五人说了一点客情话，余宗汉便道：“昨日驷马桥一过，蜀郡人士极为高兴，有许多人打着灯笼，向城外去迎接，是何等替蜀郡人士增光呀！”四个人都说了一声：“岂敢！”相如道：“这升仙桥改作驷马桥，这是我一句闲话罢了。不想这样快，老兄也说驷马桥了。昨晚我们的亲戚，也说了句驷马桥，我还以为是亲戚的传言，大家取乐而已。不想郡守也这样说了。”余宗汉道：“岂但是我，蜀郡人哪个不晓得这一件事呢？这大约是跟随的人，从旁看见，他就这样一说，自然一人传十，十人传百，就传到我们的耳朵里去了，这并没有什么稀奇。”吕越人笑道：“郡守说的对。这里还有什么说的，教百姓传说吗？”余宗汉把两手一拱，笑着点头道：“有呀！中郎将取号相如，还不用提，是同情蔺相如吧？你看这蜀郡人，只要一提到相如，是读书人，他就知道古来有个蔺相如，把今古人物比上一比，觉得现在的相如，比古人并不差。据我们看来，比古人也许要好一点。”吕越人道：“自然，现在的相如，比从前的相如，要好一点的，从前的相如，是赵国的诸侯，所出力的是保护赵国的社稷，多存在一些时候。如今是大汉时代，天子的命令，要开通东南西北四夷。就说我们的中郎将，赐了节，还有驷马高车，一路行来，处处有人迎接，这不比古人好一些吗？”

余宗汉听了这话，就把袖子一拍道：“这些话是对的。如今是奉天子之命啦，那蔺相如是奉赵王之命罢了。还有一层，诸位没有说。”王然于就接嘴说道：“我们还没有说吗？是哪一项哩？”余宗汉笑道：“诸位忘了吗？你们中郎将，会作赋啦，蔺相如就没有什么留传给后人。”这三位副使，就哈哈一笑，连道：“对的，对的。”相如在一旁听着，没有说话。这时，三位副使话说完了，余宗汉也没什么譬喻了。他就道：“诸位的话，却把我比古人，太高些了。蔺相如是蔺相如的时代，我们是我们的时代，这要强把时代拉成一样，那是不对的。由我看，蔺相如是一个不怕死的好汉，我们不可把这个古人看低了，四位看我的意思怎么样？”余宗汉道：“你这就算得很公平吧。于是我们把刚才的话，可以笼统评论一下，就是今古两个相如，都是了不得的人物。”相如笑道：“那还不适当啊！我取名相如，不过慕相如之为人，哪里配比古人哩？”壶充国笑道：“姓蔺的在今日，当然要奠定西南，姓司马的在往年，当然要完璧归赵。”说毕，这里五个主客，都哈哈一笑。

相如将节拿过来，右手将节抱定。这才说道：“我奉命安定西南，不知道这里到僰中去的人，到底有多少？今日第一天遇见郡首，我们随便谈谈。”余宗汉听他的话，虽然是随便的谈话，可是他将节拿在手内，这倒不能说是随便谈吧。便道：“从前这里去的，有两万八九千人，后来跑走的跑走，病亡的病亡，最后只剩下两万人还不足。前三个月，长安来了一道檄文，这就是两万人也一齐走了，现在在这路上的人，只剩下三百多人，这是实话。”相如道：“还有三百多人，那我用也够了。郡守可望你下令，通知邛筰的邻县，叫他们选出通晓邛筰民情的百姓，共二十人，来到我署里，我要用他们。百姓由县令给他们钱，让他们来到成都。”余宗汉道：“这办得到，也是应当这么办。”

相如停了一会，就道，“叫他们来作什么呢？我想了一想，说出来也不要紧。就是我们天子，把了许多东西，赐给西南夷的首领，但路上怎样的走，我们不知道，所以赏赐的东西，现在不能带走。我想这初步，我也派二十个人，随来的二十个人，合拢在一处，回头让他们进了僰中，告诉他们天子赐了许多东西，要他们各推一个首领，让他们来拜领。他们既得了东西，然后去长安朝见天子，朝见之后，自然要封官啦，封什么官，那夜郎有一个前例，也不会教他们落空的。我的意思，和三位副使的意思，都是一样。我们四人为了这事，一路之上，商量多次，其他，我们就没有什么意见了。郡守是蜀郡的首领，你有什么高见哩？”余宗汉道：“你这里提的办法，那就很好，我提不出来什么意见啦。”

略通西南夷，当然长安来的人，自有他们的办法的。余宗汉在唐蒙打通夜郎，他巴结过分，就受到了朝廷的斥责，他有意见，这时他也不敢提出来呀！所以他听到相如的话，就说这办法好，没有意见了。当时又谈了一会，才告辞回去。他要僰中邻县推选二十个人，不可怠慢，次日就行文到邻县去了。这要提到西南夷了，西南是怎样要附属朝廷哩？原来西南夷有许多国，在前西南夷也有邻国。在南有南越，这是一个强盛的国家。靠近，是夜郎国，也不小。再说到西南，有个滇国，他连中国有多大，也都不晓得，自然他不怕中国了。西北，有匈奴。再西，那就是西域各国。这些国家，都与西南夷各国有来往，所以西北边上，有竹筒做的器具。他们都不以中国为然，那中国的敌人就很多了，那怕什么呢？再就地势来说，西南夷是靠近中国的，可是这里尽是山路，不好来大兵，尤其是车子。而且这边上有河流，水势湍急，也不容易过来。所以朝廷没有理睬他们，他们也不睬朝廷。

这是过去的事，到了汉朝，事情的形势变了。他们这样商量过，中国出了一个武帝，这人是了不起的一个人，他几次兴兵，把匈奴打得大败，灭了他的国。西北角的西域各国，原来看不起朝廷的很多。可是汉朝几次出了使臣，又出了一支兵，这就亡国的亡国，不亡国也赶快臣服，所以西北角完全没有一个强邻了。掉头看看南方，武帝出兵东伐，也把福建打得大败，南越害怕，赶快命太子入朝，这南越离长安很远的，这又没有了。这就有夜郎国吧？可是唐蒙南下，把山路凿通，吓得夜郎国不敢争执，马上臣服。夜郎国是我们紧邻啦，他已臣服，我们怎么样呢？我们后边，就是滇国。中国派了使臣，欲在那里，前望身毒。可是滇国国王不许这三个人前去，而且把三个人关闭整整一年，才放他们回国。武帝这个人，岂是这样可以挑拨的吗？听说现在已经练兵西征，就凭夜郎的路打通了，由那边出兵西去，由此看来，我们的兵力，万不如夜郎，不要说匈奴了。我们何去何从，这不太明白了吗？这样商量的结果，就派了许多人，能说汉话，扮着汉人的样子，前往打听。

打听的结果，就说夜郎国已经降服了，他们的君长，封了夜郎侯，还得了无数的财物。长安已经派司马相如为中郎将，持节奠定西南部的疆域和西南边境的安定。他还有三个副使，三个副使里面有二人到过滇国，就是王然于、吕越人。他们来到蜀郡，一路好威风。皇帝下了命令，一路之上，有两个县令负着弓箭前行，到了成都，那更为热闹，夜晚街上，就是灯火万家。不过这样，司马相如还下令，不由我们这里兴兵，愿意我们降服。各国君长听了这样报道，各人面面相觑。回头又商量一番，大家议定，我们决计降服，只要看着夜郎这样受封，我们就没有什么话可说了。他们这样议定，恰好相如派了二十个人，邻县推出二十个人，一共四十个人，来到僰中。这回十个人又到各地，打听一番，他们就说了天子的善意，赐了许多礼物，现在在中郎将衙内，望各位去领。

这番报告，这些西南夷的君长，就各个喜欢。又商量了一阵，就推定五个人，前去领五国的赐礼。哪五个人呢？这就是冉从、驼定、笮存、邛略、斯榆举苞蒲。五国首长，推定好了，就随这四十人来到成都。这一日相如跟三位副使，手上还拿着节，就升大堂传见。这里摆了十个墩，中间还列着一副公案，大堂的下边，相如的卫卒，还列着百人，各人拿了各项武器，悄悄的站立。一时门外鼓声号角声，这就传见五位首长了。冉从等五人，就在卫士引领之下，来到大堂石阶下面，齐齐站立，朝上三揖。相如等还礼已毕。就道："五处的首长，请到上面坐下，我们好谈话。"冉从道："不敢不敢，我们站立，一样谈话。"相如道："请坐吧。我们一个官，五位今朝来，降服朝廷，那也是一个官，官官相见，哪有站立谈话之理？我们是主人，各位是客，也哪能够不坐哩？"说着，卫士相迎，五个坐在客位上了。

相如见他们坐下，看了他们脸上，十分喜悦，就道："皇帝很重视西南的，听说各位也很欣慕夜郎的，这很容易。皇帝现在赐你们，各人有黄金一百斤，银子万两，绸缎一百匹，玉器五十件，铜器千斤。”说到这里。对卫士说：“把礼物搬过来。”卫士说：“是。”就有几十人，把箱子抬着，箱子而且有很多人抬。分成五组，放在大堂上。相如道：“各位请过目。”卫士就引各位在箱子面前，各看了一看。这五个人哪里看过许多赐礼，各人就在十分欢喜之下，向四位专副使，各个作揖。口里道：“我们降服来迟，还赐许多礼物，谢谢。”相如道：“这是我们天子重视西南的原故，各位就朝北九叩首吧，各人领赏谢恩！”说着，四位专副使一同站立起来，相如把节，就微横树立，坐北向南，五个人就并排站立，卫士站在一旁，喊着名字朝北跪下，又连喊几叩首。各人就连着九叩首。礼毕，各人又向四位专副使面前，各个作揖。

相如看着五位西南夷的首领呀，各个都十分快乐。便道：“五位现在降服了，这土地怎么样呢？”这是相如问的话，其实这里有书呈上，这不过是经过这番言辞，那就十分明确吧。五位西南夷的首领，又各个商议之下，仍推冉从答话。冉从坐在墩上把袖子一拱道：“我们僰中的边关，就马上撤除，西方到沫若水，南方以牂牁江为界，还以木石为塞。这里有一座灵山，十分险恶，这就凿开来，以便行人。还有一条练河，在河岸筑一道桥，这让邛笮之途打开，那就可以畅通无阻了。”相如道：“你们能这样办，就好得很。你们几时去朝见天子哩？”冉从道：“我们要把天子赐物，带回家去，也好大家欢喜，然后就来朝见天子，这也不过一个月吧。”他们这样答复，相如认识这批人就很满意。五个人也已觉得没有什么话，就向四人告辞，所赐的礼物，就叫带来的人抬回去了。

第十四回

豹尾兼虎头神仙何似　树荫驾窗影人月同圆

五位首领回去以后，果然不到一月，他们就回转成都来了。少不得四位专副使，酒席款待。相如又把这里的一切情形，奏告天子。不久，相如得着复旨，令相如及副使北还，其他五个西南夷的首领，让相如的奏闻完了，然后再定朝见的日子，这样，五个人也随相如等一道北上了。相如在成都告别了父老以及知名的朋友，就告诉了文君北返长安。当然，此行不急。在路上行走了半个月，才到长安。次日相如及副使，把在成都的事一一奏报天子，武帝听了，就是汉朝天下，又得了一片土地，自然是十分欢喜。随后五位西南夷的首领，朝见了天子，武帝封了他们各人都是侯爵，五个西南夷首领，也就很高兴的回去了。

这就要报告司马相如的故事了。相如在成都又分得了许多家产，要算起来，比以前还多一倍有余。旁人看到相如真是阔绰，就上书皇帝，说相如太阔了，他出使回成都得了西南夷很多的钱。皇帝虽然不信这话，但是他家中，经过派人调查，的确是很阔。不过他奠定西南夷，其功劳不小，这就把他中郎将免掉了事。相如的确替朝廷办了一件大事，虽然免了官，倒落得清闲。家中有的是钱财，不作官，也不要紧。终日看书，或者作赋。他现在朋友是很多的，所以同朋友谈谈，有时出去游览，这也觉得是心旷神怡了。这时候，他有一个朋友，是牂牁一个名士，他叫着盛览，字长通，他觉得相如的赋是极好的，跑到他家里来，问赋何以作得好。相如告诉他说，这要和织丝线一组一组的而成，然后上面加着锦绣，这是赋的迹象（按是赋的本质）。至于赋家的心情，要包括宇宙，在人物中要多看。赋是神传，不能够教得好的。盛览听得了这番话，就把作赋的心打退，终身不敢说作赋了。

相如这样闲居，就觉得很快乐吗。可是这也不过一年多的光景，武帝查他家里，实在是分了卓家的家产，才有钱的，同时也觉得他的赋很好，所以把他的官又恢复了。这时，武帝好打猎，有一天，武帝上长杨宫打猎，这宫在盩境内（盩厔，读如州至），这里去长安甚近。相如跟着侍从，也随武帝前去。武帝到了那里，就有好多野兽，从长草出来，有一只熊，武帝看见，就把箭连发几下，把它射死。这里相如看到，颇不以为然，回来就上疏，谏不可玩这项娱乐。他的谏疏，我们不必详译，知道他有这回事吧。武帝读了谏疏，便笑道："这谏疏说的是，以后我打猎，少自己动手吧。"

此行过宜春宫，是秦朝的离宫，这里项羽放火烧秦人的宫苑，就没有烧掉，这里靠近曲江。秦二世皇帝坟墓，就在这边上啦，相如奏赋，哀二世失德。他在赋里边，有这样的两句："临曲江之隑州兮，望南山之参差"。隑，音该。可是这里念祈。南山，就是终南山。曲江，人家对这个地名，多不晓得在什么地方。而且曲江两字，出在前汉，这还没什么人起名字比他更早吧？这一地名，是中国的名胜古迹，我当把他介绍出来。曲江，又命名作曲江池。它是汉武帝时候造的，也名为宜春苑，水流曲折，有些像广陵江。广陵江，就是钱塘江，也就是曲江，所以它得了这个名字。到了隋唐，这里更宽，周围有七里之长。南有紫云楼，芙蓉苑。西有吉园，慈恩寺。书上称道它，花卉环周，烟水明媚。所以唐人书上，很多谈到曲江的。如今是平陆了，所以很多人就不知道它。

不过相如是有病的，他的消渴症，要是人累了，就会复发的。他的嘴巴结巴，也是一样，人要一急，就结巴得更厉害。武帝以为他写得一手好的文章，但他常患病，为郎官恐怕不合宜，于是一道御旨，拜他为孝文园令。这文园汉书没有注明，它在什么地方，我们也无法考证。不过这文园到长安，一定不远。孝文园令，作官一定轻松。花果树栽得好或者是不好，作令的人要常常照顾。这里有御道，要逐日打扫干净。也就如此而已。所以相如终年无事，常常作赋，给皇帝看。这时恰好武帝好神仙之说，有好此道家，作了好多的书，说神仙可以长寿不死，仙女极美，简直凡人无这样美人了。相如看到武帝为此事，差不多入迷了，他要作赋，来辟他一下。等到武帝稍闲，他就把自己要作赋，说了神仙等故事，告诉一遍。

武帝听了大喜，对相如道："你的《子虚赋》、《上林赋》，我都读过了，都是很好的文章。你还有新作吗？"相如奏道："《上林赋》还不见得美，还有比它更美丽的哩！"武帝道："那好得很，赶快呈上来瞧。"相如道，"臣为陛下，作了《大人赋》，不过现在还没有作完，等作完了，我就呈上来。"武帝道："好的，你去好好的作吧。"相如退下，回家去作赋。《西京杂记》颇为此事夸张了，这本书上曾说，相如将献赋，未知所为。梦黄衣翁谓之曰，可谓大人赋。当然，这梦不会有的。后世许多出版的书，多转载此事，很多人都相信了。他所谓大人，就是皇帝。他说，大人出游，上天下地，所游的地方，很多很多。向西边走，见了西王母。西王母住在昆仑山之西，她的头上，就盖着满头的白发，白发上面，戴着女人所用的首饰。她住的地方，打了一个洞，有三足鸟替她使唤，她还是运气好的哩，这跑路有三足鸟呀！人要是学长生，就这样学到了，那是长到一万岁也不怎么快乐吧。

相如的赋，就是这样讽谏。西王母住在昆仑的西边，自昆仑前往，有二千七百里。她那形状，是老虎头、豹子尾巴，头发蓬松，而且都是白的，你们想，这就是仙家呀，这有什么我可以羡慕的。

武帝得有他一篇赋，不但不怒，而且很快乐。他还批评这赋，说是飘飘然好像驾云一般，人在天地之中呀！不过相如虽然说，西王母没有人形，可是他又说，大人把帝宫打开，载了一批玉女回来。这好像上下文有些矛盾吧？我以为这是譬喻说，以往诗赋家，都这样说的，这是无妨的。

相如作了《大人赋》，又比较清闲了。自己想着，我现在作的，是孝文园令，职务非常清闲，管理园林，打扫垄陌，以及一切零碎的事务，派上几个僮客，那就够了吧？我要是高兴，就起身到园里看看，兴尽了就回来，那也是不费时的事。想着，就上了一道奏札，送呈武帝。奏札上说明，自己多病，要到茂陵乡下去静养。武帝看了奏札，怜惜他多病，他搬到茂陵乡下去居住，到长安又近，那也无妨。就把奏批准了。原来茂陵乡，是那时一个风景区，在咸阳以西，兴平以东，有大路通到长安。长安官宦，以及有钱的人，都在此盖着别墅。在这里有一个富豪，在北邙山脚下，盖了一所花园，名字就是北邙绣谷花园。花园有五里路，这样阔大。花园里有珍禽异兽，奇树怪草。在长安就提到游过茂陵，还要进一步问，你到过茂陵，到过北邙绣谷花园去了没有，这绣谷园就这样名声很大了。

相如自得着皇帝的御旨，准他下乡居住。他就花费了很多金钱，盖了一所别墅，等别墅盖起来，正是农历三月，这里暖的气候，比四川来得迟一点，可是比黄河以北，又早一点。这一天，天气十分好，日暖风和，路旁树木，已暴了新枝，一片新绿。相如的家里，已收拾完了，他们家里的僮仆，已陪着家里搬运的家具，先搬运走了。相如、文君在后一辆马车，随后慢慢的行来。路上过了流桥，便觉树木青翠宜人，田园爽茂。阵阵清风，吹在人的身上，十分清快好受。相如指着两边村庄对文君道：“你看，这里的村庄，多么整齐，树木繁盛。”文君道：“这自然是好，是天子脚下吗。”夫妻正在这里说着，就听到马蹄声，在后面跟了来。相如就招呼车夫，将车赶到一边。

后面那马蹄声，越发靠近，相如等那马走着并排，马后拖了一辆车，上面坐着一个人，圆脸留了三绺胡须，上身穿着紫绫袍，额上戴了进贤冠。相如看见，正要打招呼，那人就先称呼了。拱手道："相如令公，你上茂陵里去吧？我们就一道走吧。"相如回了一揖道："广汉兄，我正要打搅你啊。我现在奉了御旨，准许我在茂陵住，我想趁着天气还好，正要看看你的花园，还要看看你老兄，不想在此遇着了。"广汉道："你老兄也在茂陵住吗，这很好，我们来了一位令公，多了一位酒豪哟！同坐的是嫂夫人吗？"文君也曾听说过，北部山脚下，袁广汉盖了一所花园，就身子起了一起，点头道："广汉先生，我们以后，还望你多多照顾。"广汉道："令公是天下闻名的人，现在住到茂陵来，茂陵里住户，都为之生色不少。要是住了一些时候，作起茂陵赋来，那就茂陵里人，个个人增光啦。你们要去茂陵，那晚饭还没有预备吧，我这里预备一席饭，奉请足下夫妇二人，想足下还不能推辞吧？请问，你的新屋在何处，好教人送达。"相如把新屋告诉了，还说不用客气。广汉道："我现在要赶行一程，回到家里，命厨房好好做饭，我就少陪了。"说毕加上一鞭，那马车就过去了。

相如就道："你不认识他，他就是茂陵乡里的大财主，叫袁广汉的便是，他的家财，比你家里不相上下。他的厨房差不多天天办酒席，因为他家里天天有客。"文君道："这人有钱，长安也有很多人认识他。"相如道："这人好客，他说了送晚饭到我家，一定有丰盛酒席送来。"二人在车上说说笑笑，车夫不忙于赶路，这就在太阳西下的时候，就到了新居。这地方有竹子有松树，向前看去，绿色成排，挡住去路。在这里有砖墙立了大门。相如就下了车，随了他夫人走去。有很大的院宇，院宇有各色花木，这是三月靠中，杏花桃花，还有的在盛开。原来这座别墅，是人家盖的，就完美的卖了，相如就只粉刷了一下，就成了新居了。将院宇走过了，有几曲栏杆，通到上房。上房靠东南，有两棵古柏，高达屋顶，这里长了些古藤，那人在屋内，也觉得绿荫罩屋。最妙的古柏以外，有几棵桂花树，要在秋日，桂花香味，走绿荫进来，这香味阵阵宜人了。

相如看着，也说此地很好，要是在这里作赋，那就很好吧。文君道："这里最好，是靠粉墙，开了个月亮形的窗子，打开窗户来，花呀古藤呀，看着像月亮一样，这不太好了吗？"相如听了文君的话，就哈哈大笑道："的确，这里布置得更好。不知袁广汉说，送我们一餐晚饭，送来了没有？我要在此，浮饮几杯了。"这样说着，正好三个僮客，抬了一个食盒，后面一个僮客背着一罐酒。拿到屋子来，就将食盒打开，里面摆着许多名菜，僮客道："这是袁先生送的，还有一罐酒，请过目。"相如道："好，多谢袁先生。你们送到厨房里去，热上一热，热了端来，我和夫人就一同吃这一餐好的晚饭。"僮客答应了是，就将那食盒还有一罐酒，抬向厨房里去。文君就立刻叫如愿，将席朝月亮窗户下一摆。

这时，那东方的圆月，慢慢升起。朝东望去，多是松柏平林，一点浮尘也没有，这月亮带了光辉，照见这新居，绿树阴影，把月亮形的圆窗，就像嵌在碧空一样。那古藤垂下了许多条，像青天上吊下来一样，把月形窗户吊起。相如这席，靠近窗户，相如打横坐，文君坐在正面。相如把酒杯举起，向文君请了一下，笑道："文君，月亮真好，照见我们双双在此饮酒。真是人月同圆。"文君道："这还是弹琴好，要不是你弹《凤求凰》，我们哪有今日？"相如道："我们还要多谢月亮，你嫁我那天晚上，要不是很好的月亮，你来与不来，那就未可定。你就算决定来，那时漆黑，路一脚高一脚低，也难于行走啊！"文君笑道："幸而你有这道转语。你我既决定要来，慢说是路一高一低，难于行走，就是天要倒下来，我也要来的。”相如道：“我不过譬方这么说，我也猜准了，你要来的。”两个人就为了这几句话，哈哈大笑。

二人就在对月亮品酒，说一阵，乐一阵。忽然如愿在柏树外边，高声赞道：“妙呀，这月亮照在柏树上，这两棵树影，倒在窗户边上，是多么有趣啊！”文君道：“如愿，你在树外，看得这窗户，就像驾云一样，你向外边看看，这树林怎么样，这花木怎么样？”如愿就转身向外，看了一看，看了这屋外的树林，月光照在上面，浓得像一团淡墨，淡得像蒙纱一样，看得分外清楚。至于这些花木，也是一样。如愿大声道：“好啊，我们这屋，像驾云似的，这是多么有趣呀！”月亮窗户中的烛，同时熄灭。屋外的亮光，格外的明亮。如愿正喊问，“为什么烛火全灭了？”相如、文君同时脚步声，踏着泥土响了过来。相如道：“你看这树影，越发的清楚吧。我和你小姐，轻轻的，飘飘的，就来到你的身边，这是驾云，也是这样吧。”文君笑道：“这月亮真好呀，我和司马主人，欢快度过了这月圆之夜。你看这窗户，像月亮吧？我们快乐的度过这人月双圆之夜。打明天起，你的主人又要作一首赋，说我们同过了快乐之夜哩！”

于是三个人，对这月亮哈哈一笑，这快乐之夜，永远无穷期。

孔雀东南飞

楔子

《孔雀东南飞》古时收入乐府，是一首好诗。我们查一查，共有一千七百六十五字，为我国至长的一首诗。至于何人所作，没有人知道。诗前面有序，当然是后人补的。序说："汉末，建安中，庐江府小吏焦仲卿妻刘氏，为仲卿母所遣，自誓不嫁，其家逼之，乃没水而死。仲卿闻之，亦自缢于庭树。时人伤之，而为此辞也。"这篇序，虽属短短的几句，也可见那时人对于这事的悲哀。序里所说建安，是汉献帝的年号，不久，汉亡，曹丕篡汉，进入三国时代，到现在也就有一千七、八百年了。一千七、八百年，这篇诗犹脍炙人口，可见婆婆虐待儿媳，也已传之很久。诗上末尾说："多谢后世人，戒之慎勿忘。"为婆婆的真可以三思。

诗上称的焦、刘二氏的家，是庐江府。这庐江府，就是现在的安徽潜山县（潜山市）。潜山县在汉末时代，和曹操的地区交界。在那个时候，那里是很丰美的地方。庐江府地区是属东吴的，不过地虽东吴，名义上还是汉朝，所以老百姓自称大汉之民。至于地势，靠北边一带，就是几百里不断的皖山。靠南一带，差不多都是平原。那时潜河还有相当深，几百担的船，可以相通。山水也十分秀丽。

我也是潜山人，家住在黄土岭，离出事的地点小市港，相距只四十里路。有时虽回家看看，对刘兰芝的事，诗尽管读得烂熟，事就在我家乡附近，我简直不知道。现在把县志一查，向几个老人一问，才晓得焦、刘二氏的地方，都在南乡，而且刘家就在小市港。

据一般人传说，二棺合葬的地方，叫做“小渡”。“小渡”面临大坂，叫做“阿焦坂”。这些故事，六十年以前的老人，大多晓得。六十年以后，大概慢慢地忘了。

这次我决定将《孔雀东南飞》改为小说，就写信回家，问问情形。家中人得信之后，便细细探访，把得来情形，告诉了我。回信还说，焦、刘二家的后代，还没有寻着。至于“小市港”，果然一度改名叫“小吏港”，这表示纪念一位小吏。到了清朝，不知为什么原故，又改称为“小市港”，恢复了原名。“阿焦坂”却没有改掉(这个阿字，又说是个卧字)，不过，这里发过大水，完全改变了样子，关于小渡的情形，却没有提到。我打算异日还家之便，亲自到“阿焦坂”、“小渡”看看，或者能得点什么东西，也未可料。但是“小市港”为焦、刘婚姻经过一场热闹，大概无问题吧。

现在言归正传，就在这里下笔。

一

是谁弹箜篌

三月的天气，正是不寒不热的时候。扬子江靠北，有个府城，叫做庐江府。这庐江府位于温带，凡是三月的时候，碧绿的梓树、柳树，都盖着嫩绿的天棚，把村庄完全遮起。而且桃树和其他同季节的树，开着红色的花，三株两株，在绿树旁边，正是红绿相衬，非常好看。加上一湾流水，上面加上板桥，或者一带丘陵，上面加上杂树，人如果站在平原上一望，真是图画一般。

庐江府城，就在这红绿颜色的当中。在如今说起来，原来这个府城，在现在庐江县城西一百二十里。到了汉末，又索性一移，就移到现在两面环山、两面平原的所在，就是现在潜山县城。县城南端，一座砖砌房屋，开了八字门楼，这就是姓刘的住所。

南方的房屋，不像北方，进门以后，一个斗大的天井，便是正屋。自然也有例外，天井略大一点，可以栽一两棵树。这便是大的房屋，分给几家住的。刘家天井稍微大一点，但是也没有树，只是鹅卵石面地，经过长期的阴雨天，长了满地的绿苔。

不过这屋子外面，风景很好。当门两棵大樟树，映着绿阴阴的。靠右是桑田，环绕半边屋子。左边是邻居，两家隔一个院子，院子有几棵杂树。而杂树里面，便有两棵桃树。这个日子，正是红艳艳的。

这日正是太阳当顶，里边向左的房里，正把两扇窗户打开，有一位姑娘隔了窗户，看着两棵桃花出神。就在这时，听到一个妇人道："兰芝，你怎么一点声音都没有了，在做什么呀？你是理一理箜篌的稿子吗？"这说话的是这屋子的主妇。她有两个儿女，儿子叫刘洪，女儿叫兰芝，她自己姓文氏。她说话时，走到房门边，上身穿淡黄色的夹衫，虽挨着门走，并没有沾一点灰尘在身上。

在屋里的少女，便是刘兰芝。这时就离开座凳，慢慢起身。她道："我在屋子里看花呢。你瞧，这花多么好看。箜篌的调子，我很熟，稿子不用理了。"

文氏站在门边，对女儿看了一看，见她穿件绿罗衫，下穿织蝶裙，头上梳着盘云髻，也是干净非常。便想着，女儿这副停当样子，随便到哪里去，要和许多闺秀比上一比，也可以比得过啊！因道："南门外桃花，开得正好，儿既爱看花，何不前去一游？"

兰芝道："不去也罢。过路人多，反有些不便。"

文氏点点头道："是，反而有些不便。这几天儿读诗经，读得多好，今日下午，教书的先生来了，儿又要念新书了吧？儿倒不可荒疏了。"

兰芝道："是，不会荒疏的。"

文氏道："儿现在还是读书呢，还是织绢呢？"

兰芝想了一想，因道："还是织绢吧。前日妈妈吩咐织绢，便将新丝上了机子，织了两天，还不曾取下。儿今儿要抽一点工夫，把绢取下才好。"

文氏道："也是。你十三岁，娘告诉你上机子，你倒是很好，一教就会。十四岁啊，就教你裁剪衣服，也算裁剪得很好。你织绢虽然赶不上家里用，可是一年二年，你就要寻婆婆家，婆婆是好的呢，那倒罢了，不然，三天两天，就要儿交出绢来，恐怕儿交不出来啊！这时，在家里练练，也是好的。"

兰芝因母亲说到了婆家，不好答话，低头说"是"。文氏看看兰芝，倒是和顺，进得门来，走近兰芝身边，轻轻将她肩膀抚摸几下，因道：“我走了，儿去织绢吧！”说毕，转身向堂屋里去。

兰芝自母亲去后，便把屋角边绢机上的挡灰的粗绢拿掉，就坐将下去，织起绢来。

刘家的规矩，请了文氏堂弟兄文西园做先生，每日下午，到刘家来坐上一个多时辰。兰芝的功课，就是前两天抄的。西园来了以后，就上书给她读。虽然说女子读书，自古都没有好的出路，但在汉朝的时候，自己抄书自己读，女的读书，就比后几个朝代多。文西园天天来教，见兰芝十分聪明，也十分欢喜。

这天下午，文西园来了以后，兰芝的绢已织完了，就到堂屋里拜见先生。西园正面落座，他座前摆了一个炕桌。他盘膝坐在炕桌里边，坐的是小小的丝棉墩子。兰芝坐在炕桌对过，也是盘膝而坐。

西园道：“今天不讲诗经，讲的是论语，你抄了没有？”兰芝道：“抄了。”说时，把面前的书卷，像画一样展开。这正是古时候的书卷。

西园点点头。他也把自己带来的一卷书，摊在桌上，把论语第四章，从“子贡欲去告朔之饩羊”讲起，直到“吾何以观之哉”为止，直讲得太阳晒着东方墙下，方才完毕。讲完了问道：“书讲完了，有什么不懂得的地方吗？”

兰芝道：“先生讲的，大概都懂了。但是末了有几句，还未曾懂得透彻。就是‘子谓《韶》，尽美矣，又尽善也。谓《武》尽美矣，未尽善也。’未能全懂。”

西园点头道：“《韶》，是舜帝时的一个乐名。《武》，是周武王时一个乐名。舜用韶起舞，觉得尽善尽美。周武王用武作曲，虽然说乐是顶好的，但不能够尽善。为什么呢？因为周武王用武力平治天下。”

兰芝道：“原来如此。我懂了。”

西园道："我倒想起一事。人要学乐器，也应该尽美、尽善才好。现在你学的乐器，是一种箜篌。这箜篌虽是一种乐器，弹得也好听。可是它的调子，多半是激昂的，也可以抄书上一句话：尽美矣，未尽善也。真要学乐器，倒是琴可以学一学。"

兰芝道："先生说得是。但是箜篌也可以奏平和的曲子。先生哪一天工夫闲些，我弹一段先生听听，好吗？"

西园道："很好，下次我来早点，学生可以弹一弹。今天的书，就上到这里，我走了。"说着，起身缓缓走着。虽然西园天天来，兰芝还是送到屋檐边。

文西园走出了门，顺着冷静的街道，向东门走。太阳照着街上，约有两三尺高，只见金黄色涂了墙脚。那两旁有几棵树，嫩绿叶子为风所吹，瑟瑟作响。西园觉得这冷静的街上，倒是很有味，越发慢慢地走去。

行到一条巷口，一个年纪轻的人，由这巷子里出来。那少年身着蓝绸衫子，头戴蓝色头巾，似乎有点急事，只管把袖子反转在身后，提起步子急走。西园仔细一看，便道："仲卿，为何这样的忙法，熟人都没有看见吗？"

那人听文西园喊了，便对这面一看，立刻站住了脚，便拱拱手道："西园老伯，我有点急事，所以熟人在前，也看不见，恕罪恕罪！"

西园走近了两步，和焦仲卿并排，便道："你家里出了什么急事吗？"

仲卿微微地笑道："倒不是家中出了急事。府里来了公文，十分重要。府君就给我们抄写。正午买了两个烧饼，胡乱吃了一点，仍旧抄写。刚才方始抄完，急忙赶回家去，叫家中老母炒碗饭吃。所以行路走得匆忙，老伯幸勿见怪。"

西园笑道："你是没有吃饭，所以忙成这个样子，那么，你就请便罢。”

仲卿笑道：“不在乎这一会。我倒想起一件事。每日下午，老伯似乎都到南城去，我好多回遇到老伯。”

西园道：“是有一点儿事。有一位叔伯姊妹，她有一个女儿，倒也聪明，叫我每天下午，给她上几篇书。我是教书为生的人，自然答应。仲卿每次碰见我，正是去教书的时候。这也和你一样，读书多年，要进取没有路子，就只好混混这碗饭而已。”

仲卿道：“令亲是哪一家？”

西园道：“我那敝亲堂妹丈，已经去世了。现在只有一个外甥，名叫刘洪。他家住在南门里正街，门口两株樟树，照得全屋碧绿，那就是刘家。”

仲卿道：“哦！就是刘洪家。这刘洪常在衙门里跑，我们倒有点头之交。南门里面，是有一家，门口长了两株大樟树，原来这是令亲家里。有次，我走门口经过，是一个月亮晚上，听到箜篌之声，我倒是听了一会。”

西园道：“那正是舍亲家里。”仲卿道：“这正合了古人那句话，人不可以貌相。刘洪弹起箜篌来，真是哀怨绝伦。”西园听了这话，只是微笑。

仲卿不知道他笑什么，也许西园还有事，不多谈了，而且自己也要吃饭，便拱拱手和西园告别。

到了次日，西园照例到刘家去教书。书教完了之后，兰芝就笑着对西园道：“今天还早，搬出箜篌来，对先生弹一弹，先生以为如何？”

西园理一理胡子，又看了一看天气，果然时间还早。就道：“好的。你弹一弹，我来静听。”

兰芝答应一声，便起身把箜篌搬了出来。箜篌有个四脚架子，兰芝就挑了座前空地，把四脚架支起，自己慢慢坐下，将丝弦整理，笑道："我弹一个'东门行'吧？"西园点点头。

于是兰芝弹了起来。只听箜篌叮叮当当一阵清明之声，有种拔剑欲去、既而又为妇人正言留下之感。

西园道："这歌辞很好。相传有士人不能安贫，拔剑将去。妇人留他，愿不求富贵，不可为非。学生弹得出来夫妇劝告之声，颇是难得。"

兰芝道："还有一曲，是'饮马长城窟行'。相传秦筑长城，死人太多，老百姓哀怨，就作了这首歌子，我弹一弹，先生以为如何？"西园道："写老百姓哀怨，这正是箜篌所长，好吧！你弹一弹吧！"

兰芝这又把箜篌弹起来。这首歌辞，比"东门行"更要悲怨。一阵弹过，那大门口樟树叶子，像绿山一样，一动也不动。这就是说，树叶都不动，箜篌这乐器，感人太深了。

西园等她弹完，自己离座站了起来，叹道："的确是好。但是你所感到的，都是十分悲怨的。就是书上说的，未尽善也。论起这箜篌之声，我们是受感动的。可是这感动啊，……哎！"说着，站起身来告别。走出大门，却见樟树底下，一个年轻的人，手里拿了樟树的枝叶，站着盘弄。西园一看，正是焦仲卿。便道："仲卿，何以会站在这里？"

仲卿施了一礼道："午后恰有一件公事，送到南门外去。回来经过这樟树身边，我就记起老伯言语，这是刘家门口。看了一看，正想要走，忽听到丝弦弹奏之声，原来是奏箜篌。弹得真好，激昂慷慨，与平常调子不同，我就听了下去，不想与老伯相遇。"

西园道："足下听乐，也听呆了？"仲卿道："的确是太好。刘洪学得这样一手好弹法。"西园听了他这番话，没有作声。

仲卿道："刘洪弹法这样高明，哪天有空，要烦刘洪兄当面弹上一弹，老伯可能先向刘洪言语一声？"西园听了这话，只是微笑。

仲卿道："天色快晚了，须要赶回去，老伯，我要少陪了。"西园说声"请"，拱手而别。

这焦仲卿听了箜篌，虽然说一声"好"，事情过去，也就算了。与文西园分别了七、八天之久，衙门公事少闲，这日下午，已没有什么事，顺便离开衙门，向城外走走，也看看山景。

出城走了两三里路，对面的皖山，两支山脚，直要伸到面前。山脚的松树都刚刚长齐了青色松针。还有山脚下人家，都栽了千百竿竹子，也正是绿色腻人。有支山脚斜斜地朝西而去，山下抱住一条河，这就是潜水。仲卿走的是田中间路，四围树木，丛丛密密。田里麦苗，长得比腰还齐，远远看去，一片碧绿，东南风吹来，一阵一阵的麦浪，十分好看。

正在此时，忽见西角上，有人骑了一头驴子前来。那驴子也是顺着麦田中间路走，所以驴子只露了上半身，下半身为麦所遮掩。驴子上骑了个老者，上身穿了紫色丝袍，头上戴了儒巾，嘴上长了一把黑白相兼的胡须。老者似乎也贪看山色，不住回头看。仲卿一想，这老者好像读书的老文人，你看他只管领略山色哩。正这样猜想，老者骑驴到了面前，定睛一看，原来是文西园先生，连忙施礼。

西园笑道："城外观看山色，好雅啊，这是谁呢？原来是仲卿老弟。"说着话，跳下驴来。

仲卿道："这哪里算得雅？坐在抄书的桌上，日日抄书，今日无事，到城外散步散步。啊哟，好一件紫色丝袍，老伯新做的吧？"

西园道："哪有闲钱做新袍子。这是教书得来的，是刘府上做的。"仲卿道："那自然是刘洪家里了。"

西园道："是他家里。我有一房远亲，住在乡下。今天是他父亲过七十岁生日，特意借了这匹毛驴跑上一趟。"

仲卿道："刘洪倒是好礼，晓得先生出门会客，要穿好一点的衣服，就给先生缝了紫色的丝袍。”

西园听了这话，低头将紫色袍子一看，又对仲卿一望，也没说什么，只是微笑。仲卿道：“老伯不必客气，请上驴吧。”

西园道：“好，我就不客气了。大概你还要看山景吧？”说着，把驴牵到一边，跳了上去，看到仲卿站在路边，回头拱手而去。

仲卿一想，刘家真是不错。哪天在街上遇到刘洪，须和他亲近亲近。自己闲玩一会，也就回去。好在都住在一个府城里，要见起来，也很容易。过了两天，仲卿下班以后正遇到刘洪，老远就作揖道：“洪兄，有好些时候没见啊！”

这刘洪是兰芝的哥哥。父亲死去，丢下些财产，倒由他享受。他在街上的一家店里，搭了几文干股，自己也没事。不过是衙门中人，他倒是好接交，这也是通声气之道。这时仲卿打招呼，他连忙还礼道：“仲卿兄。是，好久不见。原因是出门去贩卖东西，好久没有在街上走走了。”

仲卿说着话走了过来，因道：“哦！出门去了。你家有人会弹箜篌，每当月夜，走你府上门前过，箜篌恰好弹起，真是好听得很。”

刘洪笑道：“这是小孩子玩的玩艺，不中听。”

仲卿心想要问一问他：是你所弹吧？转念一想，恐怕不大妥当，不问也罢，便道：“公事完毕以后，无事可干，颇想到朋友家里谈谈，吾兄何时有空，小弟意欲奉访。”

刘洪道：“那好极了。仁兄何时走访舍下，事先提及一声，小弟在家等候。”仲卿道：“这就不敢当，无非闲谈。何日经过府上门口，进去奉访。仁兄如有公事，并不在家，也不要紧。”

刘洪道：“小弟下午总在家，我兄公事办完之后，下午到舍下，正好。”仲卿连道：“可以”，一揖而别。

二

听来两月中

光阴最容易过，焦仲卿与刘洪揖别之后，一直不得闲，有半月的时间，没有工夫去会他。这天已经是四月初旬，下午恰好无事，便想到去刘家一趟。刘洪说过，下午总在家中，大约可以会到。这样想着，便向刘家而去。

偏是仲卿猜得完全错了。这天不但刘洪出门去了，便是文氏和兰芝，也已出门去了。因为文氏看到天气甚好，便对兰芝道："今日天气不坏，兰芝，我带你出去玩一趟。你看，太阳晒得人只要穿件单褂子，地也非常干燥，四五天没有下雨。走起路来，并不吃累。"兰芝道："上哪里去呢？"

文氏道："南门外有条大河，沿河栽了无数的柳树，在那树荫下站着，望望那条清水，有无数的游鱼，游来游去，很好玩的。"

兰芝道："那野蔷薇和石榴花，乡下很多，我们摘些野蔷薇回来，多好！"

文氏听说女儿愿去，就母女各换一件衣服，看看还只半下午，天色还早，就出门来。先在小河上站一会，后又到两处村庄，看看庄稼。兰芝真地摘了一把野蔷薇，又摘了几枝石榴花，太阳刚要下山，母女才一同游罢回家。

她们回家的时候，正好焦仲卿到她们家拜访刘洪，他自己走到天井里，叫声"刘洪兄"。随着这声音，出来一位少妇，问道："刘洪不在家，先生贵姓？"

仲卿见那少妇，像是刘洪妻子。便拱手道："我叫焦仲卿。并没有什么要事，不过找洪兄谈淡。既不在家，改日再会。"说毕，自回转身来，向门口走。

这事真巧，他刚要出门，遇见兰芝在母亲前面走，她跨过门来，叫道："嫂嫂，我们摘了一大把花。"她顶头相遇，一位二十岁青年，看他穿一件蓝罗单衫，头带方巾，眉目清楚分列，也不敢多看，只得停步不走，站在门洞里边。仲卿原也是一愣，但是立刻明白了，这必是刘洪妹子。匆匆地一看，鹅蛋脸儿，两道春山，微弯着向里，两汪秋水，正中鼻子微微拱起，看她呆住了，不能不理，便微拱手道："小姐请进，不会挡住路的。"说毕，便退后两步。

兰芝看这男子，倒还很懂礼节，她拿花在手上，轻轻道了个万福，就快跨着步子，向堂屋而去。仲卿看到兰芝走了，正想迈步，正好文氏进来，因此还不曾动身，见着老夫人，又是一揖。

文氏受了人家一揖，连忙还礼。问道："先生莫非是来找刘洪的吧？"

仲卿道："是的。刘洪兄已经出去了，在下也没有什么要事，留着下次再谈吧，告辞了。"说毕，又拱了拱手。

文氏道："坐下谈谈么。刘洪是我儿子。足下有什么事要同他谈，那和我谈，是一样的。"

仲卿道："哦，是老伯母。没有什么话谈。因看见文西园老伯穿一件紫丝袍子，当时问过，知是府上所送。我想你府上这样礼待先生，实在难得。今天无事，过府来，谈谈为学生之道。"

这话倒中了文氏的脾气，笑道："这也不算什么，一件紫丝袍，要不了多少钱。不过，你足下为这事跑来一定要谈上一谈，足见得足下待先生也一定不错的了。请到堂屋里坐坐。"

仲卿因是老人家所留，不好拒绝，就跟到堂屋里来。这堂屋旁边席子铺得很长，中间放了炕桌，两边摆了两个丝绵墩子，文氏就

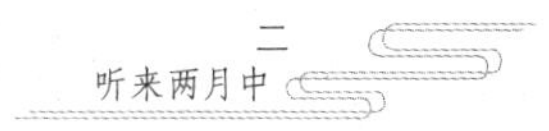

请仲卿坐在墩子上，自己找个坐的墩子，侧面相陪。

文氏道："先生贵姓？在哪里做事？"

仲卿道："在下焦仲卿，于今在府衙中，当了一名小小的书吏。真是书没有念得好，惭愧。"

文氏道："足下有几位兄弟呢？"焦仲卿道："舍下就只有一个妹妹，并没有兄弟。"

文氏道："这倒巧得很。我家刘洪，与焦君一样。"

仲卿道："哦，刘洪兄也是一样。伯母家教，实在好得很啊！每天下午，由府门口过，都听见读书之声，想必洪兄受伯母指示在补习功课。"

文氏听到这一问，不好说什么，可是人家问的是好话，不容不答复，便道："补课不是他，他偶然补习一二。"仲卿道："洪兄弹得一手好箜篌啊！"

文氏道："箜篌你也听过的？"仲卿道："听过，听过。记得有一次，西园先生也碰到了晚生，当日下午，晚生经过府上门口，忽听得里面箜篌大作，晚生就站在樟树下面听了一次，真好。"

文氏听说，嘻嘻地笑了，对仲卿的话，并未答复。仲卿因这是一位长辈，也不便多说话，只谈了几句家常话，就起身告辞。文氏也没有留他，这事就这样过去。

却是仲卿虽无心谈话，兰芝听了倒早已心中一动。原来她听到文氏把仲卿留在家中谈话，心中想道：不要因他碰到了我，少不得要见怪人家吧？人家倒是很客气的，不要错怪人家才好。她站在堂屋旁边，便偷听一会，偷听下来：他说到读书，说到箜篌，都是说好，尤其是箜篌，他说在樟树下听了一次，真好。难道这位焦仲卿，也懂得箜篌吗？当时放在心下，未便说出来。

南方雨水是多的，过了两三天，天气忽然变了，整天斜风细雨。过了一天，还是闹着阴雨不断。兰芝望了天井里的天，只见门外的大樟树，高出屋脊几倍，这时被细雨淋着，被斜风刮着，只觉东南风一吹，那豆大的雨水点儿，劈劈拍拍地落在屋顶上。

忽然天井那边，焦仲卿突然出现，他手上拿了刚收起的一把雨伞，对兰芝施一礼道："小姐，动问一声，刘洪兄在家吗？"

兰芝先回一礼道："在家里呢。"就向右边叫道："哥哥，有人找你啊。"刘洪果然出来了，见着仲卿，连忙施礼道："这样阴雨天，仁兄还冒雨而来。"

仲卿道："仁兄看我多次，总是不得空回看。今日下雨，料想仁兄在家中，所以一来就遇着了。"

兰芝见二人已交谈，就避开来人，自己回到房里去。当下想着：这焦仲卿为人真好，知道阴雨天，我哥哥一定在家，就冒雨而来，这朋友真可交啊！转念一想：这样斜风细雨，他那件蓝袍，已经被雨溅个透湿，我要是哥哥，一定给他烘烤烘烤哩。

兰芝坐在屋里，也不知经过多少时间，忽然想到：闲着也是闲着，还是织绢吧。既要织绢，手得洗洗干净，免得手上污垢，把绢弄脏了。于是在墙角之上，把面盆拿着向窗户外一泼。她泼水之时，还未觉得什么，直至水泼出去了，陡然想起，当舀这盆水洗脸之时，自己从发髻上取下一股玉钗，在水里洗了一下，后来又因为有事，钗就放在水里，未曾取出，这一倒水不打紧，玉钗必定跌个粉碎。于是赶快将盆放下，趴在窗户边，用眼睛细细瞧去。说也奇怪，那玉钗掉出去三、四尺路，因为这是阴雨天，院子里土地都变成了烂泥，这水泼出去，就都在烂泥里头，这玉钗却横搁在水泥里，丝毫不曾坏，兰芝暗喜道："吓我一跳，还不曾坏呢。"

可是第二个念头又来了。那后院是隔壁邻家最末的一重后院，这院子里面，还有几棵杂乱的树。所以兰芝打开了窗户，可以看桃花。而且窗子还是很高，兰芝站在那里，大概齐她的肩膀。这样阴雨天，隔院邻家，当然无人前来。现在拿根竹竿去挑罢，可是玉钗这东西，是一根圆的，挑也挑不起来。于是这小小的一个关节，竟是把她难住了。兰芝站在窗户口上，呆呆地对玉钗望着。

就在这时，焦仲卿告别了刘洪，转身回家。他走靠西壁墙下。阴雨的天，那墙倒了一角。墙内有些杂树，所以这个时候还劈拍地淋着细小的水点。他心里想着：这大概是刘家隔壁的院子，天晴了，倒墙的地方，要赶紧修补起来才好。他一面走着，一面看看这院子里。忽见一支玉钗，好好地横搁在泥里。他道："咦！奇怪！这支玉钗，何以落在泥里啊？"自己想了一想后，如果跳过这墙的倒塌地方，就可以将玉钗拾起。但是这玉钗是哪一家的呢？如果不去拾起来吧，又怕别人拾起，也许不会还给主人，这样想时，只撑了雨伞在那里徘徊。

兰芝在窗户里，看到了仲卿，见他那种样子，又想丢下，又不想丢下，正在徘徊不决，于是便在窗户里轻轻咳嗽了两声。当然，焦仲卿被这声咳嗽惊动了。他还不知道窗子里面是什么人。就道："窗子里的人，知道这雨水里面，有人丢下一支玉钗吗？"

兰芝靠着窗户，向焦仲卿一点头道："焦先生，劳你驾，请你去告诉刘洪一声，就说他妹子有一支玉钗，落在隔院泥地里面，赶快来拾起。"

仲卿道："哦！这泥里丢的玉钗，是小姐的，这很好办，待我来捡起。这点儿小事，何必还这样费事，去惊动小姐家里人。"说着，他就走到玉钗旁边，弯腰将玉钗捡起。看一看，果然没有坏，但是掉在泥水里，多少还有一点泥渍。于是四下一看，见桃树底下，还有一洼清水，立刻去到桃树底下，弯腰洗了一洗。看看没有脏渍了，就走到窗户前头，隔了窗户板格，把玉钗轻轻放在窗户板上，便道："小姐，玉钗在这里，还有什么要吩咐的吗？"

兰芝这便不容不答道："多谢了，没有什么了。哎哟，这雨虽小，可是还密得很，焦先生收了伞，淋了一身透湿，实在过意不去。”

仲卿道：“那不要紧。现在是四月天气，也不很凉。就是要干，也很容易，风一吹就行了。”说着这话，他依然由墙塌的地方，跳了出去。人跳出去以后，才看到那雨伞张了开来，人就慢慢走了。

兰芝本来觉得焦仲卿不错，这回无巧不巧，他又跳过墙来，代为捡起了玉钗。而且捡起玉钗，他非常地自重，自己撑起雨伞，就这样走了。这些事，兰芝看着很合自己的脾气。不过，这要是叫家里人都谢谢他，又太做作了。不谢谢他，这又觉得私下要人拾落起一支玉钗，倒有点不大合适！但是，虽然她这样想了，也没有告诉谁人，而她泼水泼丢了的玉钗，也没有人晓得，这事就过去了。

不过这事在兰芝心里，总忘不了。过了两日，文西园前来教书。上书已毕，兰芝就道：“先生，我们女子在一个地方丢了东西，又只有一个男子在那里，这应当怎么办？”西园道：“男女授受不亲，这是古训，但孟子说过：嫂溺援之以手，也可以从权呀。”

兰芝道：“哦！是这样。”于是自己把泼了玉钗的事情，详详细细告诉了一番。

西园道：“仲卿这个朋友，倒是个老实人。捡了玉钗，只搁在窗户边上，马上就走，这行为不错。”

兰芝道：“这样说，先生遇到了他，望谢谢他。”西园点点头，这事在兰芝一边，当然过去。又过了两天，西园下课后，已经无事，便在冷静的街上慢慢行走。仲卿老远地叫道：“西园老伯，又在原地会见了你啊！”

西园道，“足下有事没事？若没事，这清静的大街，共步一番，足下以为如何？”仲卿道：“好！和老伯共话，正我所喜。”于是两人并排走着，慢慢谈话。

西园道：“老弟台，你做了一件值得恭维的事，我特意代人向你道谢。”

仲卿道："晚生当了一名书吏，仅仅混碗饭吃，哪里有什么事值得恭维。老伯听错了吧？"

西园点头，一摸胡子道："老弟做了这件事都忘了，这就值得恭维。什么事呢？那天阴雨，老弟捡了一支玉钗，经过情形我都知道，贤弟自己都忘了，可见贤弟没有放在心上。这就值得恭维。这个女子，名叫兰芝，是我的学生。平常并不把谁放在心上，这回看到贤弟所为，深为感动，特意告诉我，遇见了老弟，多言谢谢。"仲卿道："的确是忘记了。这乃小事一件，那天她已谢过了，何必老伯又来谢谢呢。"

西园道："你是个老实人。我告诉老弟，舍妹丈去世了，丢下一男一女。这男的，并不见怎么样；可是女的，真正是好。我上的书，可以过目不忘。"仲卿道："哦！过目不忘。老伯亲自教的，当然不错。"

西园看看街头的树枝，又看看同走并无旁人。因道："你以为她家箜篌是刘洪所弹吧？"

仲卿点点头道："是啊！"

西园道："不是的。凡是老弟夸奖好的，就是兰芝所弹，弹得真正是好啊！"仲卿听了一惊道："哦！是兰芝所弹？这倒不可乱听。"

西园道："我还告诉老弟一件事：上一个月，老弟不是看见我穿了一件紫丝袍子吗？这也是她所做。这女孩子不但是读书、弹箜篌，人家赶不上，她十三岁的时候，就能够织绢，而且织得还非常好。"

仲卿又是"哦"了一声。

西园道："足下是个老实人，所以我告诉你听。以后到刘家去，见了刘洪少谈这些吧。"

仲卿听着，连声说"是"。自仲卿听了西园老先生这一番谈话，才知道这位姑娘，是一个多才多艺的女子。心想：刘家女公子，我初一见，以为是个美人而已。原来粗细都能做，是个能干女人。这种女人，岂怕好男子不来求她？刘家自宜少去，免得人家说，刘洪家有个好妹妹，便来巴结。

不过仲卿虽这样想着，也未能完全抛下。心想：她弹箜篌的时候，多半在晚上，尤其是月亮晚上。现在下午不必上她家门口去徘徊吧。只在月亮晚上，轻轻悄悄，一个人去细听箜篌。这样一来，虽然碰着人，也无所谓。

因此，从四月里起，晚上只要有空，便上刘家去听。兰芝弹箜篌的地方，十之八九总在西边房里。这里的院子，不是有一扇窗户吗？现在是四月，窗子当然打开。窗外那座院子，那雨水打倒的墙，已经补上。那些杂树，在月亮底下，有很浓的树影。所以仲卿前来，总在这树影下徘徊。仲卿十次来，总有八、九次，她在弹箜篌。仲卿听到佳妙之处，便在墙上画着圈圈，意思是说“好好！”

有一次，是五月正中，仲卿正在墙边，听里面的箜篌弹到佳妙之处，便在树影底下，对着月亮，拈着两个指头画圈圈。有人走过身边，将他手轻轻一扳，叫道：“仲卿，你一人在此何事呀？”

仲卿听那声音是西园，便道：“哦！老伯。”西园道：“我们带走带谈吧！”说着，两人就借着月亮所照的街道，慢慢地谈着。仲卿道：“既是老伯，不可相瞒，我是偷听箜篌来了。”

西园道：“这也无所谓偷听，夜里所弹，人家都听得见。老弟似乎不是今晚才听吧？”

仲卿道：“前后两个月了。”西园听了这话，在月亮下面走，好久没有作声。

三

含笑说婚事

仲卿在月光地里，听着西园这一番话，心里更爱慕刘兰芝这个多才多艺的女子。后来他说他来听箜篌已两个多月，西园倒没有说什么，在月亮街上默然走着。仲卿也不便问，跟着在街上走。后来究竟是西园先开口了，问道：“足下喜欢这箜篌，就是这样听听就完了吗？是否还有其他的念头？”

仲卿道：“老伯之前，不敢撒谎。当然，兰芝这样的女子，谁都愿娶她为室。仲卿原也有这样的痴想。但小小的一名书吏，未必能合刘府的意思。所以晚生只得把这样痴想，暂时丢下。晚生幼年，也学了箜篌，现在晚上来听一、二次，于愿足矣。”

西园道：“足下这番话，倒还谦虚。至于你说小小一名书吏，不能合刘府的意，那倒不然。老弟好好地做。也许啊，三年两年，就做到了县尉，又过一两年，做上了县令，这样的升法，焉知你做不了府君。”

仲卿道：“是。虽有这样的看法，可是晚生不宜乱说。至于婚事，当然先看目前，那未来的事，谁又知道。所以晚生听听箜篌而已，不想其他。”

西园道：“这也好。我给你留意吧！”两人说话，到了回家分路所在，仲卿告别。

这焦仲卿还是来听箜篌。刘洪在六、七月里也曾会晤到两次。仲卿只说是偶然碰到，当时也就过去了。

又是八月晚上，西园走出刘家很晚，天上的月亮，已到将圆的时候，门口的樟树，被月亮照着，浓阴罩屋。樟树外头，月华满地。刘家送客关门，卜通一声，只见一个人影，从墙角边一闪，望当街而去。

西园想着：这又是仲卿吧？就喊道："仲卿！"

那个人影，就此停止不走。等西园走了过去，便迎上前来道："老伯，今天回家太晚了。"

西园道："由四月到现在，你还是来听箜篌？"

仲卿笑道："回家也没有什么事，现在晚间还热，出门这么一弯，就到了听箜篌的地方了。"

西园走着带了笑容，便道："现在天气已经交了秋季，一个多月了，晚间不算热，足下要来，倒不问他天气热不热啊，这话对吗？"

仲卿道："是！听一听，不妨事吗？"

西园已经离开刘家大门，相当的远了，便道："我不是说过吗？夜里所弹，人家都听得见，听听何妨？不过这样听法，刘府似乎还不知道。"

仲卿道："我也不必要他家知道。"

西园慢慢地走着，问道："兰芝由夏天弹箜篌到冬天，由冬天又弹到夏天，你都来听。可是到了冬季，晚上冷得很，足下还来听吗？"

仲卿道："那……那自然不来了吧！"

西园道："我本来可以把你听箜篌的话，告诉刘府，那兰芝就不好再弹了。你足下也不能夜夜来听了。我要……"仲卿道："老伯还不必告诉他家吧。"

西园道："那兰芝会往下再弹。"说时，用眼睛望着他。虽然，眼睛望人晚上看不见，但头微微昂着，可以看得出来。仲卿道："自

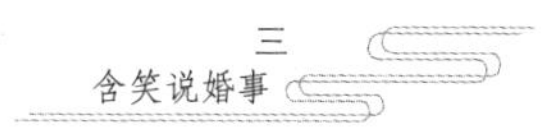

然，晚生夜夜前来听取。”

西园道：“她要是出嫁了呢？”仲卿听了这话，心中很是难过，头低了下来，看着大街上鹅卵石子，踩着沙沙地走了几步，才道：“自然是算了。”

西园也默然地走了几步，然后道：“我明日到刘家去，和他们略微提上一提亲事。虽然不见得立刻答应，也不见得全会拒绝。事在人为吧？”

仲卿听说，便道：“哎哟，老伯！”说时，把两只手一揖，高高比齐鼻梁边。

西园道：“足下何意，我不明白。”仲卿道：“老伯提上一提，当然是好，可是我没有什么可以夸耀的。”

西园笑道：“没有什么夸耀的吗？你听箜篌有半年的岁月了，谁人都不知道，这就可取啊！”

仲卿道：“这个……老伯不提也罢。”

西园笑道：“明日我自会见景生情地说话。你过两天听我的回信吧。”

仲卿听了西园的话，自然是一忧一喜：忧的是自己当一名书吏，恐怕十九不能成事，那就箜篌也听不成了，喜的是难得文西园这样好心，说不定会有玉成的一日。当时也没有其他话可说，含着笑容，告别回家。

到了次日，西园到刘家去，讲完了书，便对兰芝道：“请你母亲前来，我有话说。”说话的时候，脸上带了笑容。兰芝站了起来，便道：“先生说话，脸上带有笑容，难道我家里还有喜事吗？

西园坐在先生位上，将炕桌敲了两下，便道：“喜事，当然是有。”说着，对兰芝身上望了一望，因道：“我告诉你一件新鲜事。学生弹的那箜篌，居然有人听入了迷。由四月到现在，每夜都来听。”

兰芝道：“我那种箜篌，还有人听得入迷？但不知这是什么人？

据我猜一定是位老者。”

西园道：“不，此人仅二十岁左右。”兰芝道：“仅二十岁左右？”看这样子，不便再问，于是就没有作声。

西园道：“这个人听你的箜篌，每当昏夜，尤其是月轮当顶之夜，就在你这窗户外边，那院墙脚下，静立着一两个时辰。当然，他只是说好、好、好。这个人自然你家中人不知，你也不知。他也不指望你家中人知道。”

兰芝道：“那么，先生怎么知道的？”西园道：“我起初也不知道。有一次四月里碰到他，他说了是听箜篌。最近又碰到他，他说还是听箜篌。而且不止一回，学生每次弹，他都在听，这不是入迷吗？”

兰芝道：“原来如此。从今晚起，我不弹了。先生知道流水高山，学生不配。”

西园道：“我不提什么人，学生这样说了，我也不来怪你。可是说起来，他是我的世交，也是你兄长刘洪的朋友。”

兰芝道：“是哥哥的朋友？但熟人里面，没有喜欢箜篌的人哪。”

西园道：“我就告诉你吧，是焦仲卿。”兰芝听了这话，脸上有点红晕，答道：“哦，是他。”

西园望着兰芝一下，因道：“我也曾问他：何以对箜篌有这深沉的嗜好？他说，幼年时候，学过箜篌。我说，你何以不进去听呢？他说，弹箜篌的人，并非男子，恐怕未便。这倒说得有理。”

兰芝为难起来，说仲卿不该听，似乎没有这个道理，说仲卿该听，自己是女孩儿家，也不宜说，便道：“那就……那就由他听吧。”说毕，起身欲走。

西园道：“别走，请你母亲过来，我有话说。”

兰芝想：如果不答应，这是先生之命，似乎不便不理，要答应吧，这里面又似乎有文章。便点头答应一个“是”字，慢慢地起身便走。当然，西园已明白了她的意思。

过了一会，文氏前来，便道：“哥哥叫我前来，有什么话要说吗？”西园指着右边棉墩道：“你且坐下，有话细谈。”

文氏这就在指的棉墩上坐下。

西园道：“我来问你，刘洪朋友里面，焦仲卿这个孩子，你看来怎么样？”

文氏道：“我看还不错。”西园道：“你看来还不错，这就要谈到你我要谈的这件事上了。论起你女儿兰芝，虽然你我是堂兄妹，但是她拜门做我的学生，这亲戚分上，也不亚于亲外甥啊！既不亚于亲外甥，外甥亲事，我就当留意。现在经我眼睛里仔细看来，焦仲卿这个孩子，似乎还不错。虽然还没有提到亲事，只要我们有这意思，当然就成。现在就看你的意思如何？”

文氏道：“论人呢，当然老实。不过望前程一看，这孩子恐怕没有发达的指望吧！”

西园道：“不然。几多大人物、大豪杰，当他未发达的时候都不怎样好。只要看看本人有没有学问，肯不肯用功，才能决定他的前程。”

文氏道：“你这话，也有理。不过婚姻大事，不能三言两语定规，须等候查访查访。还有一层，我还有话问问姑娘，看看她的意思如何。”

西园道：“我也不过提出这样一个人，自然他的家中如何，他的衙里事情如何，还得查访。”

文氏听了这话，点了两下头。西园看这事情的初步，似乎脚已踩稳，暂时提到这里为止，又和文氏提了一些别的话，就此告辞。

文氏晚间无事，便到兰芝屋里来闲坐。兰芝看母亲天色黑了，仍到自己屋子里来闲坐，平常不是这样，一定是西园提的事，她来探探口风来了。自己也装了不知，拿了一卷书，一人坐在灯下，摊开来细看。文氏挤在下手坐定，因道："我儿不必看书，还是织绢为是。"

兰芝道："织绢刚刚停了，现在休息休息吧。"

文氏道："织绢是为了儿好，儿说是刚才停了，那也罢了。现在你哥哥朋友，交得很多，儿看哪个好些？"

兰芝还在看书，随便答道："哥哥的朋友，我怎么晓得。"

文氏道："有个人，你也认得他，就是那焦仲卿。"兰芝道："这个人，倒见过一两次。"

文氏道："这个人，我看，倒很老实。"

兰芝把书卷着，对母亲道："这个人倒是很自重的。"

文氏道："哦，很自重？不过前程发达与否，看他好像不怎么有指望吧？"

兰芝道："不然，发达不发达，一来看各人的遭遇，二来也看为人自重与否。"

文氏听了这话，心想女儿分明是十分愿意婚事成功的。和女儿说话，也暂说到这里为止。闲看看屋子里，又将那织的绢看了看，就走开了。

到了次日，刘洪在天井里晒东西。文氏招手，把刘洪叫到堂屋，就把西园的话，告诉一遍，而且把兰芝的话，也说了一说。

刘洪道："的确，这仲卿，非常忠厚。至于前程发达不发达，儿看不出来。婚事听母亲的主张，不过照儿子的意思，婚事再迟一两年，也不妨事。"

屋里的声音把刘洪的媳妇方氏惊动了。她就出来插言道："妈，还是你做主张吧。只要两家都很好，婚事就行了。再迟一两年，还是一样，那何必再迟一两年？仲卿我也见过，倒是很好的。"

刘洪就是怕他媳妇，便道："我不是说婚事听母亲的话吗？"文氏对方氏道："你再在她面前提提看。她要是不答应，当然算了。她要是答应，我们再商量吧！"

方氏说"是"。当烧午饭的时候，方氏在厨房里洗菜。一大盆水，洗得唆罗直响。她弯了半截身子，面朝里，没有看见后面的人。兰芝提个钵子，来陪方氏做饭，便道："你很忙。后面来人，你都不知道。"说着，把钵子放在灶上，正挽着袖子，要来做事。

方氏这才把盆里菜放下不洗，笑道："是很忙啊，这个日子操练操练，将来姑娘出门去了，还不是一个人的事吗？操练惯了，那就忙也不在乎了。"

兰芝红着脸，带着笑容道："胡说！"

方氏把菜扔在盆里，走了过来，细声笑道："真的，文老先生提的，焦仲卿很想和我家结为亲戚。"

兰芝笑道："我不听你的。"说完就掉转身来，打算急忙走开。

方氏两只手伸开，把去路拦着，便道："我的话，还没有说完呢，你走到哪里去？这仲卿很想做我们家的女婿。托文老先生问一问，母亲意思怎么样，还有你哥哥意思怎么样，还有妹妹意思怎么样。"

兰芝道："你这是做文章。"说完，又要走。

方氏依然把手拦着，笑道："做文章也好，总得说一句。母亲倒是愿意。不过她又说了一句，就是人太老实了，将来怕发达上有些波折。"

这倒激起她的话来了，便道："老实还有什么不好吗？"说完这句话，不管方氏怎么样拦着，她起势子一钻，方氏要拦着已来不及，她已跑走了。

兰芝这样一句话，已是心里愿意结成这门亲了。方氏把她的话告诉文氏，文氏也略微告诉了西园。现在就是打听一下仲卿家里如何，婚事就可进行了。

西园虽负有调查焦家情形的重担子，但他认为不必急，过几天再说。可是焦仲卿却急于要得一点回信，回信未到，就坐立不安。先是等一两天，后来就改等五、六天。到了七，八天头上，尚无回信，自己仔细一想，大概无望了。不过西园这老者，总要问他一问。第九天上午，看看衙门里头，还没有什么事，仲卿就溜了出来，向文西园家中一跑。西园正在家里，仲卿一到天井里，西园就含笑走出来迎着，笑道："我算你应该来了，进去说话罢。"他就引着仲卿到他书房里去坐。

两个人找了两个墩子，并排挨着坐了。西园道："我知道，你必问我所托的事，进行得怎么样？"

仲卿道："虽然问是要问，哪能如此问法？"

西园笑道："那不管他了。你所托的事，还没有长谈的机会，所以我没有回信。"

仲卿道："老伯对这事，已经提过吗？"

西园道："提过了，那文老太太，倒也无可无不可。"

仲卿听了西园的这番话，即刻站了起来，对着西园又是一揖，才道："还望老伯鼎力吹嘘。"

西园笑道："老弟台，只要有可以出力的地方，老朽还有什么不肯出力。不过这事，也非一二人吹嘘就可办成功的啊！还望老弟台在老朽以外，多方为力。请坐下罢，老弟台家中情况，还得细谈啊！"

仲卿坐下，然后道："晚生家事，也简单得很。老母阮氏，带了一个月香小妹妹，合家三口，过着生涯。至于衙门里的公事，有时过忙一点，以外，就没有什么了。"

西园道："这个我都晓得。只是老伯母脾气怎么样，我还不知道。"

仲卿道："老母为人，很是慈善。像兰芝这样的好女子，如果能娶回家来，还有什么话说呢！”

西园想了一想，仲卿所说的话，也有道理，便道：“好吧，老朽自当进言。老朽之外，老弟也当为力。”

仲卿听西园答应了，站起来又是一揖。西园倒是为之哈哈大笑。

四

四月喜期逢

焦仲卿自听得西园的话，心里想，这件事尚未明白告知母亲，今天西园见告，他还在努力，这只有先告诉母亲为是。于是从衙门回去，见母亲在堂屋里收拾东西，先给母亲作一个揖，接着说道："我看妈妈自我出门，就安排家里事务，等我回家来，还在收拾，我心中不安。"

阮氏道："有这两句话，我心里就非常受用了。现在有什么法子呢？你在衙门当一名小小的书吏，哪里有许多钱财，用上许多奴婢替你妈做事！"

仲卿道："花不了什么钱，母亲也可以节劳。"阮氏道："那很好哇。什么法子，说出来听听。"

仲卿看看屋里，两个棉墩，放在屋角，于是搬一个过来，先请母亲坐下，随着自己也坐下，然后笑道："妈妈不是常提到，家中还缺少一个人吗？"

阮氏道："是的，还缺少一个人。缺少什么人呢？就是我儿的媳妇啊！"

仲卿道："是，儿缺少一个媳妇。儿所以提到缺少一个人，也正是为了这个缘故。"阮氏道："儿今日提到这事，难道有谁提起这事吗？"仲卿道："儿日前也曾提起，有一刘家，生一女儿，粗细活都能做，而且现在在念书，还弹得一手好箜篌。"

阮氏道："不错，儿时时提起她。可是，时时提到她有什么用呢？既有这样一个女儿，自然提亲的以贵人为是了。”

仲卿道：“儿也是这样想，所以虽是极看得上她，但并不把她放在心上。可是她有个先生，就是儿从来认得的文西园。据他说，她家对我还不坏。提起亲事，她家也不推拒。”

阮氏道：“哦！她家也不推拒。照儿的意思，是要请两位朋友，到刘家去提亲么？”仲卿道：“是。你老人家娶得儿媳来，有许多事可以不问，岂不也是好事？”

阮氏看看儿子，又看看堂屋里这些东西，便道：“儿媳当然要寻的。不过刘家这个小姐，虽然儿满口说好，为娘没有打听清楚，还不急于派人去提亲。隔一两天，我到刘家的三邻四舍，打听打听再说。”

仲卿道：“这足见母亲是好意。不过儿亲自打听，决没有错，母亲尽管派人去提亲事吧！”

阮氏笑道：“这又不是买零碎东西，价钱说好了，就买卖成了。你不要忙，再迟十天八天，那又何妨？”仲卿听了这话，觉得母亲的言语驳不得，一驳就会使母亲不高兴，既是母亲愿意去打听，那就让她去打听吧，便道：“好，母亲去打听打听，我保不错。”

他母子二人，就把提亲的事，说到此为止。焦仲卿虽然心里很急，但是在母亲面前，故意装成不很着急的样子。过了三、四天，看看母亲，还没有去打听的意思。到了七、八天的工夫，母亲虽也曾提过，但是提过就算了，并没有急于进行的模样。

这一天，刚从衙门里回来，一进堂屋檐前，阮氏就迎了出来，便道：“儿，你怎么不早说？我今天才明白。”仲卿听了这话，一点儿不明白。他已到了堂屋里，问道：“母亲，何事我不早说？”

仲卿的小妹妹，小名叫月香，也有十三四岁，这时在堂屋后边迎了出来，看见哥哥对母亲一问，好像不大明白，就笑道：“母亲问你，这刘家姐姐有一位哥哥叫刘洪，今天下午，骑着白马过来，同阵有好几位公子。其中一个，便是府君的公子。那时，好多匹马过来过去，好不威风。母亲就是问你：何以事前不说？”

仲卿听了，眼睛望着他妹妹，还是不懂。阮氏也已经进堂屋，又重新说了一遍道：“我儿，你怎么不早说？”仲卿道：“何事我不早说呀！”

阮氏道：“你还没听懂吗？这刘洪骑一匹白马，同府君公子，一同打猎回来，还是走我们门口经过。你想呀，刘洪既已结交公子，这样同进同出，不用说，自有好处在后头。你早一点说，我对刘家这头亲事的看法就大不相同了，早已……早已当亲戚走了。”

仲卿这一听，母亲什么用意，完全明白了。但是刘洪随了公子走，这也算不得稀奇，便道：“刘洪跟公子走，已经是个个知道的事，所以不曾说明。”

阮氏道：“个个知道，我不知道啊！你说，这跟公子走，将来府君要高升了，他会红起来不会？”

仲卿经母亲这样一问，简直不知怎样答复，便道：“那是自然吧，不然，他何以会随府君公子跑？”

阮氏道：“这样吧，明日下午，请西园先生到我们家里便饭，有话和他面谈。”仲卿听了母亲的话，觉得这门亲事，大有成意，便道：“有话当面讲，当然是好。可是吃饭，那似乎不大妥当。”

阮氏道：“你们年轻人，晓得什么！红媒不就是酒要喝得醉，才有喜色吗？明天一定要办酒，你务必请西园来一趟。”

仲卿因母亲这样说了，只好答应。好在西园答应说亲在先，请请老夫子也没多大的嫌疑。当时立刻到西园家里去了一趟，坚嘱一定要到。次日，太阳还有丈把多高，果然西园就来了。仲卿老早在家里等候，相迎出来，笑道：“老伯真地来了，恭迎恭迎，快请里面坐。”

西园到他家一看，是座靠北朝南的房子，先走进两扇红漆大门，一个过堂，就有一个院子。院子三四丈长，不到两丈宽，院子里栽有两株松柏树。这柏树是顶难长的东西，西园看看，大约有两丈高，挂了很多的柏枝。这样看来，这柏树也有上百年了。南方的房子，屋子前边，很少是带院子的。焦家这所房子，恐怕是祖父辈所遗留下来的了。

上面一排房子，便是堂屋。堂屋靠边，便是书房。仲卿陪着西园，同到书房坐下。书房里一张长桌，四周三个长橱，里面都摆着书卷。三个丝绵墩子，围了长桌。二人席地坐下。

西园笑道："这倒像个书房，老弟衙门里回来，大概这里是常常消磨的一个地方啊。"

原来这个地方，还摆着两口缸，插些书画样的卷子。长桌上摆着笔筒、水盂、墨汁、竹筒。

仲卿道："是，总是在这里消磨，但是书，没有工夫抄写，就是这一点而已。"

西园道："老弟今天请我来，一定有所指教。"

仲卿道："刘家亲事，多蒙老伯介绍。以后的事，尤望老伯牵引。家慈说，老伯这番热诚，不可不谢，所以特备一点酒肴，有请老伯。"西园听了这些话，还不曾答复，仲卿母亲恰在这个时候走来。仲卿站立起来，引见一番。西园当然站起。阮氏道："刘家的亲事，还望老伯费心。"

西园道："我总尽力而为吧。"

阮氏道："刘家刘洪相公，现在总是和府君公子一起进进出出。有天陪着公子，由我门口经过，你看，这是何等气概呀。将来结了亲的话，我家仲卿的事，托他在公子面前说上一句两句，大概可以吧？"

西园明知道刘洪在公子面前，是个伴食的主儿，有什么能耐说得进话，但对着阮氏，当然不能说刘家底细，便道："只要亲事办成了，这事自然办得到的。”

阮氏一捞袖子，道了个万福，便道：“谢谢。请你多坐一会，和仲卿细谈，我就不陪了。”说毕，就抽身回去。这里西园又同仲卿坐下，慢慢谈下去。

仲卿原来不善于言谈，今日亲事谈得已差不多，也就长了他的谈风。西园因为仲卿谈得很好，引起了谈兴，加上酒饭又办得很丰富，也引起兴致不少。因之两个人一谈，谈到二更多天才散。

过了两天，西园向刘家说：仲卿实在不错，至于他家里，人口又少，阮氏也很不坏，这头亲事不办成功，那就可惜了。文氏听了，已经七、八成愿意，再问问兰芝，比她母亲还愿意。刘洪虽有几分不愿意，但是家里人无不乐从，也就无话可说了。

过了几天，事情说得完全清楚了。焦家就请两个媒人，四个挑夫挑着八色礼物，整整齐齐，上刘家放大定。大定过了门，刘兰芝就算是焦家人了。

这是十月尾上，有些落叶树木，全都变成红色，尤其厉害的是梓树、枫树。不落叶的树木，有松柏、棕树、樟树。刘家大门以外，就有两株樟树。兰芝下午无事，一人走出大门，在樟树底下小步。仲卿因定了亲事，非有要事，也不上南门大街这边来。这日正是兰芝姑娘出来小步的时候，他恰走过这个地方，一眼看到兰芝，忙跑上前，作个揖道：“小姐。”

兰芝也一眼看到了他，正想提步赶回家去。忽然他跑过来，作了一个揖，还叫了声小姐。这样大大方方的，倒不好不理，就回了个万福。

仲卿道：“小姐弹得一手好箜篌，好久没有听见弹过了。还弹一弹，好吗？”兰芝四周看了看，还好无人，因正色道：“焦先生，这不是讲话的地方，而且我也不愿意讲话。”说毕，就想拔起步子来走。

仲卿道：“小姐，我只要讲一句话，决不耽误小姐工夫。小姐看什么时候，可以到我家去呢？”

兰芝恐怕屋子里有人出来，手摘一枝樟树枝，向前面一指，那意思说：走罢。她也不管仲卿如何，自己已是拔开脚步，匆匆进大门口以内去了。

仲卿看了一看，屋子里并没有人出来。他想：兰芝扯脚一跑，把那树枝朝前一比，那意思好像是说樟树长新叶的时候，她的嫁时衣服都已弄好，那就可以用车子接她了。樟树开花，大概三月尾上，四月的初头，这个日子，不冷不热，正好新婚。好，我就去告诉母亲。

看看刘家，依然不见什么动静，仲卿就转身回家。当日晚上，就把四月初头要娶媳妇的话，告诉阮氏。阮氏道：“好吧，我去采办东西，看来得及来不及。”仲卿道：“也没有什么办不及。有钱就多办一点，没钱就少办点。”

阮氏道：“你是我心疼的儿子，而且，就只有一个儿子，怎能够不办呢？好吧，我总尽力去办吧。”

仲卿见母亲已经答应了，才无话可说。但这时还是十月尾，去四月间，还有半年，这半年之内，日子觉得颇长啊！也只好等着吧。混混又过半个多月，这日是十一月中旬，天空里没有风，那天边的云彩，慢慢地向南边移动。衙门却散值甚早，又不觉闲游到城南来。先走到街上，然后走到城墙上。这城楼离兰芝家不远，只隔着几重院落，忽然空中又传来箜篌之声。仲卿好久没有听到箜篌之声了，心中大喜，就静立着听。这箜篌好像弹的是“双鸳飞”。箜篌原不容易作这样的喜调，可是弹得非常好听。箜篌弹完，仲卿心想：再弹一个吧，好久没有听过啊！正在这里默默转念，忽然这里护城河里卜嗤一声，原来那柳树丛中虽然落了叶子，那些枝条，还相当的密，一对水鸟，正在冲出丛中，向东南飞去。这水鸟好像是鸳鸯，正是双宿双飞啊！那鸳鸯飞得挺快，一会儿不见，不过它飞起的势子，却还记得，大概是个八字吧？管它是与不是，这个日子就好。好，就择定四月八日迎亲吧。

仲卿跑了回家，对母亲说择定四月初八这个日子迎亲。阮氏觉得日子是儿子择定的，心里有点不乐意。但究竟是小事，口头就答应了。自从有了这个日子，阮氏越发忙碌起来。先是送日子到刘家去，然后收拾房屋，打起家具，又听到刘兰芝是读书识字的，又给她打了个书桌。

仲卿好容易等到四月初八。这时候已经在衙门里请了十天假，这天换了一身新衣服，上身穿紫红罗衫，上戴紫红头巾。吃过早饭，就起身迎亲。迎亲是要备马的，已经借了一匹红色马。衙门里也借了十名乐队，乐队之外，又借了一辆有棚架的车子，前面也借了一匹马拖。这车上披了红绸，缀上花叶，倒也喜气迎人。

迎亲队伍动身，先是乐队，次是新郎骑马迎亲，后面便是车子。到了刘家，新郎留在他家吃午饭，当然有些人陪。吃过午饭，请新妇入堂屋。新妇早也换了一身新，上面梳双龙盘日的髻，头上已插满了花。上身穿百蝶穿花的红罗衫，下穿百蝶穿花的百褶裙，脚下穿绣凤履。新郎看到，起身三个长揖，新妇回礼。

这迎亲堂上，已摆设了接姑爷的家具，屋地铺了毯子，新妇走近前来，先对上面祖先神位拜上三拜。然后请母亲、哥哥、嫂嫂过来，下跪告别。新郎也过来告别了岳母，然后同新妇告辞了亲戚朋友。新郎上前，看了一番车子，然后新妇上车。新郎率同乐队，走在车子前头，一路吹吹打打，亲迎新妇回来。

焦家更不用说，堂屋里挤满了人。大家都要看看这位新妇是怎么一个容华绝代的人。当时一切细节，无庸多说。

到了晚上，二更时候，所有宾客大半已散了。阮氏就带小女月香，走到新房里来。这屋子里还有几个女亲戚陪着新妇说话。看到阮氏进来，兰芝立刻站了起来，并且叫了一声“婆婆”。

阮氏道："唔！倒也懂礼。今天在两家堂屋里，你来去磕头，大概也累了。今日晚饭，你似乎还没有吃，肚子饿着了吧？"兰芝轻轻答道："不累，也不饿。"

阮氏一边说话，一边看她动静，就指着月香道："这是你的妹妹，以后有什么事不明白，问你妹妹。"

月香道："她早已明白我是她妹妹了。"

阮氏道："晓得就好啊！"

兰芝微微一笑道："是！"

阮氏道："我倒想起一件事。今天你家里客人一定不少，那位府君公子，总早已来到了吧？"

兰芝心想：哥哥虽日夜在和公子跑，公子只是把他当名亲随用，我们家里，哪里会来？但是婆婆问这话，也许是好意，不宜过于老实答复，因道："大概来了吧，哥哥交的朋友不会让妹妹知道。妹妹也不便过问。"

阮氏一想，这或者也是实话，点点头道："各位亲戚也应当散了吧？好吧，你休息休息。"她对在房里的亲戚，各看了一看，自己就出去了。

当然，在新婚之夜的新房里，客人还是不会散的。加上仲卿一班朋友，还要闹新房，这时候一群朋友把仲卿一围，就围进了新房。闹新房的朋友，没有不会开玩笑的。大家尽力一闹，等到歇手的时候，大概也就快到鸡鸣了。

五

随贺迁居喜

刘兰芝自到焦家来以后，仲卿自是如愿以偿。兰芝可是没有摸到婆婆的脾气，还须格外谨慎。这日是三朝，不等天亮，就起来了，房间里也只有丝丝的亮，兰芝就慢慢地摸着梳装盒子，把梳装盒子摆在桌子上，靠对南的窗户，把头梳起。等到换齐衣服，那窗外的天，才算亮了。

仲卿翻了一个身，一摸床上，里外都是空的，睁眼一看，兰芝正站在窗户边上，望着窗外，便问道："今天天色很早，比昨天还早一餐饭时间吧？"

兰芝道："天也不早了。做儿媳的，自应早早起来。况且今日是三朝，要上厨房，打扫一切，还要问声婆婆，喜欢吃什么，我当做什么。"

仲卿道："既然你起来了，我也起来吧。你若问我母亲喜欢吃什么，我不是告诉过你，现在这时候，母亲喜欢吃豌豆下汤饼吗？"

兰芝道："你现在还在假期之内，起来也没有事，不如多睡一会。至于汤饼，我已经预备好了。"

仲卿道："不，你起来，我也起来。"说这话时，他已穿起衣服，将夹被叠好。

兰芝道："那也好，我到厨房去生火，你在房中静听，看后面婆婆房中有什么响动，可以知道婆婆起来了没有。回头，到厨房里去告诉我一声。"

仲卿道："你还有什么事，要问过妈妈？"

兰芝道："今天是三朝，应当去向婆婆问安。"

仲卿道："哦！去向妈妈问安，好，我回头听到响动就告诉你。还有什么事没有？"

兰芝说没有了，然后就到厨房里去了。过了好久，东方的太阳，斜照院墙的角上，院子内外，已经是明亮了，这才听着母亲的房门呀的一声，仲卿料着是母亲起来了，赶快就向厨房走去，打算通知兰芝一声。可是刚刚走到甬道里，只见兰芝向母亲房走了来。仲卿暗下里赞叹一声：好个伶俐女子，自己便缩了转来。

兰芝走到婆婆房门口，伸头一瞧，婆婆正穿着衣服，于是先道个万福，然后道："婆婆好！"

阮氏道："兰芝，你倒起来了。"兰芝道："早起来了。厨房里火，也点着了。"

阮氏道："那好吧，我洗脸。"

兰芝答应"是"，放轻了步子，去打洗脸水来，一面问道："婆婆吃点东西吗？"

阮氏道："回头大家吃早饭，不吃什么了。"

兰芝退走，仍旧向厨房里去。月香来了，看见厨房里剥了一碗青皮豌豆，而且荚子都剥得很干净，立刻就惊奇道："母亲最喜欢吃新鲜豌豆，嫂子，你怎么就知道了？最好，……"这句话还没有说完，兰芝就打开橱门来，端了一碗汤饼给她瞧。月香道："对的，对的，母亲就喜欢吃豌豆汤下汤饼。这些东西，是你早上弄的吗？"兰芝道："也有昨晚已预备好的，也有刚才预备好的。"

月香道："你就给妈妈吃吧。妈妈一定欢喜。"

兰芝道："婆婆喜欢吃咸的呢，还是淡一点？"

月香道："淡一点的好。"

兰芝点点头。月香走了，她就把汤饼取来煮。汤饼煮熟，拿碗盛了，送到房中，口里说："婆婆请用汤饼。"将碗放在桌子上面，打算退下。

阮氏道："咦！你居然知道我喜欢吃豌豆。"想了一想，也没有往下说，随便点点头。

三朝头一次下厨房，既然没碰钉子，可是看婆婆的神气，好像嫌她知道得太早了一点。当然，没有话说。

当天夜上，那月亮只有大半边是亮的，照在地上，只见院前两株柏树重重叠叠的影子。仲卿夫妇已经陪母亲闲话完了，两人回到房内。仲卿看了兰芝很久，只是微笑。

兰芝一人靠了窗户站立，对仲卿道："为何一人发笑？想来定有缘故。"

仲卿道："我看今夜月色很好，把箜篌取出，我们弹上一弹。这几个月来，我真想听极了。"

兰芝道："我做新妇的人，处处都要小心谨慎，不能无故吵闹。深夜弹箜篌，别人听来，还不嫌吵闹吗？"

仲卿道："虽然这话不无道理，可是你在家里，为何每当月色临空，总要弹上一弹呢？"

兰芝道："这个你还不明白？从前是姑娘，就是吵闹，我也不管它了。现在我是新妇，出门进门，都要自己仔细考查一下，有没有脚步过重的地方，箜篌岂可乱弹！"

仲卿道："哦，是，新妇是不可乱弹。我们谈谈家事总可以吧？屋里也没人，请坐下。"说着，就把两个棉墩子放在一起，自己坐了一个，把另外一个棉墩子连连拍了两下，意思是请她坐。

兰芝把棉墩子移开几尺远，然后坐下。

仲卿道："你到我家来，也有三天了。你看我为人，究竟怎么样？"兰芝道："那何用说，自然是好。"

仲卿道："那我妈妈的脾气怎么样？"

兰芝道："婆婆啊，自然也是好的。不过实在的脾气，还没有看出来。"

仲卿听了这话，既然觉得是实在情形，但听兰芝的口音，似乎并不怎么自然，当时只好不提，随便说些闲话，也就算了。

新婚几日，容易过去。这天已到了第十一日，仲卿照往日一样，前去上衙门。这日上午，兰芝便问婆婆，现在要做些什么事。

阮氏把兰芝一看，正着颜色道："第一，你这绿绸衫子，应当换下来。因为过日子人家，有好些事要做。穿红着绿，有些不便。"

兰芝原来是站着的，退后一步，答应说"是"。

阮氏道："第二，仲卿已是上衙门照常上差了。在家里的内眷，添了一口人，你丈夫还是像以前一样，一点薪水没添，内眷要生财才好。因此我就想起来了，你不是会织绢吗？从今天起，你最好织绢。"

兰芝道："这是儿媳分内之事，婆婆说的是。还有什么要吩咐的吗？"

阮氏看了她一看，笑道："办了一样再说吧。依着我啊，还添个十件八件才好呢。"

兰芝又答应"是"。回得房来，换了一件葛布衫子。这葛布全是本来的颜色，近乎皂色。下面换了蓝粗丝的裙子。焦家有架机子，兰芝把它抬进堂屋角上，就织起绢来。

兰芝这样子织绢，两天织一匹。焦家四口人过日子，每日三餐饭，都是兰芝一个人烧。倒是小姑月香，看到嫂嫂真忙，常常下手帮着嫂嫂。阮氏看到，有些不愿意，因此兰芝只要忙得过来，总不希望小姑来。

这样忙过了将近半年，阮氏脸上，常常露出不悦之色。兰芝既然很忙，她总不说一个好字。兰芝自己也检点一番，总不晓得哪里不好。一日是九月中旬，还是正午，忽然阮氏大为高兴，在门口笑道："兰芝，你家要迁居了，为什么不告诉我？"她从门外一直叫到堂屋里来。

兰芝正在织绢，便抛开梭子，站起来道："婆婆说起我家要搬家吗，有倒有这个主意。前几天，邻居一位嫂子通知我，我因为日子还没有定，所以未告诉婆婆。"

阮氏走进来，便道："定了定了，就是大后天的日子。也是你家邻居告诉我的。听说，迁居的地方，是小市港，好像你哥哥要得一个官，这个官好像是县令吧？"

兰芝好久没得家中消息，哥哥新得一个差事，也未可知，便道："县令恐怕没有这样容易；至于新近要得个一官半职，也未可定。"

阮氏道："一定的。你家总有些杂事，你回家去帮点忙，也是好的。明天或后天，不，就是明天吧，你可以回去看看。"

兰芝道："那谢谢婆婆。那么，哪天回来呢？"

阮氏笑道："你家迁了新居，你要跟随过去，看看新居是个什么样子。我看最快啊，也要个四五天吧？到那个时候我派仲卿去接你，你夫妻二人，一道回来。"

兰芝听了这话，真是作梦都没有这样甜蜜，连忙给阮氏道了个万福。

到了次日下午，就回娘家而来。至于仲卿，当然头天晚上，就告诉过了。这日文氏正在检点东西，听到一声女儿回来了，立刻迎到天井边上，执着她的手道："我儿你回来了。正打算派人接你呢，不想早一天儿就回来了。"

兰芝道："家里搬家，总有一点事，那边婆母说，早点回去吧，也许有什么事情，多个人做总好一点。"

文氏道："亲家母这话，说得是。人家说你婆婆厉害，照这事看起来，那也未见得啊！"兰芝道："是。"

方氏也在屋里跑了出来，笑道："妹子今天就回来了，好极了，我们正打算去接你哩。”

兰芝只是笑笑，关于婆家的事，她一点也没有提。文氏看见女儿回来，满心欢喜，先引到堂屋里坐，后又引到房间里坐。方氏问要茶要水，也是亲热非凡。兰芝看着母亲正要料理家事，心里想：如果告诉母亲这些小事，会引得母亲心里不大好过，而且婆婆无非在小事上挑剔，自己还是忍耐一会儿吧。至于丈夫，小心谨慎，夫妇二人相处得很好，看了丈夫的面子，也就过去了。因之说到婆婆家里琐事，兰芝总说没有什么。

次日上午，仲卿也来看丈母来了。兰芝对待丈夫，非常要好。文氏留着姑爷吃饭，吃过午饭，大家在吃饭间里闲坐。兰芝就把自己喝过开水的碗，斟碗开水给他喝。

仲卿接着碗道：“兰芝，你不喝吗？”

兰芝道：“我已经喝过了。喝了热水，你就上衙门里去吧，我妈这里，用不着你帮忙。”正好，有一根游丝飞往仲卿肩上，兰芝用两个手指轻轻给它钳住，将手一扬，口一吹风，将这游丝吹掉了。

仲卿道：“既然岳母不用我帮忙，我在旁看管东西，也是好的。还有，这里到小市港，还有十五里路，既然路不多，究竟和城里不同，我监督挑子，总是好的。”

兰芝道：“我们家这些人，难道不能管一点事吗？”把空碗取了过来，轻轻地放在桌上。

仲卿道：“哎哟，我怎敢这样想！不过说人多一点，照应好些。”他说着话，看见一块橘子皮，落在兰芝的脚前头，连忙弯腰，把橘子皮拾起，丢在屋子外面，接着便对岳母从从容容地道：“这橘子皮丢在地下，老人家踩到，会滑倒的。”

文氏也坐在上面棉墩上，便点头道：“是的。”一面心里就想：他们夫妻两人，实在是和气，兰芝在婆婆家大约不会受气。

仲卿道：“岳母住在城里，也便当一点，为什么又要搬呢？”文氏道："小市港本来是我们老家，搬到城里来住，也是近几年的事。再说小市港那里也很便利。出门有一条小街，大约日用东西都买得到。门外有一条大河，小船可以行走。还有，我们家叔叔伯伯，都住在那里。刘洪若是不在家中，多少有些照顾。另外我们可以种菜园，菜也有得吃。你替我想想，为什么不回老家呢？"

仲卿道："原来是这个原故，何以早没有想到呢？"

那刘洪这时由房间里出来，笑道："依着妈妈早就要回去的，是我一再挽留，就拖到现在。后来我一想，回去就回去吧，好在进城只十五里路，来去也方便。

仲卿起身让坐，笑道："哥哥进出官场，人家都以为哥哥作了官了。衙署在小市港街上，所以新居也迁到小市港街上，这就一迁两便。"

刘洪坐在仲卿上手，笑问道："怎么叫两便？"

仲卿道："这有什么不懂。官有官便，家有家便，搬到小市港，一家都便。"刘洪哈哈大笑道："老弟这番话，既然是笑谈，我可确有这番打算哩。"

兰芝道："别说笑话。现在哥哥在当面，仲卿衙门有事，我叫他不必送了，哥哥觉得怎么样？"

刘洪道："当然如此。"

仲卿道："既然这样说了，我只好不送。三五日后，我再到小市港观看新居吧。"

刘洪笑道："这是我家老房子，谈得上什么新居，不过三五日后，你要去接小妹，一定欢迎。"

于是全堂的人都笑起来。仲卿和大家谈了一阵话，和岳母内兄告辞。兰芝亲自送到大门外，说了许久的话，方才回去。

到了搬家这天，正是天高日明。刘家搬运家具，雇有小船，趁着山河水急，天一亮，老早解缆东下。刘洪就坐这条船走。此外喊了一部车子，文氏、方氏、兰芝三人坐车，一个赶车的，拉着一匹马，驾上车子，四人共同东下。那个时候的马车，大概像北方驴车，两根木杠，拉着后面半截轿子。所以坐车的人，大家都盘膝而坐。

从庐江府府城朝北去，走上五、六里路，便是皖山。这条山路车子是不能行的。朝南走，都是平原大野，就是有一点丘陵在小市港旁边，车子行走，也不碍事。

他们这一辆车子，出了南门，顺了大路走。只见沿路的庄稼，都已捆堆起来；那些一半树木、一半竹枝的村庄，都在烟囱里冒着青烟，十分好看。

平原十多里路，马车一会儿就走完了。这就上了大堤。由堤上一望，这些杂树，密密层层，有几十里长，简直看不到尽处。堤的下面，便是山河，极窄的地方，也有一里多宽，不窄的地方，三、四里宽，也是常见的。河水极清，游鱼可见，而且小船可以往来。对河的杂树也是一样丛密。所以站在突出的地方，向两堤夹河一看，两岸是碧绿的丛林，底下是一片清水。

走过这些绿树的大堤，便走到一条百十来户的街上。这街名小市港，到如今，还是叫这个名字。文氏在车上就道："女儿，这就是小市港啊！"

兰芝道："我们家在哪里呢？"

文氏道："进街口不远，有条人行路，左边一弯，便是我家了。"

车夫听了，照老太太的指示走去，不要多大一会，车子就到家了。

六

婆嫌织绢迟

搬家过了五天，下午的时候，焦仲卿奉了母亲之命，在衙门里请了半天假，就来接刘兰芝。因为怕兰芝走不动，还租了一辆车子，自己亲坐了来。车子来到街上，问明了路径，来到大门外。仲卿自己跳下车子，吩咐车夫，将马解了缰绳，让它吃草，车子让它放在一边，车夫也让他休息，约好临走叫他。吩咐已毕，然后走进大门。

刘家是一字门楼，还要上几层台阶，才进屋里。进门是一排倒座。转过这个倒座，靠南是一间披房，三方有墙，一方对北空着。走过这个披房，一个大天井，两旁两棵大桂花树，树下用砖砌着短墙，将天井隔开。天井下面鹅卵石铺地，一直通到上面堂屋。走到堂屋，两边一望，一边是竹园，一边是杂树。所有上房，完全在这竹树成荫之下。

仲卿还不曾开口，就听见苍老的声音道："仲卿来了。我算着，也该来了。"说这话的，是兰芝妈妈文氏，站在堂屋通内屋的甬道当中。

仲卿见过礼，就被引到私厅坐下。私厅是此地比较小些的堂屋，中等人家大概都有。也有几尺大的天井，天井里面，随便栽些花木。

一会儿，兰芝出来，见了仲卿道："走吧，回头天黑了，看不清路。"仲卿道："虽然如此，但和洪兄没有见着，我们也应该说两句话，才是正理。”

兰芝道：“他已上府里去了。”仲卿道：“洪兄真忙。但还有嫂嫂，应当见见。”

兰芝笑道：“书吏到底是儒生，还有许多礼节呢。”正这样说，方氏就端了一碗热汤饼来，把这碗汤饼放在炕桌上。仲卿道：“来了就费事，我吃不下去呢。”

方氏道：“你下午来，又不能预备饭，我们知道，你衙门有事，就要回去，也不留你。一点东西不吃，又跑了回去吗？粗点心，吃一点吧。”

仲卿看看兰芝，兰芝道：“吃一点吧，回头还有十五里路要走呢。”仲卿听了这话，方才拿起筷子来吃。

方氏看了，一个人走回上房，赞叹一声道：“这才是好夫妻啊！”

仲卿吃过了汤饼，望望兰芝道：“夫妻虽然是好夫妻，只是你家姑娘，受一点委屈……”

兰芝连忙看看里面，幸亏还无人，立刻对仲卿摇摇手，将手指指里面。仲卿会意，就没有往下谈。一会儿文氏出来，又将兰芝的事，重重地托付一番。仲卿道：“不用岳母嘱咐，仲卿时时在心。”文氏点头。

两人起身告别，双双出得门来。车夫老早得了信，已把车子驾好。二人上了车子，离开刘家。兰芝看看离家已远，才问道：“离家好几天了，婆婆可曾说到我没有？”

仲卿道：“现在妈妈只想你哥哥做官，除了问你哥哥做官而外，对于别事，倒也未说什么。”

兰芝道：“我哥哥做官，恐怕不大可靠。婆婆这番想头，总怕是落空的多啊！”仲卿道：“我们回家，就说你哥哥做官有望吧。将来怎么样，到了将来再说。”

兰芝道："这就不对，应当好好地对婆婆一说。我们自己的前程，自己来管，用不着找我哥哥。"

仲卿像是要叹一口气，但是又把它忍住了。自己坐在车沿上，抬头一看，一大群喜鹊，从头上飞过，便道："你看啊，快要断黑了，一大群喜鹊飞过去了。"兰芝道："喜鹊联群，你有什么感验？"仲卿道："这有什么感验。每天上午或者下午，都有一群飞过头顶。"

兰芝道："上午飞去，下午飞来，虽然看起来是一样，看的人究不能一样。上午它去，我还有说有笑，下午回来，也许我就不能有说有笑了。"

仲卿道："妈妈虽然管家烦琐一点，大概不会对你如何。兰芝，你好好地应付吧。"兰芝道："但愿婆婆不这样，那自然是更好啊！"

仲卿生怕她烦恼，立刻找了一些眼前事物，给她说笑。先看见一丛树林，仲卿就说这个树林已有多少年。回头又看到一处村庄，仲卿就说这里很出人材。最后看到迎面而起的大山，那将落的太阳变成金黄色，缓缓地要在山顶落下去，仲卿就道："看啊！这是山林最好的一段呀。"这样上天下地说上一遍，兰芝听了才有了些笑容。

太阳真个落山，夫妇就到了家。三、四天以内，兰芝小心做事，阮氏也没有说什么。有一天，兰芝忽生小病，所织的绢，有两天都没有下机。阮氏叫月香来问道："你嫂嫂哪里去了？怎么没有听到织绢响？"

月香道："嫂嫂病了两天了，现在房里睡着呢。"阮氏哼着道："病了，不能吧？我见她吃饭，还好好儿的。"

月香道："真是病了。今天吃饭，是用开水泡的，至多吃了大半碗。"

阮氏想了一想，才道："你替我叫她一声，就说我有事叫她，我看她究竟有病无病。"

月香听说，就去叫嫂子。兰芝因为自己生的是小小的毛病，也没有声张。婆婆来叫，当然前去。立刻下了床，对桌上铜镜照了一照，头发乱了，把手巾蘸了水，抹了一抹，抹得头发平了，才上婆婆屋里来。走近前来，从从容容地叫了一声“婆婆”。

阮氏坐在墩子上，听见兰芝一叫，就上下对她看了一看，慢慢地道：“说你病了，真的吗？”兰芝道：“有点脑袋发晕，睡了一觉，似乎好一点了。”

阮氏脸上这时没有一点笑容，便道：“那么，事情可以做了，依我的主意，那机上绢应当织起来。”

兰芝本来还想说一句“病只似乎好一点，还要睡一会儿才好”，不过看婆婆毫无喜容，怕说了反而惹出事来，就答应一声“是”。

阮氏道：“好了，你去织绢吧。最好，你今天莫管别的事，用点心织，天断黑以前，要把绢取了下来。”说着，还把手挥了两挥。

兰芝答应声“是”，自己就往堂屋里来，其实脑袋还晕得很，也管不得它了，于是坐下机来，一梭子一梭子织绢，心里十分委屈，也无处说。

屋子里慢慢黑了，好在绢是织起来了。忽然仲卿匆匆跑了进来，看到绢已织起，便道：“绢歇两天再织吧。早上起床时，你说你头晕，别病倒了才好。”

兰芝道：“现在好像不头晕了，机上的绢，两天未曾下，婆婆催得很急。”

仲卿显出不安的样子，伸着袖子，搔搔他的腰带，吞吞吐吐地道：“这……这和妈妈言明才好。”

兰芝道：“现在好了，不用提了。我看你匆匆忙忙回来，好像有什么事似的。”

仲卿道：“我看到你织绢太忙，把我的事忘记说了。今日府君对我们说，近来公事又忙，叫我们衙门里有事的人，从明天起，须在衙门里住宿。恐怕以后要十天八天才得回家一次。家中琐事，又要烦劳你一人了。”

兰芝道：“公事既忙，不回来也罢了。但是怕婆婆一来未见你升级，二来还是那点薪水，有点不大愿意。”仲卿道：“那又有什么法子呢！家事，兰芝你多偏劳一点吧。”

兰芝也未便多说，自己将机头绢摘了，交给婆婆。阮氏已经听到儿子要在衙门里住宿，就正了颜色道：“你已经听到了，你丈夫现在公事忙，十天八天才能回来一次。以后做事，更加应该起劲一点才是。不然，仲卿回来，两三天交一匹绢，大不如他在家里，那就是笑话了。”

兰芝听了这话，知道婆婆因两天才交这匹绢，心上老不高兴，也未曾多说，自行退下。到了次日，仲卿上衙门了，日夜忙于公事，果然十天八天才回来一次。阮氏因儿子没有添薪水，事情更加忙，觉得有点不公道，心想刘洪或者有点路子，请刘洪去说说看，府君看在来人面子上，放松一点也未可知。她仔细想想，决意要走刘洪的路子。

过了两天，正好有另一位书吏，由街上经过，阮氏看到马上迎到街上，笑道：“钱先生，请到家里来坐。”钱君站住了脚，问道：“有什么事吗？”

阮氏道：“有点小事谈谈，不会耽搁公事。”

那人见阮氏这样说了，只好进来。阮氏引他到堂屋坐下，正好没有人，就问道：“钱先生是和小儿同事，请问，公事怎样忙法？小儿八、九天才能回来一次呢。”钱君道：“无非抄写公文。”

阮氏道：“都是这样忙吗？”钱君道：“哪能都这样忙。里面有人的，托人向府君一提，立刻可以把事情放松。不但是天天能回来，就是一两天不去，也不要紧。”

阮氏道：“哦！只要有人提一提，一两天不上衙门也可以，我家亲戚中倒有一个人。”

钱君听了，脸上也有喜色，就问道：“是哪一个？”阮氏道：“就是常同公子出来的刘洪呀。”

钱君听说，不由得笑道：“我以为伯母提的哪一个，原来就是刘洪。他跟在公子左右，只好算一个打杂的，怎么能见府君！”

阮氏道：“噢，他不能见府君？”

钱君道：“要是能见府君，他也不打杂了。我要是刘洪，在外面随便找一点事情干干，总比打杂要好得多吧。”

阮氏这才算明白了，就陪着钱君闲谈几句，送客出去，心里就想着：“原来以为刘洪跟着公子跑，总要阔一些，哪知是一点不中用的东西！他的妹子嫁给我家，以为她有一个有用的哥哥，总要帮助一点，所以我总也客气些。原来是打杂的脚色。哎，以后对兰芝也不必客气了。

阮氏当时大失所望，对兰芝的管束就加紧起来。一日，兰芝洗菜，还和从前一样，在厨房盆里洗。阮氏看见，就道：“兰芝，菜在盆里洗，洗得干净吗？这里出东门，一点儿路，你不会提着篮子到河里去洗？”

兰芝一想，婆婆也说得对，就答应了，把当日要吃的蔬菜，装了篮子，提到河里去洗。第一、二次，阮氏也没有说什么。

这天是十二月天气，兰芝提着篮子去洗蔬菜，上身穿的青丝棉袄，下面穿的青丝裙子，等到回来，有点吃力，在大门口就歇了一歇，然后才提篮子过堂屋，要上厨房。

阮氏站在堂屋里，就叫道：“兰芝，我有话跟你说。”兰芝忙把篮子放下，静等婆婆说话。阮氏道：“你也是读书识字的人，应该懂得礼节。你看你一身，穿的全是青。这还罢了。你提着篮子，在大门口歇个三、四回才进来，这是什么样子！这一篮子菜有好多斤，真的提不动吗？”

兰芝听了这话，只觉得有一股不平之气，由嗓子眼里出来，朝外直冲。转念一想，无奈她是婆婆，说两句就说两句吧。自己也不敢作声，站在这里，静等婆婆骂。

阮氏道：“你丈夫大概明天后天就要回来。等他回来，我来问问他看，你要穿什么衣服。”

兰芝听了，心想：哦！还是提不该穿素净衣服吗？这我可有话要说，不能默然受着。因道：“从前，婆婆说不能穿大红大绿，我才脱下的，所以现在穿一身青。”

阮氏将手一指道：“好哇！你还跟我强嘴！叫你莫穿大红大绿，难道就要穿一身青吗？”

兰芝就不敢作声，还是站着。

阮氏道：“篮子里的菜你给我提上厨房吧。你怎么样，还想强嘴吗？”兰芝见婆婆脸上带着怒气，不敢多说，提起菜篮子，悄悄地到厨房去。

过了两天，仲卿回家来了。阮氏就把他叫到房里来，轻轻地问道：“刘洪虽然常在衙门里走，据我听到说，他也不过买买零碎东西的人，见不到府君。这话是真的吗？”

仲卿道：“本来是吗，这何用问？”

阮氏听了，冷笑道：“那就不去管他了。只是你那媳妇兰芝，我有些管不下来，你要替我管管才好。”

仲卿道：“她何事又冲犯了母亲？”

阮氏道：“她下河洗菜，穿了一身青，我说了她两句，她就和我强起嘴来。她说不能穿红穿绿，就只得这样穿。这像话吗，不能穿红穿绿，难道衣服上滚个边，这不比一身青要好一点儿吗？”

仲卿一想，这些菜本来用不着天天到河里去洗，至于穿的衣服，更是不要紧的事，便道：“妈妈说了，兰芝当然会改。这些小事，望不要挂在心上。”

阮氏道：“这些小事，不要挂在心上，什么才是大事？我倒愿意听听！”

仲卿道：“孩儿管管她就是。儿在衙门里，好久不得回来，回来之后，母亲对孩儿原谅些才是。”

阮氏对于儿子，究竟是自己生的，也就只好不说，只是叹一口气。

仲卿晓得兰芝又受了一肚子气，但母亲面前，决不能稍存袒护，否则反而要惹出一场大气。可是兰芝又委屈万分，也不愿略加责备。转身看看兰芝在堂屋里机上，正忙于织绢，自己只是对她点点头，没说什么。

当然，兰芝在自己房里，免不了对仲卿哭诉。仲卿道：“兰芝，你受委屈，我是知道的。但这些究竟是小事，我们前程是美好的。”

兰芝经丈夫一劝，也就忍受下去，次日，又照旧做起事来。但阮氏还嫌兰芝做事散乱，就规定她清早起来到厨房里生火，接着把家中各处打扫干净，然后洗菜煮饭。饭后，洗好一家四口的衣服，又生火作中饭。碗筷洗干净了，才坐上机子织绢。太阳没有下山，又要生火煮晚饭。本来住家过日子这些事情，大家同做同歇，也算不得什么，可是焦仲卿家只是兰芝一个人做。而且机上织绢，限定了一天要下两匹。兰芝忙不过来，只好晚上赶夜工织绢。

光阴混混，转眼就是二月底。兰芝一直自己在想：婆婆以前虽然也蛮横不讲理，总也过得去，这几个月以来，变得格外厉害，每天的事，要每天做得清清楚楚，穿衣服，洗手面，也常常干涉。你若是不顺心，那就要痛骂起来。这里面到底有什么缘故？

七

君家妇难为

三月里的天气，阳光和煦.阮氏这日在家里吃午饭，心想：街邻里面，新搬来了几家人家很少来往，尤其是姓秦的那一户，简直没有来往，今天无事，去到他家看看。于是饭后就走到秦家门首，伸头探望。

秦家是个小官人家，主人在建业。两个儿子，随了队伍走，驻在庐江府城外。家中有个姑娘，名字叫罗敷，邻居都称赞她长得好。

这时正有个女郎，站在天井当中，手上拿了一枝桃花，身上穿了黄绸衫子，长圆的脸，擦了一脸脂粉。阮氏想这当然就是秦罗敷了，便道："秦姑娘，我现在正想探望你家，可以吗？"

罗敷道："你就是焦家妈妈吧？请进来吧。"

阮氏一进门，罗敷在前引路，引到堂屋里坐。当时罗敷妈妈黄氏连忙出来款待，罗敷就退去。二人坐下，说了一些闲话。后来阮氏问道："姑娘真好，现在多少岁了？"黄氏道："现在也十八岁了。"

阮氏道："现在有了婆家没有？"黄氏道："没有哩！父兄不在家，就全靠我做主。庐江府虽然大户人家很多，提过多次，全不中意。就耽误下来了。"

阮氏道："啊！耽误下来。姑娘想是织绢都会的了？"黄氏道："会是会的。但是她父兄都不在家，我有点偏疼她，不织就不织吧，好在她父兄寄来的钱财绸缎，家中原用不了，也不在乎她织绢不织绢。”

阮氏道：“她好造化，父兄都做官啊！”黄氏笑道：“这也不在做官不做官上，我只有这个女儿，总是……哈哈，我又要说偏疼她了。”阮氏也哈哈一笑。

就在这个时候，只见一个老妈妈手里捧了一卷绸子，由外面进到堂屋里来。老远看见黄氏，就笑着道：“老太太，真要谢谢你家姑娘。做一双鞋子，这也算不得什么，你姑娘就把整匹绸子给我。”

黄氏道：“你就拿去吧。我家姑娘总是这个样子的，她要喜欢呀，就把绸子银两随便给人。”

那老妈妈就谢谢黄氏而去。

阮氏看了眼红极了，和黄氏谈了一回话，起身告别。回来看看家里，兰芝还在织绢。心里仔细算了一下：觉得兰芝这样织绢，费两天的工夫，还不够人家罗敷高兴起来一次赏赐老妈妈的绸子呢！我要是以前不答应仲卿定这头亲，秦家这个姑娘多好，向黄氏一求亲，保管可以一求就答应。那时，不但她家父兄可以提拔仲卿，就是罗敷所积的私蓄，交给仲卿也花不了。哎，实在错了！

她一存了这分私意，因之看兰芝昼夜勤劳，好像格外应该了，而且认为兰芝做活所得，远远赶不上人家罗敷的私蓄十分之一。因之过了两天，天气干燥，就到堂屋机边，向兰芝道：“天气这样的干燥，等挑水的前来，不知道是什么时候，还是你去挑两桶水来，家中应用吧。”兰芝虽未必挑得动整担的水，心想挑两小水桶大概总挑得动，就答应说“是”。便站起来，在家里找了小桶，把绳子拴了提梁，又找了一根扁担，挑着向城外河边去。

月香刚由外面回来，看那嫂嫂挑着两个水桶，只有十几斤重的水容量，就觉勉强得很，于是跑来对阮氏道：“你这是何苦呀！嫂嫂在家里织绢，你好好地又罚她挑水。我看嫂子，未必挑得动，何况家里也不等着水用。”阮氏道：“孩子，家里虽不等着水用，叫她挑水，让她练练力气也是好的呀。”

月香道：“练练力气，也是好的。好，我和嫂嫂去抬。”说着，就也向城外河边走去。

阮氏看到，也不好说什么。但以后就等着月香不在家里，罚兰芝去挑水。有一次，仲卿回来看见了，心里大为不痛快，立刻进到母亲房里，就对母亲道：“妈妈，这挑水的事，不要兰芝干吧。一来她的气力小，挑不动好多，二来她去挑水，不在家织绢，反而耽误工夫。”

阮氏点头，鼻子里却忽噜忽噜的响，冷笑道：“你说话都有道理。可是我让她挑水，并非省钱，我要罚她一罚。”仲卿道：“哦！要罚她一罚？请问，什么事做错了？请母亲告诉儿子，儿子劝她改正就是。”

阮氏道：“那做错的事就多了，告诉不了许多。”

仲卿听了此话，更觉不对。心想：慢说兰芝没有事做错，就是有一两件事做错，何至于告诉一声都告诉不得？便道：“妈妈，不要做得太过于……”

仲卿还没有说完，阮氏大声骂道：“我管媳妇，不许你说！你真要说，我到府君台前，告你一状，说你宠妻灭母，看是母有罪，还是儿有罪！”

仲卿看到母亲生气，也只好不说。可是这样一来，阮氏越发使出婆婆的威风来了。今天要吃米粉，叫兰芝去推磨子，明天要吃糯米，叫兰芝把糯米送到舂臼里去舂。虽然这些琐事，本来不必要做的，但阮氏说出要办，一定要办成。这样又混过半年。

这半年里面，阮氏常常往秦家跑，看到秦家真是有钱，而且黄氏喜欢说大话，阮氏喜欢听，两个人交起朋友来，倒是很投机。可是很奇怪，她两人越说得来，兰芝的魔星越重。

一天下午，兰芝织绢，刚刚上好机子，门外传来一阵杂乱的声音。一看，却是她哥哥刘洪来了。兰芝忙让坐，问道："哥哥今日怎有工夫前来？"

刘洪道："母亲病了，特意叫我前来接你回家探望。我叫了一部车子，你同路回去吧。"

兰芝靠了机身站定，听了这话，便道："母亲病了，当然要去探望。只是……。"

刘洪道："你婆婆面前，我替你讲。请你婆婆出来。"兰芝心想：妈妈病了，婆婆纵然不高兴儿媳回去，也是要回去的，打骂回头再说吧，于是就请阮氏出来。

阮氏到了堂屋，分宾主坐下，刘洪把来意告知。阮氏道："当然要回去，但仲卿不常来家，家里委实离不开人。你哪天回来？"兰芝道："听婆婆吩咐。"

阮氏把眼睛望了一望刘洪，沉吟了一会道："今日回去，明日休息一天，后天我派仲卿接你吧。"

刘洪道："这样，说是三天，其实来一天，去一天，在家里的时候只有半天，而况周年一载，只回去一次，太少了一点吧？"阮氏道："那就是五天吧。"

刘洪还打算讲话，兰芝走上前一步，就对阮氏道："好，就依婆婆的话。"

兰芝进房去收拾东西，同刘洪一路坐了车子回去。这样一来，阮氏在家里却要样样事情自己动手，添了不少麻烦。次日下午，仲卿回来了，问起兰芝，知道是她哥哥接回去了，也道："是，多久没有回娘家了，就是岳母没有病，也该让她多住两天。"

阮氏道："不，明天你就去接她。"

仲卿道："这不妥当吧？一来我今天须要赶回衙门，二来你答应人家住五天，明天怎好去接她？"

阮氏道："明天你一定要去接她。我家里这些事，没有人来做。

你不去接她，家里这些事，等你娘来做吗？”仲卿一听，知道再说下去，母亲的老脾气又要发作了，便道：“好吧，回头我到衙门去请假，去接她就是。”

阮氏哼了一声，也不说话。仲卿也不愿和他母亲计较，照她话办就是。次日一早，叫了一辆车子，便向小市港而来。来到刘家还只是吃早饭的时候，看到岳母端了一把竹椅子，在屋檐下晒太阳。兰芝就在旁边，和她母亲闲话，一抬头看见仲卿来了，心里已经明白，便道：“仲卿来了。”

仲卿和岳母见礼，然后道：“一来看看岳母身体违和，已经好了没有，二来，想接兰芝回去。”

文氏晒着太阳，刚刚感到身体好些，听了此话，颤巍巍地站起来，望了仲卿道：“怎么着，你就要接她回去？贤婿，她回来多少时候，你总明白吧？”

这时，刘洪就自房里走出来，对仲卿道：“妹子才回来一天半，你知道吗？母亲起先是爬不起来，妹子一回来，精神稍为一爽。今天早上，母亲身体觉得格外好些，就坐在外面晒太阳。照说，妹子许久不来家，也该住上十天八天，怎么今天你来，就说接妹子回去？就是依照你母亲的话，也有五天的限期，限期还没有到呢！”仲卿听到这些话，站着在天井里，什么话也答不出，只搓着两手，很局促不安地望着兰芝。

兰芝就对妈妈、哥哥道：“这些话你们对仲卿说了，他有什么话说？可是仲卿所知道的，比你们还多呢。家中的确无人，仲卿来接我回去，一定有不得已的原因。”文氏道：“那么，你是要回去了？”兰芝道：“我想，多住两天，于家中并没有什么好处。至于放我回去了，的确有许多好处。”

刘洪道：“妹子这样说，留也没有用。不过，你说放你回去有许多好处，请你把好处说给我们听听。”兰芝道：“这个你不用问，过了一些时候，你自然会知道。”文氏道：“好吧，你就回去吧。可是回去之后，婆婆若是问我好了没有，你就说我好了，不要劳她挂念。”

兰芝一听，心想婆婆哪会说这样的话，眼泪几乎要夺眶而出，但是她拖起衫袖，把眼睛揉擦一会，把眼泪用力止住，勉强答应了一声“是”。

仲卿看到这种情况，心想：兰芝为人实在难得，在我家里，受尽委屈和折磨，可是回家以来，一个字没有提，这忍耐的心情，真是少有！

文氏道：“你叫了车子没有？”仲卿道：“有一辆车子，现在门外。”文氏道：“好了，你收拾东西，转去吧。”

兰芝辞别了家中人，把收拾的东西带着，随着仲卿同车回来。在车上，兰芝问道：“母亲叫你来，有什么话没有？”

仲卿道：“母亲闲话虽有，无非要你回去。差不多有两年了，你真是吃苦耐劳，家里许多事情，都是你一个人做。现在你一走，家事就要母亲来做。月香虽然帮一点忙，究竟不成，所以叫我赶快接你。”

兰芝道：“若是家事无人做，叫我赶快回去，那倒罢了。不过我看这半年以来，母亲动不动发脾气，恐怕另有缘故。”仲卿道：“你安心料理家事，日子久了，母亲总会回心转意的。”兰芝默然坐着车子，半下午就到家了。仲卿依然到衙门里去上差。兰芝也慢慢地恢复操作。

到了晚上，机子开始忙碌，常常织绢织到深夜鸡鸣，还不得休息。这日晚上，正在打夜工，阮氏就走到堂屋里来，看看机上的绢，自己连忙摇了几摇头道：“你母亲说是有病，接你回家去。后来仲卿一看，一点病也没有。我们不是有钱人家，这个玩笑开不得呀。所以要你赶快织绢，把空了的那几天补了起来。可是你乱补一阵，你看，这绢织得多么粗，拿出去卖，没有人要。”

兰芝道：“我母亲的确是病了，仲卿去，一进门就看见她坐着晒太阳。”

阮氏道：“病了就算病了吧。这绢织得这样粗，怎么办呢？我替你算了，三天断六匹。三十天就是一个月，共要六十匹。我数一数你下机的绢，还只三十匹，还差得多呢。这个，你又怎样交代？”

这一下子，兰芝真是按捺不下了，便道：“到娘家去一次，耽搁三两天，难道这个短时间，还要补齐起来吗？就说补起来，白天洗衣弄饭又要我做，我又不曾长八只手，怎样补得起来！至于绢织得……。”

阮氏不等她说完，大声喝道：“怎么样，你又和我强嘴？你的绢，硬是织粗了。这匹绢，不能要！还有一层，一个月须交我六十匹，一个月须交我六十匹！”说着，作出要打人的模样，袖子里伸出拳头，恨不得马上就打了出去。

月香这时候听得母亲叫喊，便跑出来将母亲拦住，叫道：“妈妈，你怎么了？嫂嫂说话，也有她的理。她的理不通，你再说不迟。嫂嫂没有说完，你就要打人的样子，那干什么呀！”阮氏道：“她，我不能打？”

月香道：“可是，今天，她还没有受打的过失。”

阮氏道：“哪个说没有受打的过失？当年我做媳妇的时候，就是这样，挨打挨骂。”

兰芝看见小姑劝架，已经劝不下来，立刻对阮氏跪了下去道：“婆婆息怒，媳妇知罪。”阮氏也不叫她起来，把脸胀得通红，高声道：“你知罪？那也好，就要交我六十匹绢。少一匹，我不与你甘休！”

月香道：“现在已是深夜，让人家长跪着，也不是事，叫她起来吧！”

阮氏道：“起来就起来吧！但是绢一定要织。若是天亮织不起来，我拼了点灯油，就织到明日。”

兰芝慢慢爬起，扑去身上的灰，站起来，口里答应“是”。阮氏看着兰芝，哼着道：“我就看不得你这种样子！老实说吧，你最好是不要吃我们焦家的饭！”月香牵着她母亲的衫袖，劝着道：“走吧，回自己房里去休息吧。”带劝带拉，才把阮氏拉走。

兰芝又把灯亮起，把机子推动。原来的绢只好不要了，从新布置机头，慢慢地又织将起来。坐下织绢的时候，自己想着：婆婆刚才前来，哪里是检点绢机，分明是要出一顿气。这样出气，一次两次，那还无所谓，若是时间长了，常常这样，焦家媳妇真是难做了。仲卿公事又忙，十天八天，才得回来一次，有苦也无从说起。想到这里，绢是不能织了，只觉一阵心酸，眼泪如泉涌，拿起袖子擦擦眼泪。哭不敢大声，只是细细地哭。哭了一顿饭的时间，自己劝自己道：“哭有什么用！明日天亮，她还是起来，要看我的绢哪。”她如此想着，于是把眼泪擦干，吱咯吱咯地又织起来。

织到半夜，兰芝看看，算是织完了。这个时候，她倒不想睡，自己把机子上的绢取下，端了一盏灯，慢慢回房。灯放在桌上，绢放在床头，自己也不脱衣服，就和衣在床上躺着，想自己的心事。

兰芝迷糊了一会儿，忽听得一阵响，睁眼一看，却是小姑月香站在床前，天是已经大亮了，连忙站起来道：“小妹，你起来了。婆婆呢？”

月香道：“妈妈已经睡着了。她昨晚将要睡的时候，说头有点晕，所以今朝睡得很香。你的绢，织起来了吗？”兰芝道：“织起来了。那不是吗？”说着，用手向床头一指。

月香道：“那倒也罢。早上零碎事情，我替嫂嫂做做吧，你还睡睡，有了精神，上午好做事。”

兰芝看见小姑倒有这番热心，心里生出一番感激之意，不由眼圈一红，一句话不说，只觉眼泪先滚下来了。

八

逼子写休书

月香是十五六岁的人，感情最容易冲动，见嫂嫂一哭，她也陪着哭。兰芝究竟年岁大些，就摸出一条白绸手绢，把眼泪擦干，从容地道：“妹妹这番好意，愿意替我做零碎事，我很感谢。但是我已不要睡，这些小事，不必烦劳你了。”

月香也把眼泪擦干，就道：“等哥哥回来，我和哥哥去说。这些事情，嫂嫂一个人，真忙不过来。织绢一个月要六十匹，这个数目太大了。”

兰芝道：“虽然跟你哥哥说，你哥哥也无法可想。”

月香道：“嫂嫂你还是睡一会儿吧。零碎小事，你只管给我，保没有错。”

兰芝道：“妹妹真要做，我也不睡，还是两人同做吧。”这句话月香同意了，两个人就一同做。

到半上午的时候，阮氏才起来。月香、兰芝都在面前。阮氏便扶了床柱道：“我今天还有些头晕，不吃饭了。你们端碗米汤来给我喝。”

兰芝答应“是”，提起脚来便打算要走。阮氏道：“你别忙走。我来问你，我要你织的绢，已经织起来了吗？”兰芝道：“织起来了。”

阮氏道：“织是织起来了，可是忙了一个通宵，恐怕点灯油已经糟踏不少。”

月香站在床边，也就忍不住说道：“忙一个通宵，自然要费油，难道你还教人摸黑织不成？”

阮氏对自己女儿倒是相当疼爱的，便道：“我不过是这样说说，难道还说她点坏了吗？”

兰芝也不敢说什么，依然站着。

阮氏道：“米汤要凉些，知道吗？”兰芝心想：婆婆专挑我的错处，还是再问一问清楚好。便道：“凉一点的，凉到一味冰冷，恐怕病体有点不适宜。”阮氏看见月香还望着自己，便道：“有点温和就可以了。”

兰芝这才算问清楚了，就赶快跑进厨房，舀了一碗米汤，指头摸了碗沿，正好温和。当然是淡的，又开了橱子，里面有麦芽同米饭和在一处做出来的米糖，她把这种米糖拿了出来，切了一块放进米汤里面，接着就拿着碗向阮氏房里送去。

阮氏坐在床上，看到兰芝两只手端了一碗米汤前来，就起身接住，摸摸碗沿，果然是温和的，就拿起碗来，喝了一口，便道：“咦！这米汤怎么是甜的？”

兰芝道：“我想米汤是淡的，恐怕婆婆喝不惯，看见橱子里有糖，就放了一块。”

这时，月香已经走了，阮氏使劲把那碗米汤，向地下一泼，碗不曾拿得稳，也哗啦一声，落于地下。接着脸色一变，骂道：“说我喝不惯淡的，你怎么知道我喝不惯？你自己做主放糖给我喝，太岂有此理！”

兰芝做梦也想不到，米汤里放糖会放坏了，听到那碗落在地下哗啦一声，接下又是阮氏的吆喝，当时就觉得心里一惊，连话也讲不出来了。

阮氏道：“我家里不少你这样一个儿媳妇。等你丈夫回来，写休书一封，你拿了休书，赶快回去！”

兰芝看到婆婆真是动了气，便跪下道：“婆婆恕儿媳一个初犯，下次不敢。”

阮氏站起来道，“你起来，你起来。这样罚跪，老婆子不敢当！决定休你回去！决定休你回去！”

兰芝哭道：“这点小事就把我休了吗？”

阮氏道：“这一点小事？你犯的事就多了。第一，就是你织的绢，我一个月要你六十匹，你交我五十匹还不到。我家的饭就这样容易吃吗？”

兰芝看见这个样子，心想婆婆生了气，不是自己求得过来的，就赶快爬起，哭向房间里去。

月香在门外买东西，回得家来，听到母亲大吵大闹，就匆匆跑进母亲房里来道：“妈，你怎么又闹起来了？”

阮氏就将兰芝的话说了一遍，当然，她说的话，少不得添枝加叶。月香道：“米汤里放了一块糖，就算加坏了，何至于要休掉她？妈，你平平气吧。”阮氏道，“不，今天就是天王下来了，我也要休掉她！”

月香道：“何至于？”阮氏道：“你少管些闲事。若是不休掉，我就让开你们。今天你才晓得老娘厉害！”

月香看这样子，也知道妈妈发了牛劲脾气，非女儿所能劝解，就悄悄地出去找位熟邻居，把家中的情形，略微告诉了他，请他到衙门里去叫哥哥回来。那人答应了，立刻上衙门去。仲卿虽然在衙门里做事，可是家中婆媳之间的事，老挂在心上，现在听邻居的话，晓得事情闹大了，当时就请了假，立刻向家里跑。

仲卿来到家里，老远就听见母亲骂人，不进母亲房，径直到自己屋里去。只见兰芝也不做事，也不说话，一个人坐在矮几子上，细细流着眼泪。仲卿一见就道：“事情经过我已知道一些，你快把详细情形告诉我。”

兰芝看见丈夫回来，料想事情一定要告一着落，就擦干眼泪，把米汤加糖的经过细说一遍，接着道："事情不是从今天起，这不过是要加一个罪名，就把放糖这种小事情化成大事了。仲卿，你在衙门里忙，我是知道的。我为你吃苦耐劳，你也很明白。这机房里夜夜打夜工，鸡鸣才能停止。这样劳苦，得多少匹绢呢？约摸一个月，总共有五十匹。可是你家母亲，还一直嫌我做事太迟缓。其实，并非我迟缓，你家琐事太多呀！哎！做你家儿媳妇，实在难啊！现在婆婆说我不听话，大发脾气，打算叫你回来，写一张休书，把我休了。当时，我听这句话，真是天旋地转，有话也说不出，就跪在地下，说这是初犯，请婆婆饶恕。但是婆婆说，休书写定了，我哭也是无用。现在你已回来，好了，就请告诉婆婆，把我休回去好了。话只说这多吧，请你原谅我。"

仲卿坐在床上，向兰芝道："你的辛苦，哪个不知道，这还用得着说吗？至于母亲说要我写休书，把你休掉，也许是气头上的话。我看你这种媳妇真是难逢难找，怎舍得把你休掉呢！"

兰芝道："我并不是说我不愿意做焦家的媳妇，才要回去。只是你母亲好像见了我，就像猫见了老鼠一样，非吃掉不可。你留我没有用呀。"

仲卿听了这话，在房中来回走上几遍，突然停住脚步，对她道："我去说说看，若是不成，再想办法。"兰芝叹口气道："好吧，你去说说看吧。"

仲卿道："去试试看吧。"于是把袖子一甩，就跑到堂屋。正好阮氏来到堂屋，看见仲卿，就道："我正要去叫你，你从衙门里回来，正好。"

仲卿就站在下首，便道："兰芝在家中的事，我已全知道了。虽然她犯了错处，母亲打骂都可以，为什么还要写休书把她休了？"

阮氏道："不，一定要将她休掉！"

仲卿道："你老人家不要因为她犯错犯在你的气头上，所以要出口气将她休了。儿读书不成，在府里当一名书吏，幸得娶得这样一位妇人，粗细都会。儿结发情深，两人未曾红过脸，私下曾因此相约，虽死了同会黄泉，还要做夫妻。她来我家，也有两三年了，时候虽然不久，可是一步斜路未走过，不能说不好。母亲一定说她不好，我想太过分了一点。”

阮氏道：“你是我的儿子，娘待儿子有不尽心的吗？只是这女人实在太不像话了！你今天说的话，一句都不中听。”

仲卿道：“母亲待儿子尽心，我是知道的。但是哪一句话不中听，还望妈妈告诉我。”

阮氏还是在生气，她把袖子一卷，拍着手道：“好，你跟我来！”说着，就往房里走，仲卿也就跟着向房里走。

阮氏道：“你这孩子，怎么这样没有见识！你看兰芝啊，一点礼节都不懂得，一切听凭她自己决定。远的我也懒得说，拿最近的谈一谈，请问：我要吃米汤，她把一块糖放在里面，这是什么意思？”

仲卿道：“那总是好意吧。”

阮氏坐在床上，听到儿子这句话，就哈哈打了个冷笑，说道：“不错，糖总是好东西，喝米汤淡的，加点糖进去，总要好吃一点。但是她能自做主张加糖，就能加别的东西，甚至于加了毒药进去，娘也不知道呀。”

仲卿道：“那怎会加毒药进去？”

阮氏道：“又怎么不会？对这个女人，我久已怀恨在心了，没有什么话可以说，你写书休了！我话出了口，那是不能变动的，不能依你自由自便！”

仲卿皱了眉道：“你老人家尚要三思。”

阮氏道：“我晓得儿的意思，就是儿休了媳妇一个人很孤单。还怕人家会说，这么大年纪，媳妇都给妈赶跑了，没有人会嫁给你。但是儿不用着急。我们这条街上，靠东头，半年以前，搬来一户做官的人家。他家有一姑娘，名叫秦罗敷。这姑娘管家理事，伺候她母亲，真是独一无二。至于那姑娘的美丽，邻居都在说，我们全府里都寻不到。不用说，母亲一定把她寻来，做儿的媳妇。这事说明了，儿还有什么顾虑？赶快把兰芝休了，赶快休掉，万不可停留！”

仲卿听了这番话，就跪到床面前，哀告道：“我现在有一句话，告诉母亲：你老人家若一定要休掉兰芝，儿就终身不娶。”

阮氏听了这话，便由床上一跳，接着又坐下去，两只手像擂鼓似地，敲得床冬冬直响，拿眼睛瞪着望了仲卿，骂道：“你这小子，好大胆啊！你到现在，还替兰芝说话！我告诉你，刘兰芝对我一点孝心没有，我对她也失掉了恩情义气。你一定要休掉她！我是不能让她在我家里久住下去的！不然，我就走！”说着，又把手一扬，意思叫他滚开。

仲卿看到母亲生了这样大的气，只好自己爬在地下，对母亲磕了两个头。接着站了起来，一声不作，重新走入房内。

兰芝见他满脸泪痕，知道仲卿求情同样没用，便道：“你的情义已经尽了，哭也无用。”

仲卿道：“我把我们夫妇两人的恩义完全告诉妈妈，无奈她都不听。后来我就说了，若是一定要休此妇，我这一辈子不娶。但是妈妈还不答应。我……”仲卿说不下去了，只有哽咽地哭。

兰芝道：“不必哭了，我去就是。”

仲卿站在屋子当中，对兰芝道：“兰芝，这件事情，你不要怪我，我一毫没有驱逐你的意思，都是老母逼迫。现在你可以还家，暂且休息几天。我把这事情的经过，明日写张禀贴报告府君。这样事情，府君当然不准的。所以你暂回家去，没有几天，我一定到府上来接你。总而言之，我的话，说得到，做得到，不要忘了我这番苦心。”

兰芝道：“不，你也不用费心。我去了就去了，何必纷纷纭纭，弄上许多痕迹？记得当年初嫁你的时候，入门奉事婆婆，一举一动，真是禀命而行，哪里敢自专？我做的事，你应该知道，日日夜夜，忙得没有好好休息。全家的事，都是我一个人做，自问真是够辛苦。我自己常常告诉自己说，这样做不敢说有功，但也无过吧。本想奉事婆婆终老，可是我不会孝敬，还是被驱逐还家，这样下场，还有什么话可说呢！你的意思还说是可以重回来的，哎，算了吧，我是看透了，仲卿，你以为何如？”

仲卿哭了一遍，又哭一遍。阮氏却站在天井里高声问道：“哭做什么？你那休书写了没有？”

仲卿含着泪面向天井道：“我……我就写。”

阮氏道：“写过休书，明日天明，送兰芝回家。有许多话我也不说了。”

仲卿答应一声，听听脚步响，知道阮氏走了，便在房里来回走着，话也不能说，事也不能做。

这时，天已昏黑，兰芝点上灯来，看见仲卿还是来回走着，便走到他身边，轻轻地道：“休书不写，那如何混得过去？你尽管写，后事再说好了。”

仲卿顿了脚道：“好，我写！”于是把笔和墨汁在书桌上摆了开来，书案上有纸，取过一张，自己伏在桌上，提笔写道：

> 立休书人焦仲卿，休妻刘兰芝。其实夫妻二人，十分恩义，本无休妻之可言。兹因母命，送妻回家。后事设法，少安毋躁。
>
> 焦仲卿书

兰芝在桌子边轻轻地道：“仲卿，你这样的休书，母亲看了，不会答应的呀。”

仲卿道："她不认得字，随便拿给她看看好了，我想，她不会知道休书写些什么，也不会问。"他一面说着，一面站起来，就把休书卷起，一手拿着。

兰芝望了仲卿道："这事不对的。休就休了，何必弄上这些花样？"仲卿道："这是不得已啊！"他拿了休书，拔步就向母亲房中而去。

兰芝到了这时，也不用再织绢，坐在床上，将一只袖子卷起，枕着自己的头，很快就半躺半睡了。

过了不久，仲卿回来轻轻地道："母亲看到我写的休书，我照休书的意思随便告诉她，果然没有话说。兰芝，休书拿着，将来总有明白的那一天。"说着，就把带回来的休书，交与兰芝。

兰芝站起来道："休书我带着，你还有什么话讲？"

仲卿道："你来我家，嫁装也陪的不少，母亲说一概不要。我想你既回去，嫁装若何安排，也是要听你一句话：还是挑回去，还是放在亲戚家里呢？"说到这里，声音放细道："的确，不久你一定会回来的，这里搬嫁装，也是掩母亲的耳目。"

兰芝道："我有一件绣花的褂子，那丝非常的好，上面绣有葳蕤草，我心里很爱它。再有啊，我曾作有红色罗的小帐，小名叫做斗帐，四只角上都垂有香囊，这也是生平喜爱的东西之一。此外我家陪嫁的箱子，也有几口。你若娶妻，一定是贵人，这种贱物，哪里足迎贵人，所以也让我带回去吧。"

仲卿道："兰芝，你怎么说这样的话？搬走就搬走好了。至于新娶贵人的话，我决无这种打算。"

兰芝拿休书放在箱里，看见焦仲卿神魂颠倒，背着灯影立着像呆了一样，就道："结发夫妻，又没有生过一丝一毫隔阂，你这话，当然可信。可是我的话即使说得过分些，你还得原谅我啊！"

这句话一说完，两个人都大哭起来了。

九

送车感永别

这一晚上，仲卿和兰芝哭了一阵，又互相劝解安慰了一阵。兰芝朝着镜子，因为是夜晚，只见镜子里漆黑一团，便道：“你看镜子里面模糊不见人影，这好像我们现在的情景。”

仲卿道：“不，过了一会，天就大亮，那个时候，再看镜子，里面就人影双双了。我们虽然小别，这是为期不久的，我们切莫要悲哀。”

兰芝坐在床上，点点头道：“但愿如此。今天晚上这一会我们不要忘记啊！”仲卿道：“那是自然。”

说到这里，已经听见鸡鸣，看看窗户外边，那云慢慢地把天变成了鱼肚色。兰芝对仲卿道：“天快亮了，你出去雇好车子挑夫，来搬取我带来的东西。我也趁这时候，梳洗一番。让婆婆看我这人究竟如何啊！”仲卿连说“是，是”，立刻出去雇人。

兰芝穿上碧罗衫，下面套着绣夹裙。这些衣服，都是看了又看，觉得还是非常美丽。脚上穿着丝线绣的凤履，头上梳起盘云髻，还有玳瑁的簪子和金钗，真是闪闪发光。那碧罗衫子，腰身像流沙一样的纤巧。耳上的耳环，挂了珠子。十个手指，尖削得像葱根一样。口唇微红，像含着朱丹。打扮已毕，天已大亮，自己把铜镜一照，心里想：婆婆再要仲卿新娶一房，真个比我还能好吗？也许婆婆见了，会回心转意吧？

这时，仲卿出去雇的车子挑夫，一齐来到门外。仲卿就引着挑夫，径直往里走。小姑月香刚刚起床，瞧见许多挑夫正往哥哥屋里跑，自己也跑到哥哥屋里来，见挑夫正在屋里收拾东西，嫂嫂打扮得像新娘一样，便道：“嫂嫂，你真的要走吗？

兰芝道：“昨晚你哥哥为这事和婆婆说了好久，还是不得婆婆回心转意，只好把我休了。”

月香听了知道已无法挽回，叹口气道：“哎呀！天啊！”

兰芝道：“现在不用说这些了，引我去拜别婆婆吧。”她说着话，就开步慢慢走去。月香在一旁看着，心想：这样好儿媳，为什么一定要休掉？此理真不可解。

这时，阮氏在堂屋里，看那挑夫把兰芝陪嫁的东西陆续搬了去，她一旁看着，也不作声。兰芝走到堂前，便慢步上前，慢慢开口道：“婆婆，我要走了。”阮氏道：“你走快些，无人挽留！”

兰芝道：“虽然如此，大礼不能缺，婆婆请上，兰芝拜别。”阮氏道:“不用!不用!”

兰芝自然不能不理，对着阮氏跪下去，拜了四拜，起来道：“婆婆，我如今去了，还有几句话，要说一说。”阮氏道：“不用说，你去吧！”

兰芝道：“并非别事，是儿没有受教训，所以使婆婆常常生气。本来儿自己生长在不懂规矩的人家，所有礼节完全不解。这样人家女孩儿，哪比得上人家贵人的女儿。至于婆婆为儿所花的钱，那是不用说，一定很多的。花了很多的钱，婆婆还闹个这样的结局，我实在惭愧得很。现在还家去了，倒连累婆婆还为家事劳累，望婆婆饶恕。”

阮氏倒未料她一直到临走，一句怨话不说，便道：“这没有什么，我劳累也是不会久的。”

兰芝回过身来，小姑正在身边，便道：“小姑，我走了。”眼泪就望下滚。

月香道：“嫂嫂，你回去休息休息。”说着，看看母亲，有话也不便往下说，便摸了一块手绢出来，只管擦眼角。

兰芝道：“月香妹妹，我初嫁来的时候，你只不过有床那么高，今天我休了回去，妹妹快有我这样长了。妹妹既然大了，很懂得事，自然地懂得怎样侍候婆婆她老人家。以后要勤快些，婆婆一叫你，就得来啊。婆婆走路的时候，你也得好好地扶着。妹妹，每逢七月初七日和每月逢九的下九阳会，找女伴们游戏的时候，你可不要忘了当初同玩的还有我这个人呢！”月香低着头，牵着兰芝的手，低低地答道：“是!”

阮氏道：“好了，话说完了，走吧！”

兰芝不觉眼泪又流下来，缓缓走出堂屋，看到那一对柏树，还是绿阴阴的。再看摆的东西，还有一部分是自己亲手摆的，现在人是去了，东西摆得依然一样。月香紧紧牵住兰芝的手，两人并排走过天井，又并排走进倒座。

兰芝停住脚道：“妹妹不要送了，堂上有老人家，莫让她为这件事又发脾气。”

月香点点头，把手放松了。兰芝心里头自然十分难过，但心想她再送下去，婆婆会生气的，所以就不要她送了。兰芝只见挑夫已经把东西担子挑远了，回头一看，妹妹还站在门洞里头，两眼只管流着眼泪，不住拿袖子去擦。兰芝向她点点头，意思说再会吧。再看门外，一辆马车停在门口，有个马夫手里拿着鞭子，那正是静等主人的车子了。门左边，仲卿早已牵来一匹马，不作声，手拿着马缰绳，也是静静地等着。

兰芝看见道：“仲卿，休妻出门，不用送了。”

仲卿把头摇摇，将手对家里一指，随着就跳上马，口里轻轻地道：“我在前面大渡口等你啊！”说着立刻将马一夹，就在前面走了。小市港在南门外，仲卿这匹马出了南门，首先使他触景生情的，便是那两棵樟树边的矮墙。第一，在这里，他听过不知几多次箜篌；第二，在樟树下遇到过兰芝，那姿态何其婉约呀；第三，有天下午，站在附近的城墙头，箜篌正弹喜洋洋的曲子，忽然护城河飞起一对鸳鸯，当时只说是好彩头，于今想起来，分明是飞鸟一双，打断了好梦！这样一想，非常难过。

马出城二、三里，马车也就跟来了。兰芝这回上车，当然不知眼泪落了多少。一会儿出了城，兰芝看见车子前面，仲卿骑了马走着，心里就想：仲卿真是多情，这样骑了马送我，回得家去，他母亲知道了，必定又是一场大骂。她这样想时，只见那马有时候跑得一点影子没有，有时候又在车子前面不多路。一会儿到了大渡口，仲卿又跳下了马。

兰芝看这大渡口，有一道大堤挡阻前路。车子慢慢爬上了大堤。渡口之上，搭了三家茅草棚子，都是行路人歇息用的。茅草棚边，有四五株大柳树，堤上还栽了很多杂树。这是冬去春来的日子，树都蒙上绿叶，一望十余里，都是绿阴阴的。下堤便是沙河，这时水还不深，河里突出沙洲四五处。渡口系着竹箄，有一个撑箄的人，手扶一根竹篙子，在那里等候客人。

仲卿牵着马，正慢慢走上大堤，看见车子来了，便回转身子道："停住车子，我们有话说。"

车夫一点头，跳下车来，便将马勒住。

仲卿道："箄夫哥哥，刚才可有许多挑夫挑着衣箱过去？"箄夫道："是的，刚刚过去。"

仲卿便放了马缰绳，爬上车棚边上，盘腿坐了，低声道："兰芝，我只能送你到大渡口了。"

兰芝道："仲卿，我是不需你送的。你看，这春光明媚，送人永别，太对不住这春光呀！"

仲卿道："你怎么说这样的话。我立誓：我娘虽然把你休了，我并没有这意思。不但自己没有这意思，而且恨别人有这样的意思。”

兰芝道：“你的心我是知道的，不过，事情很难办得到啊。”

仲卿道：“不，总当努力去办。你家虽在乡下，我家虽住在城里，但是此心不变，隔乡有什么要紧。我今日立刻到府君那里去，就把你被休的事说得详详细细，府君对这样的事，自然是明白的，一定会答应我接你回来。若说口说无凭，我写张禀贴，也不费事。据我算一算，当然不久你就会归来的。老天在上，我决不相负！”

兰芝按着自己袖子，仿佛道了个万福，接着道：“仲卿，你这番诚心，令人感激。你既禀明府君，倘是府君贤明，把你的话认是实情，那一定答应我回来。望君得到这个消息，早点来告诉我，我好放心。仲卿，你好比那小小的盘石，我就是长在盘石窟窿里的蒲苇草。蒲苇草生长在里面，就像用针缝在上面，盘石终于保护蒲苇草，决不使它破碎啊!”

仲卿扶着她的手道：“兰芝，你太客气了。这次我母亲逼我，我为了孝道，不得不依从，这完全是无可奈何。但是朝廷尚有法律，法律如何讲法，我想我母亲不能不依从吧。”

兰芝道：“仲卿，有两句话，要同你说一说。我家有哥哥刘洪，为人脾气不好。不过，这也难怪，他妹子为何教人家休了呢？回家我要对他说一说。如其不听我的话，休回来了就要听他的，那就不大好了。譬如一壶冷水，向我怀里直泼啊!”

仲卿道：“我想，刘洪兄不会这样不讲人情吧？真是要那样做法，我呀……”底下说不下去了，只用两眼看着兰芝。

兰芝道：“你将做什么？”仲卿道：“兰芝，真有那样一天，你怎么样我不管，但是我决计赴黄泉！”

兰芝道：“你这就不对。虽然他是哥哥，可是不能逼迫我，总得慢慢商量，我想不会完全讲不通。至于你现在正在青春，前程远大，为何谈黄泉二字！”

仲卿道："是，不能谈死。"

马车夫见两人越说越多，而车辆停在路口，颇为碍事，便道："焦先生，你若觉得送你家娘子送到这里还不够，可以再送一程，渡过河去。若是已经够了，那就请你下车，我们要过河了。"

仲卿反转身来，见那箄夫已经摆渡过河一次，到了对岸又开了回来，便对兰芝道："现在我不送了，回家之时，望你用好言安慰岳母！"

兰芝流下泪来，只是点点头。

仲卿道："兰芝，我不远送了，回家之后，你好好保重！"这时兰芝哭得讲不出话，只是掏出手绢揩着脸和眼睛。仲卿只好也垂下头，拿起马缰绳，正打算一跳上马，回头一看，这马车已经走了，但那只箄还没有撑靠岸。那箄上过渡人有两副担子，都歇在箄中心。两个戴斗笠的人，把手扶着扁担望着岸上。撑箄的拿着篙子，慢慢地撑着。有一个渡客道："快点！我们要赶上衙门去呢。"这句话算是给仲卿提醒一句，于是赶快把马牵着，还向车子里高声喊道："兰芝，我去了！不远送了！"

兰芝伸出一只手来，把车棚前的蓝绸，掀开一角，向仲卿点点头。

这里箄靠了岸了，车夫等箄上两个过渡的走了，便请车上人下车。兰芝下得车来，回头看看，和仲卿相隔有十几丈路。两人依旧望着，没有作声。这河里通到岸上，依岸筑了一道小小的沙堤。它高有一尺，平面有三尺，在浅水中堆起，堤的尽处，便是竹箄。因为不筑沙堤，箄靠不了岸，穿鞋袜的人就无法登箄了。这时，兰芝走上箄，车子也慢慢上来，箄夫就撑起篙来，箄就动了。

箄的构造，是三四十根竹子平铺着捆绑起来的。箄一开动，兰芝回头一望，却见仲卿并没有回去，人骑在马上，还在河边对箄上望着。

兰芝道："哎哟！你还没有回去？你听到过渡的客人说了没有，要去赶衙门呢！"

仲卿骑在马上，把手一挥道："不要紧的，我骑马，一下子就赶上挑担子走路的人了。我在这里，望着这篺过了河，就回去。"

兰芝听了这话，觉得仲卿还是难分难舍，心里想：哎，由他望吧！对着仲卿只用手挥了一挥。

河也有一里路宽，两个人一个在篺上，一个在马上，就这样呆望。一会儿篺过了河，兰芝上岸回头看那仲卿，还是骑马站在河边。兰芝依旧抬起一只手来，挥了两挥。那边仲卿也把手举了一举，表示他看见了。

这里车子赶上了岸，车夫就请兰芝上车。但是兰芝看看仲卿还在那里呆望，心想：上车去吧，就要看不见了，不上车吧，这样对望着，望到几时呢？她面对了河那边，手扶车棚也只是出神。那边骑马的仲卿，将手指着，要她上车。她望了河的那边，又看看她自己身边车子，最后一想：还是走吧，他不看见车子，自然会回去的。于是向河那边点点头，赶快往车里一钻。

一道长堤，长满了杂树，兰芝上得车去，很快地过了长堤。堤的这边，全是平原。这是二月初间，那麦苗有六、七寸长，一望无涯。霎时南风吹来，麦苗一阵一阵地卷起，真像碧海起了绿浪。车子前还有两块地，种的油菜花，也刚刚挺起初开的花，万绿丛中，这黄花有点像金色的黄冠，恰是好看得很。兰芝望去，心里想着：菜花和麦还不是像去年一样，只是人啊，与去年相比，就大为不同了。她这样想着，忽然被一阵噼啪噼啪的马蹄声惊醒。

这大路上，时时有马来往，也没什么稀奇。谁知这一会兰芝听到噼啪噼啪的声音，用目一瞧，哎哟！正是仲卿骑马前来。自己禁不住就喊道："仲卿，你又赶来了哇！"

仲卿听得车中人叫他，勒转马头，让马缓行，并道："我本来想跑上高地，和你再从容谈上几句。现在我们就一边走一边谈吧！”

兰芝道：“你既渡河赶上前来，一定有紧要的话。什么话呢？快点告诉我。”

仲卿道：“似乎没有再要紧的话。可是眼望车子只管前去，又好像有话谈，于是追了上来。等到我追上了车子，哎！话又没有了。”

兰芝听了，把头点点，似乎她也陷入这有话无话之中。这车子只管走，马只管跟着，仲卿只管回头看望，两个人只是四目相视，一句话没有。

不知不觉，又走了一两里路。兰芝道：“仲卿，若没有事，你就回去吧。我快到家了，你还送我回家吗？”

仲卿马上一看，那左半小山，慢慢露点影子，果然要到小市港了，便勒马停住了脚步，车子也停了。仲卿默然良久，才道：“就是那话，今日立刻禀报府君。我不远送了。”

兰芝道：“是，望你珍重！”车轮子又在碌碌地转动，兰芝由车后面掀起一只棚角，伸出一手，摇了几摇。仲卿骑在马上，也伸出马鞭摇了几摇。

马停了没有走，看那车子已慢慢卷入麦浪里面去了。

十

婉拒县令媒

车子到刘家门首，兰芝看自己陪嫁的箱子，也都陆续挑进门内，那些挑夫都在解下担子。自己一下车，心里这就想着：见了母亲，首先怎样对她说明白呢？心里不住打算，脚也慢慢地走。走过南边披房，见老母正在堂屋站着。兰芝低了头，走进堂屋，走到老母面前，就深深道了个万福。

文氏听了挑夫的话，已知兰芝回来的原因。她掀开袖子，将两手一拍，很气愤地道："你今天自己回来了，是谁都没有料到的事啊！我对你真是尽了心的。十三岁，就教你织绢；十四岁，就教你裁剪衣服，十五岁，你又会弹箜篌，而且弹得很好。你在幼年的时候，本来念了书不少，十六岁的时候，除读书之外，又教你许多礼节。到了十七岁的上半年，才把你嫁出去。不知道你什么事得罪你家婆婆，一下子就把你休了？兰芝，现在你总没有什么话，你是自己回来的呀！"

兰芝听了母亲这一番话，自己羞得脸上通红，良久，才道："妈妈，若问儿犯了什么罪过，才把儿休了回来，儿自己都不明白。总而言之一句话，婆婆不喜欢罢了。"

她嫂嫂方氏，就从屋里跑了出来，执着兰芝一只手道："妹妹既是回来了，这里面自有很大的曲折。妹妹到我房里去歇一歇，回头有什么话，再让妹妹谈一谈。这个时候，急忙要你说出原由来，反而说不清楚的。"文氏点头道："好，你先到嫂嫂房里坐坐吧。"兰芝这就随嫂子进房去了。

当兰芝回来两天之后，焦家怎样休妻的经过，大家才完全明白了。原来是婆婆休了这个媳妇，儿子却没有休妻，还在府君面前禀报，要把兰芝接回去。

有一天，文氏看她女儿坐在她自己房里，手上拿了针线，有一下没一下地缝着，于是也陪了女儿坐着道："焦家虽然仲卿没有休妻的举动，可是他的母亲，太不讲道理。我的女儿不能再送到焦家，坐那暗无天日的牢里。"

兰芝把针线插在手缝的绢边上，就对母亲道："妈妈，你这是什么话！儿所嫁的是焦仲卿，并非他的母亲。现在仲卿对府君去详细禀报，自然，不出几天，府君会有公事到来。那个时候，儿尽管回去。仲卿的母亲虽然家法甚严，但有朝廷法律管着她，儿只要照规矩行事，她也不能过甚啊。"

文氏叹口气道："倘使仲卿详禀府君，府君不理，儿又怎么办？"

兰芝道："仲卿说过，他不再娶，我不再嫁。"

文氏道："哦，你不再嫁！可是，你当想一想，你母亲在一日，自不会叫你挨饿。万一有一天我死了，你哥哥会把三餐饭供养你一个闲人吗？"

兰芝道："这件事我早已想到了。你老人家还非常康健，也许死在我后头。纵然死在我前头，你老人家教给我许多本领，那也会自己弄到饭吃的。"

文氏道："哦！你是这样一个算法。可是你哥哥不会这样容易让你这样盘算吧？"

兰芝道："此外我还有一个办法。"

文氏道："还有什么办法？"兰芝道："说早了，没有用。我有什么办法，到了那时，我自然会拿出来。"

文氏还要说话时，恰好是刘洪经过，站在门外，对兰芝道："妹子，我要插上一句言语。焦家对你，已经是恩断义绝，你要和仲卿守些什么？”

兰芝道：“我与仲卿，并没有恩断义绝呀。远处不说，我回家那一日，他骑马送我到大渡口。这还不算，又过了河，又送我一程。直到我们家门口，我才要他回去。哥哥，这是恩断义绝吗？”

刘洪道：“虽然仲卿本人不坏，但他那个老娘，真是世间少有的凶婆婆，千万不能共处。当然，妹子再嫁的话，必定要睁开眼睛，挑一个千好万好的人家。这件事，妹子尽管放心，做哥哥的决不辜负你。”

兰芝道：“哥哥，话不能那样说。譬如你自己吧，倘有朋友言语上得罪了你，难道你就和他一家都恩断义绝了吗？”刘洪道：“照妹子的意思，只要仲卿肯来接你，你还到他家去。”兰芝道：“那是自然。”

刘洪把这句话听在心里，当时也没说什么，只对兰芝微微一笑，自行走开。他心里想：妹妹和焦仲卿的感情果然不错，据仲卿自己说还要禀报府君，如果府君赞助仲卿的话，仲卿必然前来迎接妹妹，这事倒不好办了，莫如先到府里，托公子劝他父亲，把焦仲卿的请求完全挡回。

刘洪自己斟酌了一下，觉得这样办有好处。看看家里无事，就向庐江府而去。刘洪走的路，当然是熟路，下午就到了府里，立即去找公子。公子排行第五，还只十九岁。他姓李，单名一个字叫平。这日刘洪来找他，正好他闲坐房中，在打算上哪里去玩。

李平道：“刘洪，你好几天都没来，家里有什么事？”刘洪道：“今天来禀告公子，我那妹妹，嫁在焦仲卿家，焦仲卿有一个娘，厉害非常，竟无缘无故把我妹妹休了。因此小人在家里料理琐事，未来看望公子。”

李平道：“据人说，你家妹妹长得很好，又知书识字，怎么会被人休了？”

刘洪近前一步，低声道：“这是因为仲卿妈妈蛮不讲理的原故，不过焦仲卿还想接她回去。”

李平一拍大腿道：“这没有什么，请家父说上一声‘回去吧’，马上可以回去。她家婆婆无论多厉害，保她自这回以后，一定不敢说一个不字。不过，家父正得小病，静卧了两天，所以不曾治事。过两天，焦仲卿就可以见家父了。”

刘洪听说府君小病一场，所以仲卿未曾谋面，这事正合他的意思，便道：“我家妹妹怎会再想到焦家去？我今天正想来求求公子，焦仲卿若有所请求，请府君不要理他。”

李平听了这句话，对他脸上张望一下，笑道：“你的妹子有好人家吗？”刘洪道：“哪里这样快啊！不过我那妹子，长得的确不错，焦家那种人家，有的是。”

这时有一个公子的帮闲陆升，长着两绺八字须，从外面进来，就对李平招着手道：“我和你在房外说两句话，包你听了觉得有趣。”

李平就向刘洪点点头，和那人一路出去。刘洪看这情形，知道内中自有秘密，不必偷听。一会儿公子同那人进来，笑道：“人家都说令妹是个美人，但我尚没有看见过。我想到小市港去玩一趟，在你家小坐片时，那时候你能不能引她一见？倘真如人家所说，是位绝世美人，那么，我这头亲事就成在这美人身上了。”

陆升道：“保你一见，准能称心满意。刘洪，你怎么样？”刘洪听了便道：“公子若要看看舍妹，刘洪若是说明了，打死了也不肯出来，那岂不大扫雅兴。不如公子约定了哪一天去，我在家中引她出来小步，保可以看到。至于亲事，小人何敢高攀？公子若能设法把仲卿的请求，完全挡住，那就感恩不浅了。”

李平笑道：“这也可以。若是她果然出来小步，看看也不坏呀。

至于焦仲卿要见我父亲的话，我就告诉伺候的人，不让他进见就是了。”刘洪道：“那就多谢公子。”李平道：“刘洪，你回家预备预备，我明天上午就要到你家里游玩。”

陆升笑道：“公子，太快了。你想，刘洪现在还在府中，今天快黑了，总得明日早上才能回家。回家之后，他还要问过妹子，几时有空可以闲步，才能回我们的信。最快最快，总要到后天下午吧？”李平道：“好，就是后日下午。你快些回去预备。”

刘洪一向晓得李平的脾气，也不敢违拗，当时就赶紧回家，布置一切。可是到了次日，早晨起来，天在绵绵下着阴雨。这阴雨还是一下就若干天，只好等着晴天，再作预备了。

下了四天雨，才开始转晴。第五天早上，刘洪正要到府里去探问公子，忽然有人叫道：“刘君在家吗？”刘洪在堂屋里伸头一望，来的人穿了一身青，戴着瓦块头巾，仿佛公门中人的样子，便道：“鄙人刘洪，我们好像面熟得很。”

那人走近前来，向刘洪作了三个揖，笑道：“鄙人金均，现在县令衙门。府上有一位姑娘，聪明伶俐，吴县令听到大喜，特命小弟前来做媒。”刘洪回礼道：“原来是吴县令派来的，请坐请坐。”

金均走进堂屋，分宾主坐下。刘洪道：“吴县令特派足下前来做媒，这寻亲的，是哪一个呢？”

金均拱揖道：“就是吴县令的第三公子，年纪只有十九岁，生得眉清目秀，真是世上少有，而且才情美满，寻遍了庐江府也找不到第二个。所以鄙人前来，要将好事做成。”

刘洪抬头想了一想，李平马上就要来，来了之后，这头亲没有不成之理。这吴县令的亲事，我且不置可否，等我母亲前来答复，母亲的答复保定是不会答应的。便道：“我兄既奉命前来，等鄙人进去问问，且请少坐。”

刘洪走了进去，见了文氏，把吴县令第三公子求亲的话，说了一遍。文氏道:“你的妹妹,早已说了不嫁,有什么可问!要答复媒人,让她自己去答复。”她坐在靠窗户的几子上,手拍着窗户板,显得很不耐烦的样子。

方氏站在文氏旁边,就劝道:“婆婆不必生气,我去叫妹妹来吧。”文氏点点头。方氏去了一会,把兰芝请来。文氏道:“你嫂嫂大概把堂屋里来了媒人的话,都告诉你了。怎样答复他,你自己去斟酌。”

兰芝走近前一步,没有答言就先擦眼泪,对母亲道:“兰芝回家的时候,仲卿再三叮咛着说,他一定要去见府君。府君若肯帮忙,让仲卿接我回去,那自然是千好万好。如其不然,我们两人也决计不嫁不娶,拆开来跟别人成亲,永远办不到!今日之下,仲卿见府君的下文还没有来到,我哪里能够做出这样违背情义的事情!妈妈,这事请你出去一趟,好好地辞谢。我想县令是给老百姓做事的人,读书明理,只要将这事情告诉他,大概不会不答应的。”

文氏听了这话,再一看儿子的颜色,好像不赞成这头亲事,便道:“好了,我去说就是。就说回来刚几天,过些时候再说吧。”

兰芝道:“只要能辞掉,如何说法听凭妈妈。”

文氏叫刘洪引路,一齐上堂屋。那位来人金均知道兰芝的母亲出来了,又重新拜揖,然后分宾主坐下。文氏便道:“刚才小儿刘洪,把金先生的意思,都说给我听了。本来现任县令亲自托人来说,我们还有什么不答应吗?不过我们也有我们的难处.不瞒金先生,老身就只有这个女儿。来家不过几天,也不好就逼她出门。再说小女的才貌很差,对于金先生所说的郎君,恐怕不敢高攀。好在回家只有几天,足下不妨打听打听。”

金均道:“这样说来,过些时我再来,伯母看是怎样?”文氏道:“那自当恭迎。”

金均看刘家暂时不能答应婚姻,只好告辞。刘洪送到门外,四围一观天色，蔚蓝的天，蒙上白绸样的云，明日天气，一定大好。只要好天气，那府君公子李平就要前来。不过觉得兰芝总是愁眉不展，而且就是能够开颜，也不见得她为这事肯出来呢。最好要想一个办法，使她不能不出来。正在这里想，忽然一阵马铃铛响，回头一看，原来文西园来了。他已下了马，牵着马缰绳。便道："文先生来了，好久不见。"西园道："好久要来了，因为天总下着雨，一直迟到今天。我知道兰芝已经回来了，要和她谈上两句。"刘洪道："好极了。她在家中，总有点不自在。西园老先生是她生平最崇拜的，一定谈得来。"

刘洪引路，把马牵了过去。西园走进堂屋里，刘洪就高声道："西园先生来了！"

兰芝在房中听见，就赶快出来。见了先生就连忙施上一礼道："先生，好久不见了。我……"

西园道："你的事，我知道很详细。详细的经过情形，都是仲卿告诉我的。兰芝，你在家住着，静静地等候，自然好音会跟着前来的！"

兰芝听到，心下暗喜，笑道："那么，府君有回音了？"西园道："我到你家来，坐也未曾坐，你就问我的消息，这似乎太快了一点！"

兰芝这才让坐，又端了一碗开水给先生解渴。刘洪坐在一边，看先生说些什么，且不作声。

兰芝道："仲卿见了府君，说些什么？"

西园道："这事有点不凑巧。你出事的那几天，刚刚府君生病。后来病虽好了，府君又要安静几日，不见宾客和下属。这两天虽可以见得着，说两句话，但府君一见就走了。仲卿几次想单独进见一次，都被底下人挡住，说是府君有事。好在事情总不忙在几天，仲卿怕你着急，我就受他之托前来的。"

兰芝道："还没有见着府君……仲卿哪一天见着先生的？"西园道："昨日见着的。"

兰芝道："这样说来，是到昨日为止。尚无回信呀。"西园道："我不是说要你静静地等候，自然好音会跟着前来吗？你静等着，保你有好音。"

兰芝不作声，眼望堂屋外头的影子。心里在想：又一天了，这事何日能有个着落呢？

刘洪在旁边看见，便道："兰芝刚才见先生来了，笑了一笑，现在又鼓着脸子不见笑容了。"

兰芝站起来，靠近门边，望着先生道："的确，自己也觉得没有笑容，先生看我怎样办？"说着，呆望着天井里的太阳，缓缓地晒到东边墙角上。

刘洪道："我倒有一个法子。这里的长堤上树荫丛密，太阳在树梢上穿进，好鸟乱叫，真是耳目一新，请先生一同散步一回，以解烦闷，这不比你看太阳影子好些吗？"西园道："这倒使得。"

刘洪道："先生既到我们家来，当然多玩几天。明日正午，太阳正中，那个时间前后，先生陪兰芝出去散步。先生，你看这法子要得吗？"

西园道："这也使得。兰芝，先生此来，原是给你解愁的啊，老是愁眉相看，究竟不是办法。"

兰芝也没说什么话，只好点点头。刘洪看到她点点头，心中大喜，就叫兰芝陪着先生，自己去行他的妙计去了。

十一

果然声色好

刘洪把西园请在堂屋坐着，自己连忙避到自己屋子里，匆匆忙忙写好一封书信，把信纸一卷，面上写着“即交庐江府第五公子李平公收”。他把信纸插在长衣袋里，忙着走上街来，找个熟人。刘洪在这小市港街上，当然小有声名，所以要找熟人也有的是。他把信交给熟人，说是这封信里，有五公子急事，要熟人立刻交到；交到之后，最好请第五公子写回信一封，要不然，请公子批几个字也好，赶紧送回。交代已毕，就在身上掏出银子一锭，为酬劳之用。本来写信给公子，熟人不能不送，又有银子作酬劳之用，当然他更是要去。当时取了这封书信，牵了一匹马骑，就立刻向府里而去。这些事都布置妥当了，刘洪才回家去。

刘家这一家人，因为先生远来，又和老太太是堂兄妹，都盛情款待。至于有人借老先生名，引兰芝出去散步，让李公子来看，却是做梦也未曾想到。

刘洪回得家来，当然也陪文西园坐坐，至于兰芝出嫁的话，他却没有提。但是他虽没有提，大家也没注意刘洪的行动。到了上灯以后，忽听大门口有声音。刘洪就道：“我去看上一看，怕是街上店里，有什么事叫我，也未可知。”他说着话，自己就跑出去了。约有一餐饭的时候，刘洪方才回来，脸上笑嘻嘻的。西园依然和她母女谈话，没有离开堂屋，见刘洪一进门，脸上带着笑嘻嘻的样子，便道：“什么得意的事，这样高兴？”

刘洪道："果不出我所料，城中街上店里，日内有事找我商量，我自然要前去。明日还请先生多住几天，我要过三、四天，才得相陪呢。"西园道："你只管有事前去，我有你妈妈陪着，你不用挂心。"

刘洪听西园这种说法，虽然高兴，可是心里另外在盘算着明日李公子来了，如何款待：李公子回信上说明，不上我家，但是虽然不上我家，这小市港是我家住的所在，也不能不招待一番。这只有清早起来，先上街上找一家干净些的酒店，预备李公子歇脚，才是正理。现在夜已深了，吩咐店里预备，已经迟了，明早须早点前去。

刘洪决定了这个办法，陪着西园谈了一会，还陪了他前去安息。自己回房去，胡乱睡了一觉。次日早晨清早起来，果然是晴天，而且微微地刮了一点东南风，觉得风吹到身上，非常舒服。自己赶快洗了一把脸，连水都没来得及喝，身上揣了一点银两，赶快向街上来。小市港通街算起来，就只有百十来家店户，当然都认得刘洪。刘洪走在街上，就有店户里人道："刘先生，你今天要大忙了，府君的李公子要来，要先生款待哩。"刘洪一听，心想怎么街上都知道，准是送信人走漏的消息。又走了几家商户，店户中人都是一样打招呼。正觉得此事不大妙，心中计划着要怎样对付，忽然来了个人对自己一揖，笑道："刘先生才起来？我们早来了。"刘洪一看，原来是跟公子的人，名叫钱大。便道："你们都来了，公子呢？"

钱大道："公子说，自己想了一想，还是不要刘先生款待为妙。就叫我和孙三，不等天亮，就上小市港街上来。来了之后，就在街上，寻找干净地方。看这店户还干净，于是就把这店铺定了。公子来了，就在这里落脚。"刘洪道："这样说，公子还不曾到。"

说着话，两人齐向身旁小饭铺里进去。当时孙三过来见礼。他道："公子也该起程了。"

刘洪看这家店户，一个大过厅，摆了七、八副座位，后面是个天井，再后就是堂屋。堂屋以外，有七、八间房屋，门户都对着堂屋，或者对了堂屋的甬道。原来这都是为旅客住的。另外一个极大的泥灶，搭得下四、五口锅，也在过厅里头。刘洪道："小市港的店户，这就算干净的了，李公子派你两个人前来，还说了什么？"他四下一看，见店中人正在收拾灶上东西，说着话，就把两人一扯，扯到厅角上。

钱大低低地道："李公子来了，我们就在店堂等候。刘先生不必离开家里，还是陪着自己人为妙，有什么话尽管对我两个人说，我两个总有一个到刘先生门洞里等候。当然你府上不知道我两个人是谁，就说是店铺中来人好了。"

刘洪道："你这个计策很好，就照你这话办吧。不过这店中的……"钱大道："店中的钱，你不用管。你把公子所想办到的事情，为他办到，那比款待超过若干倍还不止呢。"

刘洪把店中的事，安排了一下，就自行回家里来。向里面一看，文西园正和兰芝在堂屋里讲话，西园坐在上面，兰芝坐在靠墙的一角。原来此地规矩，堂屋是不设门的，所以一望都可以望见。

西园向着兰芝说道："你这话，讲得很对。他若是不负你，你当然不负他。我看仲卿为人，非常稳重，说的话当然可靠。我来看你，也望你稳重啊！"

刘洪听到这话，心想：糟了，西园还劝妹妹莫忘了仲卿呢！便道："先生，我们赶快吃饭，吃了饭，就去散步。今天天气非常好，不要错过了。"他说着话，走进堂屋。

兰芝道："我想不去散步也罢。一来是男女不便，二来我心里很乱，散步也解不了我的忧愁。"

刘洪站在堂屋中心，将手一比道："妹妹这话错了。你说男女不便，那么西园老先生一来是教书先生，二来又是你舅父。再要论到我，是你哥哥，这还谈个什么男女不便吗？我说你有忧愁。这是真的，但是长堤上真个是绿树成荫，下面是河，也是清流不息。这里的好处，我吃少念了书的亏，形容不出来，你问一问老先生，实在是好。”

西园已站起来，便道：“你哥哥说得不错，男女不便，那倒是不要紧。兰芝，你不是会弹箜篌吗？挑一个好地方，去弹上一曲，也可以解解你的愁闷。”

刘洪听到西园这句话，就拊掌称好，笑道：“是，西园老先生这番计议，我非常的赞同。妹妹会弹箜篌，几乎都忘了。”兰芝道：“散步片时，据两位说，还属不碍事。……”

刘洪道：“弹箜篌一曲，又碍什么事？先生，我们就用饭。用饭之后……”他正在计算那个时候不知李公子能来不能来，抬头一望，见钱大正在门洞边，自己心里有数，就打断了原来的话，望着门洞里头道：“他是城里店中的人，既到我这里来，一定有话说。待我来问他一问，看有什么事情没有。”说着，就跑了出去。

西园以为这是店里事情，当然也不理会。一会刘洪回来，满脸是笑嘻嘻的样子，就对西园道：“明日上午，也许店里要派专人来，城里大概我不用去了，马上用饭，我现在实心实意地去陪你们散步。”

兰芝道：“大概刚才哥哥所说，都不是实心实意，自城里店中来了人，才真地实心实意了。”

刘洪道：“不是的，不是的，老早实心实意的了。我说话向来说不好。”

西园见刘洪为妹妹所窘，哈哈一笑。刘洪也怕再说下去事情反而会弄糟，于是也对西园哈哈一笑，连忙去厨房催饭。一会饭摆上桌，刘洪首先吃完，便道：“妹妹的箜篌在哪里？我替你扛了。”

兰芝道："不弹箜也罢。"刘洪道："要弹要弹，先生也好久没有听过了，我也很喜欢听。妈妈，箜篌在哪里？"

于是文氏起身把箜篌拿来。这箜篌是四脚架子，另外三截一具琴身。刘洪先找了一块帕子，将琴套上沾的灰尘拂拭干净，后来将架子拍了一拍。于是将空架放在肩上，回头将琴套子拿起，放在胁下，笑道："这不是很好吗？"

西园、兰芝也都吃了饭。西园道："兰芝，你家哥哥要妹妹散步，好像很急，我们就走吧。"文氏收拾东西，便道："既然出去，也该换件衣服，人家看见，不要总愁眉不展的样子。"

刘洪道："对极了，换件衣服，脸上还要带笑的样子，这样才像大户人家的姑娘。"他虽然是站在堂屋里讲话，但身上背的箜篌琴套子依然没有放下。

兰芝看家里人都赞同自己换衣服，也就不愿意和家人意见不同，进房去换了一件绿罗衫子出来。

西园道："出去的道路，刘洪说是长堤一带，那就请刘洪带路。"说着，也就站起身来，做个要走的样子。刘洪道："你们随我来啊。"

于是三人起身，刘洪在前，文西园第二，兰芝走在末尾，当时刘家人除了刘洪而外，谁都没有料到李公子来观看刘家姑娘。刘洪走出大门，就有一个人对刘洪看上了一眼，看了之后，立刻低头快走。刘洪对这人的快走，似乎也没大留心。走到街上，他不断向两边店铺看去。慢慢地走到一家店铺门口，只见有七、八个人都站在过厅里向街上看着。其中有一个人，头戴远游巾，身穿一件粉红大袍，他一个人站在许多人前面。刘洪走在前头，见着此人，就要弯腰，做出要行礼的样子，那人连忙将头摆了两摆。刘洪会意，就不曾行礼。

他们一行人，虽然是慢慢地行走，但兰芝始终是低头跟在西园后面走。这家店铺里站了七、八个人，向街上望着，她却未曾看见。刘洪虽在前面走着，要弯着腰做行礼的样子，她也并未发觉。

走过这家店铺，刘洪便放大声音道：“我们上堤去，慢慢地就向南方走。大约走去有小半里，那里树枝丛密，眼底下的沙河轻轻流着，我保你说好。”

兰芝道：“但不要走得太远了啊。”

刘洪道：“我知道。”

三个人出了这一条河街，便走上大堤。堤面有三、四丈宽，靠里面是田，远处还有几处村庄。靠外面便是河，这道堤望不到它到哪里为止，只觉这样远远地与天相接。堤上的树木，梓树、枫树、槚栎树和杨柳树，栽得极密。中间仅有一尺来宽的人行路。人行路外，便是芦苇，还带有几尺高的杂树。

西园道：“这堤上长荫密盖，实在是凉快。三伏天，这里避暑很好。”兰芝道：“是，我们慢慢地走。”

刘洪道：“我走后面吧，万一看到什么野兽，我可以拦住。”当然，这话说得也有道理，也并没有人拦住他。这时候，刘洪尽管落在后面，树木将他挡住。西园心想：树木拦住这也没有什么，随他去吧。

走了约摸一里路，虽然比刘洪所说的路多一点，这地方果然比别处不同。先说堤身吧，上十丈宽，栽有十多株杨柳。这杨柳树身极大，一个人还抱不拢。这时，正是柳絮飞棉的时候，人身站在嫩绿荫中，柳絮乱飞，脸上身上，遍身都是，倒很有点趣味。

五株柳树一排，栽在堤身靠河一边。河堤在柳树当中，挤出来一块，有点像钓台。柳树四周，芦苇杂树，都拔除了，四面树荫交叉，倒又像戏台的样子。西园站在柳树荫中一望，点头道：“这地方很好，很有点像大户人家园亭模样。”

兰芝道：“哪家园亭有这样好？山是真山，水是真水，还有堤是真堤呢。”西园道：“不错，这里山水都是真的。我到这里，还没有看河，等我来看看。”说着，人就向河堤边上来。

这道大堤，河两岸全是一样。对岸一般是树木丛集，不过树枝却分不出来。远远看着，是道葱郁的浓荫。因为这里向外是凸出的，看自己这边，看得格外清楚，这边一道树影，自近而远，越来越小，抵靠这河的尽头，再远些，缩成了黑影一道。

再看这沙河一道，碧清见底，远远地自树木丛中流出，展示在面前的是一片沙洲。这是古渡口的所在，在小市港旁边。这里看去，有小船一只，上面无篷，船上聚有一堆人影，缓缓地撑在河中。

西园和兰芝看了一会，都说一声“好”。刘洪方才背了那箜篌走来，笑道：“怎么样？这地方很好吧？”西园道：“果然很好。但你何以不见许久？”

刘洪放下那箜篌，笑道：“我没有到哪里去，不过沿途观看风景，料到你们行到这里，一定不走，所以慢慢赶来。”

兰芝道：“你看，这样远的路，又把箜篌背来，真是麻烦。这里，清静得很，不弹也罢。”

刘洪道：“既是背了这么远的路，你怎好不弹？而且你说了清静得很，更应当弹上一曲。”

西园笑道：“你哥哥既然这样诚心诚意要你弹，女学生，你何妨弹一弹？”

兰芝四围看了一看，就道：“先生之命，不得不听，好吧，我就弹一弹。可是没有地方可以坐，也没有放箜篌的地方。”

刘洪道：“怎么没有？这里有株柳树根子可以坐。说着，就在大堤的南边，找到那株柳树的根子。他把袖子当了抹布，使劲地挥了几挥。

兰芝看那柳根，在地面横露起来，约摸有尺把高，可以坐两个人。就道："好吧，就是这里。刚才哥哥用袖子掸去柳根的尘土，何以这样不爱干净？"

刘洪将箜篌朝那柳根所在，慢慢撑起，把箜篌摆在架子上，然后又把箜篌套子扯脱，笑道："这柳根不脏，要是脏，我也不掸。来吧。"

兰芝笑了一笑，就对西园道："先生，你可以找个地方坐坐。我弹什么呢？"

西园道："坐的地方很多，你不用管这些。你弹什么曲子我不晓得，反正你挑选你喜欢的弹吧。"

刘洪道："我看还是挑热闹的弹弹吧。"

兰芝站在柳树荫里，低头想了一想，觉得西园老人也不大爱那些太伤感的曲子，笑道："我弹'五湖游'罢。这曲子是说范蠡在灭了吴国后去游五湖的情形。你看，这里一湾清水，又多树木，真是水木清华之所，弹起来，或者可以不怎么讨厌。"

刘洪道："好！就是这个，就是这个。"于是就在树底下找几块石头，吹吹灰，就把西园引着坐下。

兰芝走了过去，在柳树根上坐下，先用手试了一试弦子，然后就弹起来。先弹五湖的浩荡，其次弹湖中风景，最后弹到好像一只鸥鸟，幻游五湖。箜篌弹完了，兰芝道："弹完了，这个似乎不太好吧？"

西园还没有说话，只听哗啦一声，许多人哈哈大笑。跟着就有七八个人冲将过来。当前一个头戴远游巾，身穿粉红大袍，对着刘洪道："我说是谁，有这样雅兴，原来你老兄!"

刘洪道："原来是李公子。"

兰芝一看，这是哥哥熟人，心想：哥哥熟人见了不便，走吧。她如此一想，就起身离开柳根，匆匆向家中来路走去。西园也抽身起来，怕她一人走迷了路，马上就跟了去。这里众人，又是哈哈一阵大笑。

十二

太守依计来

这一群人哈哈大笑，惟有刘洪一个人觉得手脚无所措，老是抬起一只手，隔了头巾，只管搔痒。在来的一群人当中，只有陆升一人是会说话的，就止住笑道："刘洪，这件差事，你办得不错。只是李公子刚刚有了兴致，你没有要她再弹一曲，就让她走了，颇感到美中不足。"

刘洪道："你们大笑出来了，我也感到惶恐，她为何不走？"

李平走到刚才兰芝走的路径上，弯了腰对箜篌全身看了一看，笑道："走了也好，不久就要做新娘子了，大堤之上，让你们大家久看，将来李五公子面子上很难堪啊！这个东西，是刚才这位美人所弹的，叫什么名字？"

刘洪道："这就叫做箜篌。"

李平道："哦！它就叫箜篌，弹得真好，我也说不出它的好处来，反正怪入耳的。你不是叫我们都藏在芦苇丛中吗？我在那里头，慢慢地爬，生怕被这位美人听见。后来爬得只有三、四丈路，不敢爬了，找到一个空处，身子完全让芦苇挡住，只让两只眼睛，从芦苇缝里露出。正好，那美人坐的地方又正对着我。我看了后简直只晓得说妙，妙到如何地步，说也说不出来，我一时性急，就冲过来了。要不啊，一定还要她再弹一曲。"他说时，俯身看了这箜篌一番，又对刘洪道："真妙。你把这事办成功，我对府君说，一定赐你一个官做。"

陆升走过来对公子道："怎么？公子你快乐得糊涂了吧？他是这位姑娘的亲哥哥，只要答应一声，就算成了，还有什么成功不成功！"

李平道："是，是！我真乐糊涂了。哦！舅兄！你是没有什么不愿意的了。"他说时，还作了三个大揖。

刘洪当时回礼，便道："若李公子愿意，小人是自然高攀一下。不过还当问过府君，看府君什么意思。"

李平道："我父亲没有不答应的道理。舅兄，你是没有什么不答应的了。"

刘洪一想，这小子好心急，我虽一百个愿意，也没有在这地方叫起郎舅来的道理，还有我妈妈，也要做几分主，婚姻大事哪里这样容易？便道："小人早已说了，这的确算高攀了。不过，我还有个母亲，也当去问一声才是。"

李平道："你已经答应了，我看你母亲也没有什么不愿意。"

陆升想，公子问三次话，都是开门见山，一点客套都没有，便插言道："自然，这回探亲结亲，双方都很好。不过公子须禀报父亲，刘洪兄须禀明母亲，这都是应该的。大概我们府君，在三、五日之内，便派人到府拜见刘伯母，顺便提亲。望刘兄在伯母面前，先讲几句好话。"

刘洪暗想：我虽然措词不够文雅，但是比起李公子来，总要强好几倍。便道："自当谨遵台命。"

李平笑道："现在刘府没什么话说了，我们赶快去求府君吧。等我算算看。"昂头想了一想，又把十个指头，伸屈了一番，笑道："顶多十天工夫，美人就是我的了。"

刘洪听了，心想公子性急得也太过分了，便向李公子作了个揖道："小人须先回家去一次，舍妹和她的先生先行回去，怕老母见怪。"

李平道："你自然要回去。我这里也没有什么事，日内就派两个体面人到贵府提亲。你在家里候着吧。"

刘洪说声"是"，就把箜篌扛着，顺堤追踪兰芝而去。李平笑嘻嘻地对陆升道："现在我们可以回家去了，回家以后，我马上对父亲提一提，万一父亲不允，那便怎么办？"

陆升笑道："府君疼爱的是公子，公子还怕什么？"

李平低头想了一想，把头抬起来道："走，求爹爹去。"他说了就走，随后跟着一二十个人。到了小市港街上，各人骑了马匹，加鞭就走。陆升看李平这个样子，就拍马走上前来，告诉他一些主意。李平听着，连忙点点头。十五里路，一会工夫就到了，回衙下马，李平和陆升又嘀咕了一阵，李平便打水洗脸，而且换好了衣服，便上公事房来见他爹爹李术。

李术是东吴孙权表请汉天子拜为庐江太守的。当时的太守权柄很大，何况庐江一地，北离魏国只是一道鸿沟，太守权柄不大也是不行。李平进得房来，见李术端坐在他的座位上，正伏在一张书案上写字，他就上前作一个揖道："爹爹，儿有一事禀报。"

李术便放下笔，抬起身来道："这是公事地方，儿跑来有什么事？"

李平站着道："爹爹不是久已说过，要替孩儿娶一房好的媳妇吗？今日访问一位先生，路过小市港，忽听得箜篌之声，非常清朗，十分入耳。于是寻音而往，原来在长堤上一带杂树里头，有一位年轻姑娘在那里玩箜篌。那姑娘怎样漂亮，我简直说不出来。当然一见人来就跑走了。河堤上就剩两位男子。这两位我都认得，一个叫刘洪，一位姓文的老先生。跟去的随从一问，弹箜篌的就是刘洪的妹子，名字叫兰芝。爹爹，这姑娘要是能做儿媳妇啊，我就天仙也不愿做了。"

李术笑道："胡说，有这样好？"

李平道："怎么没有这样好？我的话，还只告诉你一半呢。那姑娘还读了七八年的书，还会挑花绣朵，真是十全十美的一位大姑娘。"

原来李术就喜欢这个儿子，这时儿子说得这样好，他就哈哈大笑道："你说得这样好，老子颇觉不能相信，过上一些时候，托人去打听打听。那姑娘的好处，你从什么地方知道呢？我当然也得查一查。"

李平急得顿脚，把头一摆道："不用查，不用查。你查，还有我亲眼看得清楚吗？爹，你若是不答应我，那做儿子的也没有什么活头了。"

陆升这时在门外，听公子这一说，并没有回答李术的问话，恐怕再要乱说下去，李术必定会不肯信，便走了进来，对着李术所坐的地方，磕了一个头，然后站起来道："公子所说的话，全是真的。这刘洪常常跟公子跑，向来认得。所以刘家的事，都知道一点。刘家是书香后代，也做过官。他家里的姑娘，这庐江城里，虽难说一定是第一，但是第二、第三，那决计没有错。至于读书以及挑花绣朵的事，果然不错，不用打听，叫随从一问就问得出来。"

李平指着陆升道："爹，你看，他说的不会假吧。"

李术用手摸了一下胡子，点点头道："好了，我知道了，过两天再说吧！"

李平两只脚不住地跺着，望了陆升道："过两天，那不是被别人抢去了吗？你还是同我说呀！"

李术望了陆升道："扶公子下去吧。"

陆升道："是！公子下去。"

李平道："爹不和我做主，我活不成了，哎唷，我活不成了！"说着话，就像疯了一样，跌跌倒倒，走也走不动，手扶了墙壁，慢慢地走。陆升赶快过来，扶了出去。

李术看到，只笑了一笑，也没有说什么，办完了公事，回到内房。他的夫人孙氏，就扶了桌子问道："府君今日看公文，公文上有什么大事没有？"

李术道："公文上没有什么大事。"

孙氏道："公文上没有什么大事，可是公文以外，却出了大事。我那平儿，被你三言两语说了一顿，现在睡在床上只嚷头疼，看来就要生病了。"

李术道："你知道吗，他要些什么？何况我也没有骂他，只说姑娘没有看到，迟两天再说。"

孙氏道："我知道，他不是奉爹爹之命，要自寻媳妇吗？现在他居然寻到了，请爹爹为他下聘，爹爹为什么不答应呢？你还在等什么？儿子中意就行了。"

李术坐了下来，笑道："哪有那样急！一边对我说，一边想就娶，有那样现成吗？而且那位刘家的姑娘，还有娘呢，娘答应不答应，也不知道啊。"

孙氏道："这个，我已经打听清楚明白了。这姑娘原配着焦仲卿，他娘居然看这媳妇不中意，命焦仲卿将她休了，于是这姑娘就在家里。不过，焦仲卿对这样好的妻子，哪里肯放手，正想求求你，指望你下一道公文，叫刘兰芝回去哩！正是我们的儿子，吩咐底下人，推说府君病虽好了，还不能治事办公，焦仲卿才没有见到你。要是迟一步，焦仲卿接回去了，那就孩儿想不到了。"孙氏说着，也就在对面坐下。

李术道："就是在我们衙门办事的焦仲卿吗？"

孙氏道："当然是他。"

李术听了，正色道："这更不可乱来了。焦仲卿正想我出头，把事情挽救过来，怎么我好抢过来？"

孙氏道："你还假正经什么？你的几房妾，不都是抢了来的吗？

儿子现在病了，看你怎样办！而且焦仲卿休妻，哪个不知，这也不是抢呀。”李术半晌没有言语，忽然问道：“儿子真个病了？”

孙氏道：“你去看看吗，这还能假么？”

李术这就起身，慢慢走到儿子房中，只见儿子果真躺在床上。这时是初春，李平和衣横躺着，身上还横盖棉被，枕了很高的枕头，在那里哼哼不绝。李术便道：“儿真病了？娶亲是好事，只要你真地中了意，为父的没有不准的。”

李平哼着道：“刘家姑娘读书识字，懂音乐，儿看了十分中意，不知道爹爹怎么样？”

李术看看儿子这病，恐怕十有七八是假的。但是真个儿子闹出病来，那又何必？便道：“儿子看了中意，那就行了。”

李平听了这话，把被窝一掀，立刻坐将起来道：“儿子看了中意就行了？好极了。等我来，找母亲去。看看还有什么话没有。”立刻爬起床，穿起鞋子，站在那里，等李术先走。李术看见这样子，要生气又怕夫人不快，摇了摇头，先行移开步走。

李平走到房门口，见母亲站着发呆，赶快走前一步，见了母亲便道：“好了，好了，爹爹答应了，头也不晕了。”

孙氏叹道：“嗐！何至于此哟！好了，明后天派人上门，为儿提亲就是了。”

李平道：“派人去提亲，这太不像样子了。要请两个体面一点的人去。”

李术已走进了房，点点头道：“还要派两个体面一点的人去，儿子倒会出主意。我儿婚姻，何必如此铺张？”

孙氏道：“这算什么铺张呀！你为这一方太守，派出你的左右手去，也是富丽堂皇，这才见得你的尊贵呀。”

李术想了一想，对李平道：“好罢，我派何郡丞、冯主簿前往。可是两个官前去，婚事必定要答应才好，不然，两个官吏，固然是难为情，就是我的面子，也失尽了。”

李平听说爹爹派两个官前去，真感到有面子，笑道：“一定答应。再不答应，像太守儿子这样的女婿哪里去找呀!哈哈!”

当时议论一阵，李平只是在旁笑着。此时已晚，当然不提。次日上午，就把何、冯两位请到太守府里告知一切。当然，何、冯两位巴结顶头上司还怕巴结不到，太守说的话，自然含笑受命。而且他们相信刘洪没有不依的道理，各在太守面前道喜一番，预告这媒人一定成功。

何、冯两人私下商议，应该先告诉刘洪一声，就说明日上午我们私下拜访，自然，刘洪得款待一番。这样一来，两个官决定到小市港镇上刘洪家中去了。这是了不起的举动，何况两人是来做媒，在刘洪家中，也很有面子。照理说，这头亲事是一定会成功的。议定之后，就派两个随从，在当日跑去刘家报信。

刘洪这几日正在家里等着李公子回信，他想着：李公子本人是千愿万愿娶我妹子的，却是不知道太守如何？若是太守听说妹子是被休弃的，不肯要，那么，李公子也没奈何吧？这样一想，倒是心里把持不定，每天总是在大门口闲望，看看可有做媒的人来。第三日下午，忽然城里来了两个人，刘洪以为是做媒的，十分恭敬款待。两人述明来意，说明日何郡丞、冯主簿亲来拜访，特意前来报告一声。刘洪听得，喜出望外，把那两个人留在家里便饭，然后送二人回去。当时片刻不敢停留，就跑到小市港街上，每逢店铺，就亲自告诉一声：明日上午，何郡丞、冯主簿要亲自前来拜访于我，希望各家门首，打扫干净。人家听他这番话，也有信的，也有不信的，都答应“晓得了”。

刘洪回得家来，又告诉母亲，预备几桌人的饭，其中一席，要格外丰富，那是款待两位官家的。

文氏看到儿子笑嘻嘻的，似乎做官的是真要来。但是儿子向来与大官并无来往，觉得倒也来得奇怪。等儿子安排已毕，便道：“这何、冯两位官人，是太守的左右两条臂膀，到我家什么事？若说是朋友，免不了往来，但是儿结交官场，还没有结交过这样的贵人啊！”

刘洪道：“不，这两位向来认识的，不过最近才算知己的朋友而已。这事你不要问，反正我们家里，两位官人总会送好处来的。你老人家，当然是望家里有好处的，那么，明天预备几壶好酒，请客喝上两杯，那就好处来了，哈哈！”

文氏听了这番话，虽然也相信明日家里要来两位客人，可是要说两位是送好处来的大官，那就有些将信将疑，心想：太守如果派人来说亲，派两个随从也够了，何必一定要派郡城里的大官前来？但是儿子既然嘱咐菜办得丰盛，当然照办，刘洪看见母亲挽着袖子，时时刻刻穿进穿出，再看女人方氏，比母亲更忙，只见她杀鸡杀鸭煮肉，在厨房里忙个不了。刘洪看见这样，心中暗喜。可是回头看一看妹妹兰芝，却是捧了一轴书，摊在桌上看，对于家里事，好像没有动心。刘洪站在窗子边上，就道：“天要黑了，妹妹还在看书做甚？”

兰芝将桌上书一卷，叹口气道：“哪里要看书，只是混混时刻而已。”

刘洪道：“妹妹为何想不开，为什么说混时刻？只要过个十天八天，做哥哥的包有一个交代。”

兰芝站了起来问道：“哥哥，你说什么交代？”

刘洪笑道：“妹妹哪里会不懂？就是为你新找一个婆婆家，而且这个婆婆家，一定要比焦家好上几多倍呀。”

兰芝道：“这一层望哥哥不必谈，妹妹自有主张。”刘洪脸色一变，喝问道，“你有什么主张？”

兰芝道：“这话也很明白，就是不嫁！”

刘洪道："简直一派胡说！你不嫁，年轻还可以对付得过去，年纪老了怎么办？"

刘兰芝听了这话，只斜靠桌子，低了头没有说话。

刘洪道："明天上午，有两位大官，要到我们家来。哥哥少不得将妹妹的苦处，告诉两位官听，包准大官也要说焦家不对。"

兰芝道："但这件事与仲卿无关，哥哥要跟他们讲清楚。而且，先生临行之时，曾对我说过，这李府随队，气焰熏天，那天在河堤上那番狂笑，有失公子身分。明天前来，也有李府随从吧，哥哥倒要提心一二才好。"

刘洪还不曾出口说明两位大官来家里干什么，妹妹就临头一盖，叫小心一二，心里一愣，就道："哥哥的事，哥哥自然知道。家中的事，妈妈、嫂嫂忙不过来，望妹妹前去帮忙。"

兰芝道："我本来要上厨房的，妈妈说用不着我。哥哥既然说妈妈、嫂嫂忙不过来，我这就去。"说着话起身就向厨房而去。

刘洪站在窗子外头，看到妹妹的举动，就想着：妹妹还是不肯嫁，明天大官来了，要好好地说给她听，不要闹翻了才好。不然，大官恼了，兰芝固然是会带上官厅，就是我和妈妈也不能免啊，越想心里越着急起来。

这天晚上，刘洪在床上一直没有好好入睡，一会儿在考虑明天怎样说服兰芝，一会儿又在想怎样接待两个大官，直到天色将明，才朦胧地闭上了眼。

十三

媒言喜通达

到了次日，刘洪起来，就收拾堂屋，打扫院宇。看看时间还早，还在门口大路上，补扫了一番。又怕家里人侍候不周，就把做长工的周老三，邀回家来，帮着料理一切。看到太阳影子已晒上了院子一大截，向门外望了一会，还是没有一点消息，他就摸摸自己头发，心想：不要是报信的说错了日子吧？照说，应该不会错，昨天细细问了他们，说定是今日呀！是了，官场中人喜欢排场，一定是庐江府城里来人的执事、卤簿，还要铺张一番，出门要缓些，且到大路边上去看看。这样想了，就上大路上张望张望。但所望的大路上仍旧是空空的，心里又怕二位官人会走水路来，不敢在大路上久望，因之急急忙忙，又向家里跑。到了家中，并没有动静，这才定了这口气。

这样跑进跑出，也不知多少次。心里想：也许是下午来，且到屋子里去坐下吧。于是走进堂屋，自己拍着大腿道："不要忙，官家出门，哪里像我们……"他话还没有说完，那个周老三便跑进来道："先生，快去接大官，他的执事队伍，正在向我们家里走来呢！"刘洪听了这话，也来不及问话，扯了腿，就向大门口跑。果然，有几十匹马，由庐江府大道而来。马的前面，有几十人走路。他们肩膀上都扛有旗帜以及斧钺，最前面是两面大锣。刘洪心想：两位官大概是来了，怎样迎接呢？回头一想：今天一定要等人来通报，然后出门去迎接，才合规矩，就赶快掉转身向屋里跑。可是刚要进屋，自己又一想：这样还是不对吧！昨日官方派了两个人来，通知于我，说明要到我家，怎么官来了，我倒不接？对，还是去迎接才是，于是又跑了回来。

他这样跑着，那执事已经到大门口来了。刘洪就站在门外，一味地恭候。冯、何二人骑马到了门口，跳下马来。刘洪不敢怠慢，上前就是两揖，口里道："刘洪前来迎接。郡丞、主簿前来，小人实在是不敢当！"

两位官人倒也笑脸相迎，笑言"不必客气"。回头吩咐执事以及随从，到街上去休息，这里只留下两个人侍候。刘洪一边引路，就向前面堂屋里引进。

堂屋早在一清早就打扫好了。两个炕席，一排摆垫齐整，侧面设着主人陪伴的矮几。两官引了进来，还谦虚了一番，方才坐下。

何郡丞便道："我两个人无事不敢奉扰，今有一件事，特来奉商。现今李太守，有个第五郎君，想刘先生也是熟人，现在尚未配合婚姻。听说刘先生有一令妹，艺术诗书都极出众，品貌又是本郡第一，所以我两人为了两家姻事，特意跑来说亲，不知意下如何？"

刘洪道："是的，李公子是在下熟人。若提姻事，在下没有什么不可商量。只是堂上还有老母，还得听老母怎样吩咐。"

冯主簿便道："我要说两句话了。李太守是地方长官，凡事都得听太守的话。现在李太守有这样一位未曾婚配的令郎，最近打听得，刘洪兄有一位才貌相当的妹子，这就派了我两人前来，说成此事。刘兄，这是难得的事啊，望你告诉伯母，不可错过。"

刘洪道："是的，望两位在此稍等片刻，等我先告诉老母，看是如何。"

两官都点头，请刘洪自便。刘洪起身向里面来，文氏这时在厨房里，刘洪便请老母到房里来，先请老母坐下，慢慢地将话告诉了母亲。

文氏道："原来这两位大官，是做媒来的。但是你妹子，先立了誓的，等候焦仲卿接她回去。若是焦仲卿办不到这事，她情愿一辈子不嫁。这件事，你也知道。两位大官来做媒，当然要谢谢他们的美意，但我看是不可强啊！请他们告诉太守，兰芝先立了誓，我做老娘的，也不敢乱说啊！"

刘洪听了这话，心想不料母亲也说这样的话，便冷笑道："母亲，这话我不敢说呀！这两位大官，他们有杀人之权。慢说他们是好好地来做媒人，就是他们来一道公文，要妹子前去婚配，哪个又敢拦阻？你这里把话告诉了他们，他们带有随从，只要吩咐一声把我们拿下，我敢违抗吗？"

文氏想了一想道："你说的话，虽然不见得真地会这样，但是他们的实权确是如此。这事，老母也做不得主，可叫兰芝前来，问她怎样。"

刘洪道："好，叫兰芝问话。但求求你老人家，别帮着她说话，让我来对付。"

文氏叹了一口气，也没说什么。文氏喊了几声，兰芝就过来了。看到刘洪也站在房里，便道："现在堂屋里有客，哥哥为什么有工夫闲话？"

刘洪叹了口气道："妹妹，你倒也知道堂屋里有客。妹妹，你知道他们是做什么来的吗？"

兰芝道："为哥哥要做官来的呀。"

刘洪道："不是的啊！他两人是太守以下的官，当然只有太守之命是从。太守现有第五个儿子，疼爱非常。当日在长堤上看到、听到妹妹弹箜篌，他觉得要娶媳妇，非妹妹这样人才不可。回去和太守一说，太守也很为中意，就派了两名第一号的官前来做媒。这事非同等闲哪，两位官把他的执事差不多都调来了。一进门就开口说，奉太守之命，前来做媒，叫我备喜酒给他们喝。贤妹，这事是无可推脱，非答应不可啊！”

兰芝道：“原来如此。但是妹在家立有誓愿，众目共睹。虽然太守有命，其奈我不嫁何！”

刘洪将手一拍道：“妹子，你难道不晓得太守的厉害吗？他杀一群人，只要眨眨眼，不问你有没有罪过。两位官家，都是太守一家，当然同太守一样。他今天来时，带了全副执事。这意思还用得说吗？就是摆起官威，给我们看。我们若是依了他，当然是我们的面子，给官府联了姻，太守左右臂膀，都是全副执事，来朝拜我们。若是我们不依他，他把面孔一板，要把我们抓下，我们哪一个又跑得了！所以妹妹得想上一想，并且多想上一想。现在不是立誓不嫁就可以对付二位官人的。”他说完了这番话，就在母亲房里一会儿走过来，一会儿走过去。

兰芝听了刘洪这一番话，似乎觉得一大半是真的。看看哥哥这番样子，心里很着急。再看看母亲坐在自己床上，也不作声，只把头低着，似乎也在着急。她看了一遍，点点头道：“好，我不用得妈妈、哥哥因我为难。我到前面堂屋里去，当面恳求两位官人，辞退婚事。”她说毕此话，就抬步要走。

刘洪两手一拦道：“妹妹要去见两位做媒的，那就更好了。他手下有的是人，妹妹说好便罢，不然，他会叫随从捆起来就走，我们谁敢上前去拦！”

兰芝道：“不会吧？”

刘洪道：“不会？令下来了，城都可以屠。对你一个弱女子，还不是要怎么样便怎么样！”

兰芝虽对他哥哥不十分相信，但心想下令屠城立刻就屠，这倒是真事。庐江府又是魏、吴两国交界的地方，要捆一个弱女子，这又何难，便道：“那我怎么办？”

刘洪见她不走了，知道恐吓这个办法倒是能用，便道：“妹妹，你立誓一层，家里人全知道。所以从前县令派了人来做媒，为兄就给你挡回了。现在太守儿子求亲，还是两位大官做媒，兄自己考虑，这个命令不能抗拒。再说，就妹妹一方来说，一味拒绝，也有点不自量力。妹妹从前不过嫁个府吏，于今嫁个府君令郎，譬如先前是地下，如今是天上，这简直不能相比。来日的那番体面，何消说得。反之，如果妹妹立定主意不嫁，你这一个弱女子，打算送到何处？难道真要弄得灭门大祸，你才算了吗？妹妹要仔细想想呀！你也要想到你的母亲、兄长和全家呀！”

兰芝听了哥哥的话，低头细想：自己真的要惹出“灭门大祸”吗？

文氏坐在床上，好久不作声，这时便插嘴道：“我原来不想说什么，现在洪儿既然说了灭门大祸，仔细想想，也有道理啊！兰芝，你自己的生死固已置之度外，但你对全家老小总不会这样忍心呀！”说着，两只眼睛的泪珠，慢慢地落将下来。

兰芝低头想了许久，抬头对刘洪道：“这……只有怪我的命运太苦。从前我拜别祖先，嫁了焦仲卿，不想事与愿违，中道让婆婆休了回来。今日来了大官，替我做媒，据兄言，只有允许的一条路，不然，有灭门之祸，都未可知。既然这样说，岂可以因我一人连累全家。虽然与焦仲卿订了约，他还要来接我，但看看这种样子，他是没有缘，不能接我的了。那……那就随兄的意思，把我择配吧！哪里能顾全誓言呢？”说到最后，呜呜咽咽地泣不成声了。

刘洪听这一番言语，便道：“妹妹，你这话是真的吗？”

兰芝道：“事到这般地步，哪还敢说假话吗？而且说了假话，哥哥怎么对付那堂屋里两位长官？”

文氏就站起来，拉了兰芝的手，很亲切地道：“兰芝，我儿，你说这话，真是救了我一家的命。刘洪，你赶快到前面堂屋去，就说我家都答应了。”

刘洪道：“还是你老人家同我一同出去吧，这也显得我进来后很久，有一点原因了。”

文氏想了一想，觉得也对。自己忙拿冷手巾，在脸上擦去泪痕，就叫刘洪先走，自己随着。刘洪满心欢喜，看到堂屋两位贵宾，就道：“家母前来拜见。”

何郡丞、冯主簿听了这句话，连忙站起来迎接。文氏见了二人，就深深道了个万福，便道：“舍下招待不恭，有劳二位远来，真是不敢当。”

二人谦虚一番，然后分宾主坐下。冯主簿笑道：“我们此番前来，刘洪兄谅必早已把来意转达了伯母。贵府千金是才貌双全的人品，李府公子，也是德行有一无二，两好并一好，大概伯母没有什么不允吧？”

文氏道：“李公子人品固然是好，但父亲坐镇这一府，拿门第来说，我家实在高攀不上。因为这个缘故，一直不敢答应。后来刘洪说李公子真有此意，又蒙二位烦劳大驾，前来做媒人，那也管不得许多，只好冒昧高攀了。”

何郡丞哈哈大笑道：“这是爱亲结亲，用不着许多客气话了。贵府既然答应了，成亲的日子，恐怕快得很，这一层伯母曾考虑吗？”

刘洪道：“快慢没有什么，只是小妹嫁时衣服，一时凑不齐全，还要两位长官，向李府提及。”

冯主簿笑道：“衣服算不得什么，新娘子过去，李太守向手下去个口头信，就一齐送来了，这不算什么。”

文氏坐在旁边，看到两位官人提起成亲的日子，儿子已经应允，觉得老是在这里坐着，也坐不出道理来，便站起身告辞。自然这两位媒人，就只要做娘的答应一句话，现在既然老娘已经答应了，也没有什么要请教文氏的了，当时也就起身恭送。

刘洪本是站在李府这一边，老母走了，三个人谈着成亲的事，说得有头有尾。刘洪除办了一桌酒席，招待两位贵宾之外，另外还办了几桌菜饭，款待何、冯二家随从，真是吃得酒醉饭饱。

太阳偏西，二位媒人告辞，到太守府来禀报。当然李术也急于要知道这事结果，现在二人回来了，便在客厅会见。两人不要李术问话，走进来就是三个揖，口里道："恭喜府君，贺喜府君，刘府的喜事成功了。"

李术笑道："哦！成功了，请坐下细谈。"说毕，便起身邀坐。

两人且不坐下，何郡丞先笑道："我们进门，先让我们在炕床上坐。我们说起公子求亲，她的哥哥刘洪，就满口答应。还有她的母亲，也特意邀了出来，先说不敢当，太高攀了，后来知是真意，当然也不在话下。"

这时，忽然李平笑了进来，见着二位媒人，便不住地作揖，并道："这真有劳二位，这真有劳二位！我说爹，我们家有好酒没有？须请二位喝上几杯才好啊。"

冯主簿笑道："酒自然是要喝的，话还不曾谈完呢。"

李平道："只要他们答应了就行了。还有什么话，都无关紧要，我赶快告诉我妈去。"他说到这里，也不管父亲还要说什么，拔开腿来，便往上房里跑。

李术看见他的儿子跑跑跳跳，向里面去了，自己摸摸长胡子，摇了两摇头；看见两个做媒的，笑嘻嘻地站在面前，便叹了一口气道："这样的儿子，未免教人短气。"

冯主簿笑道："这也难怪于他，听说刘兰芝真的是十分好，他听到说亲成了，自然欢喜啊！"

李术笑着，请二人坐下。谈谈说说，李术也很欢喜，当时留他二人在衙里晚膳，又对他二人各谢了一阵，方才送客出衙。

李术一人缓步走到房内，只见他夫人孙氏，笑了迎着他道："儿子亲事，算是成功了，成亲的日子，也要快一点儿才好。这个日子，你看是哪天呢？"

李术走进房里来，靠桌子坐着，手拍拍身上的灰尘，因道："这还急什么？反正刘兰芝是我们的儿媳妇了。"

孙氏也坐下来，笑道："虽然是我们的媳妇，但是没有接过来，你的儿子不会放心呀，你就想个日子试试看。"

李术道："据我看，总要把这暑天躲了过去。大概八月尾上吧？这个时候，秋风送爽，正是……"话未说完，只见儿子急急忙忙跑进来，老远地就对他一揖道："爹爹的话，儿子已听到了，过了八月再娶，若是真的，儿子的命快都没有了，你还谈什么秋风送爽啊！"说时，站在旁边跳着脚，一双眼睛不断地向着母亲望。

李术道："哎哟！八月底还算远了吗？"

孙氏道："你就择快一点的日子，说到花钱啊，还不是一样？"

李术道："择快一点的日子，马上天气要热，简直无日子可择呢。"

李平道："爹爹又说不关痛痒的话了。现在是三月，这个日子，比八月底还好。我不晓得用什么天文地理来比，反正百物正在长的时候，那才是吉利呢。"

李术听了，禁不住哈哈大笑，用手指了他道："这孩子说话，简直叫人笑又不是，气又不是。三月里还剩几天，还选得出日子来吗？"

孙氏笑道："管他呢，你且查查吧。"说着，她将书架上抄写的日历书，卷了一卷，就送到桌子面前，要李术细看。

李术笑道："我就看一看。日子不能合适，你就莫怪于我了。"于是将那一卷日历，在灯下慢慢地抖开，自己还算了一算，就把日历一卷，笑道："这真奇怪，真是他说的话，三月比八月好。"

孙氏在桌子旁边，扶了桌子边道："怎么样？"

李术笑道："看这日历啊，结婚日子，要以这个月为宜，但这个月已没有几天了，我起初想这个月恐怕不行，谁知一翻，就是这个月三十最好。今天是二十七，还有三天，这不是奇怪得很吗！"

李平听了此话，立刻笑道："哎哟！这真是好到极点，三天之后，我就做新郎了。"

十四

迎亲队伍开

李平选择了日期之后，哈哈大笑。李术看到，把桌上卷的日历一推，问道："什么，你过了三天之后，就要做新郎，哪个择的日子？"

李平见爹扳起了脸，恐怕选择的日子又要拖延下去，立刻显出不欢喜的样子，就向母亲道："妈，爹还说没有择定这日子哩，那是几时呢？"

孙氏皱着眉毛对李术道："你就答应了吧。"

李术看看这母子两人的神气，叹了一口气道："答应是无所谓，你看这孩子，喜欢得这样子，真是太不像样了。"

孙氏笑道："你算答应了，现在要预备一些东西才好。自然，时间是太急速了，但是，要办啊，也来得及。"

李术道："你这是两边话，一方面是日子太急速了，一方面又是办也来得及，到底是来得及是来不及呢？"

孙氏道："你交给我，包你来得及。你说，你要办点儿什么？说酒席，我就交给厨子去办。说房屋，明天我挑选十个随从，上来打扫粉刷。说屋里铺陈，可以到店铺去抬。说迎接队伍，我可以分作水陆两路前去。"

李术笑道："我不过随便说一句，夫人何必生气。好，这喜事一切，都归夫人去办。"

孙氏道："好，你交给我办。三天以后，包你也可以做老太爷呢。”夫妻俩打了这回赌，李术真个把喜事交给孙氏去办了。

喜事在太守衙里，当然不比寻常。从三月二十八日起，各人分路去办东西，真个络绎不断。现在不要谈别的吧，就说这水陆两路。这潜河水路，好通五百担的大船，太守衙里，就雇了四条。这船由头到尾，装成了青鸟白鹄模样。那个时候，皇帝乘龙舟，刻成青鸟白鹄，就完全仿的是龙舟形式。至于船上柱子，都安上了龙子幡，这幡是汉朝的规模，四围盘上了龙，在龙以外，挂上了旗帜。三条船是陪伴，一条是新娘子坐的。

陆路呢，也铺张得很，有一辆车子，是伞盖齐全，而且遮盖的车棚全是活的机栓，那风朝车上吹过，都会婀娜乱转，车身是烫金的，车轮子磨得雪亮，真像玉做的一般。

至于执事呢，当然太守常用的，这里都有。单说马，就有百十来匹，而且都是一律的，是灰白色的青骢马。这马上的装配，下面挂着流苏网络，上面是金镂的鞍子。你想那执事中的金瓜斧钺在前面走，后面跟着这一队马，这有多么威风呢！

至于谈到聘金，太守自然是有钱的人，前两天就在府内府外，分头收集，共得钱三百万个。还怕钱捆得不结实，都用青色丝线穿好。

钱是有了，东西也不能少。第一，是常用绸缎，就是三百匹，把托盘放好。第二，是在各种店里拼命搜罗各项珍品，不计其数，已用挑子放下。

东西收齐，已经是二十九日。孙氏把各式各样东西，由大门口摆起，一直摆到二堂上，这就叫李术过目。李术看了一看，笑道：“好，夫人样样都办得恰当，真是不应小看了你。自然，从前的话，是失言了。”

孙氏也笑道：“我说过，归我办包来得及，总算没有乱说啊！太守若没有什么吩咐，那这些东西，明早就要分两路带走，去迎接新娘了。”

李术笑着点了点头，也没有什么话可说。

孙氏细细数了一数，大概明天到刘家去的人，一共有五百人，还请李术将这人名开个单子，明日带给刘洪，刘洪也可以凭这个单子开发赏钱。李术笑着答应“是”，就回房去开名单。

当日，太守就派了一位官，前往小市港，而且写了一封书信，通知刘洪，说明日便有人来迎娶，并说人是分水陆两路来的，共有五百多人，因人数过多，先告诉一声。

刘洪接了这封信，便进内告诉母亲。母亲听得许多人前来，心中想太守的排场真是不小，可是回头一想，这样大的官，真不能怠慢啊。便到兰芝房中来，看见女儿正垂了两手，呆呆地坐着，便道：“儿，太守今天来了信，通知你家哥哥，明天要来迎接你呢。”兰芝听了，连忙站起来道：“这怎样来得及呢？”

文氏道：“我也是这样想呀！可是太守写了一封信，通知你哥哥，明天来接你，共有五百多人，而且水陆两路都有。这样一来，来得及来不及的话，我是一声也不敢说了。”

兰芝见母亲皱了双眉，自己也不好说什么，只叹了一口气，两只手只管搓挪衣襟。

文氏道：“那就只好去吧。可是做新娘子，总要穿两件新制衣裙的。我去拿料子给你，你赶快裁了，今天就赶起来，莫要一件新衣裙都没有，给人家笑话。”

兰芝先是一声没有回答，突然两只眼一红，呀地一声，哭了起来。后来兰芝一想，哭也是无用的，自己在袋里掏出手巾，尽量掩着口。不过，哭虽没有哭出来，可是眼泪已经如线一般往下流了。

文氏道：“不用难过，焦仲卿自己不中用，到现在还不见他求得太守片言只字，这也莫怪我们不等了。我去拿绸料来，你来动手做。”

兰芝没有说什么，只是点点头。文氏这就进得房去，打开衣橱，捡出两匹衣料送到兰芝房里来，对兰芝道："这里两匹料子，你拿去做衫子一件，新裙子一条。这是新娘子新做嫁时衣两件。人家一定会说：过门后你要什么衣服有什么，为什么还要做呢？我有我的意思：虽然当年配焦家，有些衣服，可是，那究竟是旧的，自然有许多衣服，还没有穿过，可也不是为李家做的啊，所以你赶快做上这两件新衣，穿上一穿，也就是我们一点穿新的意思吧。"

兰芝还是默然站着，没有作声。

文氏道："女儿，你说话呀！这李家知道明日是个好日子，所有能摆出来的威风，要尽量地摆出来。我们这里，不是由东门进城，也可以由河里坐船走吗？他家就预备了两条路，我们可以临时随便挑一条，真是阔得很哪。"

兰芝这才道："他们预备了两条路，无论哪条路上，都是热闹非凡的了？"

文氏道："那是自然。我儿忽然问起这一句话，是什么意思呢？"

兰芝道："我随便问一句，没有什么意思。"

文氏道："我交出来两段绸料，儿要做出衣服来，时间是不宽裕的了，儿还做得出来吗？"

兰芝心里想了一想，便道："总做得出来吧。万一不成，叫嫂嫂帮着做，那就再多一点，也做得出来。"

文氏看女儿郁郁不乐的样子，虽然也有一点难过，但是想到女儿既然没有干脆拒绝，事情也还不至于有什么变化，于是安慰女儿一下后，也就走了。

兰芝这时一人在屋里，自己就在心里打主意：母亲说，他们迎接的人，预备两条路我走，走陆路走水路都可以，想必路上有很多的人，万一出了什么事，一定众人齐齐上前一挤。至于在自己家里，寻短见虽然很容易，但是母亲胆小，不要让她又担心受吓吧。

我想还是看机会再说，自然，机会总会有的。那么，母亲拿了两段绸料，叫我做新衣服，我就做吧。心里仔细盘算，觉得自己想法不错，于是就把两件新衣服做起来。

两件绸料，放在床上，兰芝拿做好了的衣裙，将绸料比上一比，就在床上，用剪刀把衣料裁了。房里有琉璃榻，搬到窗前放好，兰芝手拿绸料，就坐在琉璃榻上，那些剪刀和尺，放在左手边，右手就拿着绫罗，慢慢地缝。

这时，小市港街上已经知道刘家阔了，刘家姑娘已经为李太守聘定，做为儿媳妇，而且真是快得很，就是这月三十日，就要成亲呢。当然，店铺里的人，农户，都跑来道喜。至于远近的亲戚，那更无需说了。前几天，何、冯二位长官，带了一百多名随从前来，家中就招待方面说，已经弄得人手不够，还是随从帮忙的。现在不然了，亲戚朋友都来说，衙门里来人必多，招待起来很麻烦，他们都愿意帮忙。

刘洪实在要人帮忙，也无须客气，就告诉他们："衙门里来人共有五百多位，各位愿来帮忙，那很好。现在我请各位分成两下里，三十个人招待水路，四十个人招待陆路。他们吃了饭来，用不着酒饭招待，但是茶水点心，这是必须款待的，现在也派十个人担任此事。"这些帮忙的人，却也是非常热心，都答应了。

三十日上午，各事均已安排妥当，几十个人，忙着跑来跑去，已是热闹非凡。到了下午的时候，忽然听得鼓乐声大作，早有那远望的人报信，两路的人都来了。刘洪听说，站在高处一望，那水路还只听到鼓乐声喧；这陆路的，可热闹得了不得：先有鼓乐，后有挑抬，再后是马队，最后才是花车。刘洪看了，当然派人招待。

至于刘府方面，新衣服兰芝早已做起来了，先在早上做了裙子，到了下午，又做成单衫。帮忙的女人，也是成群结队，非常的多。自然，在许多人帮忙之下，新娘子一身打扮，早在太守衙门里的队伍还没有到，就已齐备多时了。

太守衙门里的队伍两路到齐的时候，只听得一片鼓乐之声，早有一位卤簿的头目，拿了禀帖，请示刘洪：现在两路船车，都已来到，请问要走哪一路？不过走水路，船只能到城墙东门口，还是要换车子。刘洪这也不敢做主，就请头目少待，自己起身去问新娘，头目当时答应，静站在一边。刘洪进去问过，还是走陆路。回头出来，告诉了头目。

这里两路打执事的人和抬聘金的人，受着刘洪招待，看看太阳要下山了，就禀告刘洪，催请新人快些辞别祖先，即刻上车进城。

刘洪虽然满心欢喜，但总有点不放心，生怕兰芝临时不肯上车，所以他总希望兰芝马上就走，这里头目一催，他巴不得有这一声，立刻就跑到上房，对兰芝道："妹妹，你该走了，天色快断黑了。"

兰芝道："哦！天快断黑了？既然如此，我应当请出妈妈来，我还有几句话要说。"

文氏就在人丛中挤了出来，便道："儿，你还有什么话要说呢？祝你丈夫也学你公公一样，将来做一个太守吧。"

兰芝道："不说这一些事。老母生儿，现已十九载，想儿早些时候，不懂得这些礼仪，母亲请了先生前来，教读许多书籍，懂得了为人之道，这应当拜谢母亲。"

文氏道："好了，你懂得礼仪，遇见公公婆婆，以后常常记着怎样侍候吧。"

兰芝见房里挤满了人，要说两句私心的话也不能够，扯着母亲的衣袖道："孩儿这次去了，望母亲别惦记着。好在嫂嫂很好，你多疼点儿嫂嫂好了。"

文氏道："女儿啊！母亲哪有不念之理。不过，李太守家中，乃是官宦人家，是懂礼节的。女儿想我，就禀告公婆回来看看，这没有难处。”

兰芝把母亲的衣袖放了，望了母亲长叹一声，本来想说什么，想了一想，把话又忍转去了，便道：“嫂嫂呢？儿对她也有两句话说。”

方氏在门外，听到她有话说，便挤了进来，见了兰芝就握着手道：“妹妹，我真舍不得你，你有什么话说呢？”

兰芝道：“嫂嫂啊，妹子回来，总想在家中多住一些时候，嫂嫂的为人，我多少要学一点。不想事与愿违，相聚不几天，就分别了。我也没有别的话说，只希望你以后待我妈妈，当母亲一样看待，我就心满意足了。”

方氏道：“妹妹来家，过的日子很少，的确，这是难过的一件事。不过李太守家里路也不远，以后常常回家里来，大概可以吧？至于孝顺婆婆，那是当然的。”

文氏接嘴道：“是呀！太守家里，数不清的仆人，不像焦家遇事都要我儿去做，简直忙得分不开身来。我想，我儿要回家来，太守和他夫人总可以答应的。”

兰芝把手向刘洪招了两招，刘洪知道是喊他，也走了过来，问道：“妹妹，对我还有什么话说吗？”

兰芝道：“哥哥，我这番去了，就像出远门一样，那种路啊，也许比上天还要远之又远呢。以后家中，要哥哥仔细照料才好。树林里有一只鸟，尽管叫得好听，其实，那鸟不是自己的。未知这一层，兄知道不知道？”

刘洪听了，心想这不知是什么意思，但他也管不得它了，把她送走了，比什么都好，便点点头道：“妹妹说的话，总是有见地的，听了这话，以后永记在心好了。现在天晚得早，就要断黑了。这一路还有十五里之遥，大概走上四、五里路，就要点灯，我看，妹妹要走趁早吧。”

兰芝看看房里，再又看看哥哥，自己不由得笑了一笑，因道："哥哥用不着催，我会走的。我在家里，要多看一看，以后不晓得哪一天能来呢。"

文氏道："儿就看上一看吧。"

兰芝也没有作声，自己先到各房里看看，后又在母亲房里看看，还有点儿看得不够的意思，打开了通后院的门，看到后院大树，还发两声长叹。

刘洪站在身后，便轻轻地道："妹妹，你还迟迟不走，他们这些来接你的人，可急得不得了。"

兰芝望了他哥哥一望，也没说什么，自己悄悄地上了堂屋。他们的吹鼓手，看到新娘出来了，立刻便奏起乐来。新娘到了这地方，随着音乐，拜过了祖先以及妈妈、哥哥等人，就提步要上前走。自己也不知哪里来的悲伤，手提着妈妈的衣袖，一副眼泪齐向下流，望了母亲道："妈妈，儿走了!"

文氏还不知道女儿那分悲伤从何而来，只管用好言安慰，一步一步地送女儿走。那迎接的车子，已是驾好了马，马车夫坐在车子前面，手中拿好了缰绳，静等新娘上车。那迎接新人的乐队，已经吹打着，走到了前面，他们的后面便是金瓜斧钺的执事，再后面便是马队，都是整齐地排班站在花车前边，也是静静地等着。

文氏看了这个样子，也不容拉扯，只说了一句"女儿好好侍候公公婆婆吧"。兰芝只有两眼流泪，未见回声，便登上车子了。

车身是什么样子呢？四围披着绿幔，里面是红漆的车身，伞也是红色的围子，非常华丽。兰芝坐在车子上，只听见前面的音乐，细细地吹着，整齐的马蹄声，随着音乐，送进了耳旁，心里想着：这样的声音，在他人听了会觉得快到美丽之堂，这在我啊，却慢慢要进愁城呢。

车子快快地走，新娘的心事也快快地变动。扯开丝络一角，朝前望去，只见近处是绿野平田，远处是青山高树，还是可爱啊。怎么我要离开它呢？于是继续望下看，正看得出神的时候，只见渡口旁边，忽然有一匹马，在人丛中出现。但这在路上也是常事，兰芝起初也没有怎么样去注意。

慢慢靠近了渡口，执事和马队渐渐都过去。末了单剩了那辆花车是最后过渡的，所以那时只剩下那辆车子的车夫，此外并没有旁人。兰芝坐在花车上，只觉得“噗噗噗噗”一阵马蹄声，对了车子而来。哎哟，这是谁呢？

十五

马来作密语

这匹马什么人骑着来的呢？原来就是焦仲卿。焦仲卿为什么这时才出现呢？这却有个原故。在三月底的时候，焦仲卿要见李太守，总是见不着。先是太守病了，后来是病虽好了，但是太守正在静养，并不见人。焦仲卿也就想：兰芝刚刚回去，太守既然不见人，那就稍微停上两天吧。所以对兰芝的事，虽然时刻都放心不下，还是暂时熬着。

二十八日早上，刚上衙门办公，却见太守衙里随从开始忙碌起来。而且太守下令，这两天来的公事，没有什么极重要的，那就不必抄写。当然，这里要办的公事，向上级衙门去的，也是一律不办。焦仲卿听了这话，料着衙里有重要的事情发生，因之，就找着相识的随从，问是怎么回事。随从说，现在公子要娶少奶奶了，据说女方是刘家，而且少奶奶是个极漂亮的人，详细情形还不知道。焦仲卿听了这一段消息，心里想：不要是刘兰芝吧？可是兰芝回到刘家，也不过十来天，照说，不会这样快。我还要打听打听，于是挑那很相熟的人，又问了几个。自然，这些人少不得也隐隐约约地告诉他一点。“哎哟，果然是刘兰芝！临别之时，与她订立约言，她不嫁，我也不再娶，并且说定我请太守下谕，由我接她回家。这一别没有多少天，她变了，竟和李公子订婚，马上就要出嫁了，真是变得厉害啊！这样看来，太守李术面前也不必去了，见了也无好处。”自己前前后后仔细一想，觉得婚姻是不必提了，但兰芝这一变，倒有点使人不可捉摸。

这样一想，在衙门里就坐不住，便顺脚向街头一溜，找了几位老年人一谈，他们都劝他不必伤心，劝他丢开。自己一想：丢开不算什么，但总须和兰芝见一面，问她如何变了。想白天跑到她家去吧，当然她家是不会容纳的，而且刘洪这人一定将我赶了出来；晚上到她家去吧，谁去给兰芝一个信，又在哪里会面，倒也是一件难事。低了头慢慢走，心里胡乱想着，自己常常叹一口气。

正在胡思乱想，这时忽然肩上有人拍了一下，那人道："先生，你心里有事吧？一人走在街上，为何叹气？"

焦仲卿抬头一看，一位三十来岁的人，穿着一件皂布夹袄，用带子捆在胸襟上。此人好面熟，一时又想不起来。便道："心中正是有事，大哥好像很面熟。"

那人道："足下当然不认得我，但我认得足下，足下不是焦仲卿先生吗？"

焦仲卿道："正是焦仲卿，动问大哥贵姓？"

那人道："我是赶车的，人家叫我杨老五。记得前三个年头，你到刘家迎亲，那回赶车的就是我。还有一次，就是最近，你老母不知道什么事，把这一个好好的儿媳妇休掉了。"

焦仲卿道："原来是杨五哥。你知道我叹气，就是为了刘兰芝，刘兰芝已经改嫁李太守儿子了。"

杨老五道："我碰到过两回你家里的事，就觉得奇怪。可是这还不算奇，李太守办了花车，迎接他的儿媳妇，这赶车的，却又轮到是我，这才是奇呢。"

焦仲卿道："哦！又遇到是你。"他沉吟地说着，回头向四围看看，又叹了一口气道："足下在便当的时候，可以对她说说：焦仲卿恐怕不久于人世了。"

杨老五道："这事做得到。先生还有什么相托吗？"

焦仲卿道："这事啊……"他说到此处，把话忍住了，只长叹了一声。

杨老五把手一支，便道："有话到我家里去谈吧，大路头上，讲话不便。"

焦仲卿觉得杨老五倒很有分寸，便道："好的，到你家去再说，还有几多路？"

杨老五把手一指道："两棵小树，夹了个黑板门就是。我家也并无外人，我一个女人，三个十岁以上的孩子，两个大一点的孩子都出去了，说话极为方便。"说着，便在前引路，推了那黑板门进去。

杨老五女人和八九岁一个女孩子见过了，杨老五叫她们到别间屋子里去，回头就向焦仲卿道："请问，有什么事叮嘱？"

焦仲卿坐在挨门的几子上，先叹了一口气，才道："这件事恐怕办不到，不过先说一说也无妨，就是五哥前去的时候，可不可以想法子让我也混进去，让我们好见一面？"

杨老五听到，将手摸了一下头，沉吟了很久，才道："混进去，那是不行的。再说，就算能混进去，我们这里要去四五百人，她家里也有几十口人，你又在哪里能说话？我仔细想想，就是过大渡口的时候，一切队伍都过了河，就是这乘车子，我故意留在最后，还可以推说车行里规矩，不许闲杂人等和车子一块儿走。这时候，你乘一匹马，就说她娘家派人送了东西来，这时候可以说话了。"

焦仲卿道："这个法子很好，就依我兄的法子进行。"

杨老五道："不过，还有件事。迎娶如果走的是陆路，那才用得着这个法子，若是走水路，就不然了。走水路啊，在东门起岸，再坐花车，这就没有大渡口那样便当了。那里进城全是人家，没有地方说话，而且也不会让你这事外之人，可以靠近花车。"

焦仲卿道："这倒是真的，那就碰运气了。"

杨老五道："我既路见不平，要多这回事，那就多这回事到底。

水路这条船载新娘子的，那艄公也是我的好朋友，我就对他把这件事细细一说，我想那位朋友，也会帮忙的。先生那时，不要这种打扮了，可以扮成船夫模样，脸上也抹点儿黑迹，叫人看不出来。那时混在船上，我想想法子总可以说上话吧？”

焦仲卿便站了起来，上前作了三个揖道：“多谢你给我这么些个法子，若得见面，至死不忘！”

杨老五叫他不必客气。在他家里，两人又好好地商量商量。最后商量的结果，焦仲卿先躲在竹林子里头，听到走哪条路的消息，才作哪条路的准备。

这两天，焦仲卿就上朋友家里闲坐，没有上衙门。到了三十日，听到李家执事动身了，才骑了一匹马，向小市港奔驰。附近有的是竹林，便先找一个竹林藏掩。后来杨老五告诉消息，迎娶果然在陆路行走。等到音乐声吹着打着，知道兰芝已别了家庭，在路上走了，焦仲卿就打了马先走，在大渡口以南等候。所以焦仲卿跑出来，已是南岸无人，不怕露面，照着花车所在，直冲了去。新妇刘兰芝听到马蹄甚急，好像是熟人，把车子前面帏子开了，看上一看，果然是丈夫焦仲卿。这时兰芝呆了，只管望着。后来马到车旁，焦仲卿骑在马上，将手拍着马鞍，只叹了几声，望着车子道：“兰芝，你现在做新人了，你心里怎样，我不知道，但是我的心已经碎了！”

兰芝这才说出话来，便道：“嗐！夫君哪！自我与你别后，便躲在家里。总望府君不准婆婆无故休弃儿媳，你一定凭理力争，可以办到，所以等候府君一纸公文，就可回家。谁知人事变迁，人海汹汹，事情是不可测量啊。果然不能符合我们的先约，府君已派人来我家做媒了。至于做媒这里面的详情，又非我一刻说得完，当然你也无从知道详细。但是我家有老母，又还有哥哥，你也知道，我怎么样逃得出这一关呢？况且那方面又是府君那种大势力，哪个又敢惹他。所以母亲和哥哥一面逼迫，一面恐吓，叫我也没奈他何。结果把我答应了府君公子。嗐！你不必望我什么了，你还应当走开啊。"

焦仲卿道："这很好吧！兰芝，你马上高迁了，哪个不叫你一声少奶奶呢。可是我还记得你还立着誓呢，你所比做的盘石，厚厚的，坚坚的，那是千年都可保存的啊。蒲草呢，有朝逢到风雨，枝叶不免弱一点，那就要变样子了吧？兰芝，你好了，将当日一比，何等荣贵啊！但是我呀，这人世还有什么活头，只有赴黄泉一路吧。"

兰芝将手一摆道："哎哟！仲卿，你何以出此言语？你受逼迫，我也受逼迫，还不是一样吗？你说你赴黄泉，我也要赴黄泉哪。"

焦仲卿两手把住马缰绳，突然将身子一挺，问道："兰芝，你果然肯死吗？"

兰芝拉住车棚帷子，点头道："有何不能死！前日媒人前来，我就打算一死，不过死在家里，他们人多嘴杂，也许家里弄出一点麻烦来。想着这一死，只有离开家里才是，但是虽离家里，还要不见李家的祖先，不要和李家儿子拜堂。因为我们是夫妻，同别人固然事实上不能成为夫妻，而且名分上也不能成为夫妻，要怎么着，我才对得住你呀！"

仲卿道："兰芝，你真是我的好妻子。据你的推测，离死的时候，大概不远吧？"

兰芝道："我要表明我的清白，死有我的地点。大概碧清清的水，是我埋身之地，你看应当在何处？"

仲卿一听埋葬之地，不忍出口。自己手抚马缰绳，望着兰芝，长长地叹了一口气。

兰芝道："你说啊！现在你不能久留在此，那边河上有人探望了，你快说啊！"

仲卿道："好，我说罢。据传说，府君等花车到了，稍微休息一下，就要拜堂，就要趁这个工夫，他们还没有拆散我们夫妻，赶快寻个自便罢。至于你说，要寻个清水之边，这倒正合你的心意，在他们预备的房间外，正有一个清水池塘。而且这房间到这清水池塘也不远，正好南方有一个窗户，遥遥相对。我说的话，到这里为止。兰芝，你自己斟酌吧。"

兰芝道："好，我记下了。我们决不忘今日渡口的言语，望你记着，黄泉会面吧！"

那边河旁边，有人喊道："赶车的，你怎么停车不上木篺？我这边执事的已非常发急呢！"

这边杨老五走到河边，抬起一只手来，连招了几下道："是啊，你急我也急呢。这边来了刘家一位送东西的，只是说话，滔滔不绝。我马上催他走吧，车子就过来了。"说完了，掉过身来，急忙走到马身边，悄悄地道："仲卿先生，那边在催了，走吧。"

焦仲卿道："兰芝，我走了！"

兰芝伸出一只手来，仲卿也在马上伸出一只手来，两手挨了，紧紧地握着。

仲卿道："兰芝，永远不要忘记今天的言语啊！"他虽然这样说着，好像是告别了，但他们的手依然握着。

杨老五走到车子边，望了一望他二人，叹口气道："仲卿先生，你走吧，河那边催得很厉害哩。"

倒是焦仲卿先放了手，伸出手来，五个指头比齐，向车上招了几招，兰芝在车上也把手照样比着。仲卿把缰绳一抖，喊了一个"走"字，把两腿一夹，这马就照直跑了。他另找个渡口过河，就赶回家去了。

这里新娘过河，那音乐依然合奏起来，走了三五里路，天色果然黑了，于是就点起灯来。这时正是月尾，没有月亮，这里灯火照点了，远处看这新娘的队伍，像条火龙一样，在地下滚着，真是好看。

队伍到了庐江府城墙边上，音乐格外响亮。进城以后，这条街上奉了太守的命令，每家门口挂灯一盏或两盏，迎接新娘。所以这里队伍到了，直像接龙灯一样。

兰芝坐在车上，由车帷子里张望，看到街上颇为热闹，心想：李家这样铺张，就为接我吗？他们大概是想让焦家看看，接新娘就如此张扬，你焦家就无法来比啊。他们做梦也没有想到要落一场空呢！

车子到了衙门口，队伍摆开，衙里的金鼓，以及队伍里的音乐，都齐奏起来。当时车子停了，车帷子掀开，瞧见好多的人。兰芝正要细看，只见灯火照耀之中，有一批妇女前来，约摸有上十个人，前来动手牵扯兰芝的衣襟。兰芝不能再看了，就移步下来，随了这些妇女走。

在移步细走之中，只见许多男宾，齐在大庭屋之中，走来走去，那里全是灯火辉煌，好像是拜堂之所。这些女宾不走正屋，一直向东走来。果然，向东南有一口很大的池塘，塘上有一片大竹林，兰芝看着，心里默念：对了！

那些妇女也不知道新娘在看什么，大家嘻嘻哈哈，把她拥到边屋里，隔那正屋，还有二三十步路，这里的屋子自然也是满布着灯火。没有男宾，只有若干女宾，站着看新娘。新娘进得屋来，让她在床上坐下。一个妇女道："新娘，大概你是累了，多休息一会，再去行礼吧。"

兰芝往屋里走时，就看到这房间果然靠东靠南都有窗户，看看屋里，正是陈设华丽，但也没有仔细地看，只在心里打算怎样打破他们的包围，听到那个妇女一问，就打动心里的念头了，便道："可不是累了吗？我想，要让我歇一下，最好啊，是大家全出去，好让我安静些。”

那个妇女道：“我去和大家说一声。”于是将新娘的话，向大家报告一声。这些妇女，都是听太守的话的，这新娘是太守的儿媳妇，她的话哪有不听的呢？因之大家答应一声“好”，就陆续走出房去。

正在这个时候，有一大群男客，要看新娘子，已经到了屋外边。这个妇女还没有走，她便道：“等一会吧，就要拜天地与看各位亲友了，现在，新娘子虽然坐车来的，无奈走的路太长，共有十五里之遥，似乎要休息一下。要我告诉诸位一声，暂时挡驾。”她说着话时，把门带拢了。

那些男客，看女客都自这屋走出去，也只好笑着说：“好，回头再见，见时，还要新娘唱歌呢。”众人一阵哈哈走了。

兰芝一看，这是时候了，要做什么事，正是越趁早越好。于是把房间里的灯，一齐移到靠北有墙遮掩的案头。看看衣服，裙子最显得累赘，轻轻悄悄，把裙子脱下。再看一双丝履，恐怕会发出响声，也穿不得，就赶快脱下。再看没有什么了，马上抬步，就奔到窗户脚下。

这窗户也是照太守夫人吩咐，新近裱糊的。兰芝悄悄把窗户开了一扇，四围听听，尚没有声音。于是又开了一扇，立刻两扇通开。搬个几子，放在窗户脚下，就扒着面前这个几子，身子向前一钻，慢慢将脚落地。还怕有人看到，又将两扇窗户，一齐从外带拢。

这是黄昏以后，里面虽然热闹非凡，但这窗户外面，却是没有人了。四顾之下，这里有一片竹林，竹子上面，虽是黑天，但是风吹时发出瑟瑟之声，足见这竹阴是不小的，正好掩藏身子，于是慢慢地前进。

竹子过去，出现很大的一口池塘。这时抬头一看，虽没有一些儿月亮，但星斗横天，那影儿也往下落着，所以满池底都是星斗。

兰芝看看，这里绝无一人，于是就朝北拜了三拜，叩谢父母养育之恩。站了起来，对天长叹道：“天哪！虽然焦家婆婆休弃了我，但是我丈夫待我十分恩爱的，所以我顶的依然是丈夫焦仲卿头上一块天。李家的东西，我一点没有沾染，所以我还是清白身体。我的命，今天是断绝了。但是这水碧清清的，我的尸首，那是永远永远，留着人世上洁白之躯啊！”

她说了这话，这竹林子，这清水池塘，这庐江府衙门左角，都静悄悄地，好像说是完全领受了。

十六

徘徊柏树枝

焦仲卿拍马离开刘兰芝以后，绕过另外一条道路，回到家里。自己牵了马，到后槽去系上，然后就从容地走回堂屋里来，看见母亲阮氏，正在堂屋里刷抹几案，就对母亲拜上几拜。

阮氏呆在一边，就道："儿有何事有求于我吗？"仲卿道："无所求于母亲。母亲可知道，今日庐江府大热闹，家家挂灯结彩吗？"

阮氏道："听说是李公子成亲。"仲卿道："哦！李公子成亲。你知道成亲的女方，是庐江府哪一家么？"

阮氏道："也听见人说来，就是刘兰芝。这倒有些儿奇怪，怎么会就是她？"

仲卿道："你看啊！兰芝在我家里，洗衣做饭，挑水推磨，可以说无事不做。现在到太守家里去了，把她看成是一个大大的才女，所以才这样地迎接于她，我们还想念着她吗？"

阮氏看看儿子的脸色，青里变紫，非常的不好看，便道："过去的事，还提他干什么！"

仲卿道："嗐！不提了。真是不提了，儿子办不到。今天下午，刮来了大风，那风啊，所有的树木都要被它折伤树枝吧，那盆里栽的兰草，即使摆在屋檐下，恐怕严霜下来，也会夭折啊！"

阮氏道："你这是什么话？为娘不懂！"

仲卿对天空望上一望，再回头看看母亲，叹道："要儿说，儿就说罢。儿今天觉得阴气扑人，实在说，儿不想活下去了。当然，儿突然一死，丢了母亲在世，未免是孤单些。但是还有小妹呢，母亲也不算太孤单了。我怎会做这样一个决定呢？这话言之太长，反正事后总看得出来。这不是什么鬼神作祟，无须怨鬼神。我虽死了，但是义气常存。我的尸体，像南山石一样，我的周身放在地下，可以说是平平而又直直的。”

阮氏听了这话，就放声大哭，眼泪乱流。她握着仲卿的手道：“儿子，你父亲做过官呢，无论怎样，儿是大户人家的儿子呀！你的前程，照说还远大呢，为什么就为一妇人死去？我看刘兰芝啊，她眼望着贵人，今天挂灯敲着锣鼓接她，她当然是愿意的。你在官衙做抄书吏，自然她眼睛高，看不入眼了。我给你说一个媳妇吧，包好。是哪一家，就是我常说的秦家。他家生有一个贤女，那种身材窈窕，面貌出众，人家都说城圈子里都找不出来。老母就去和你说，管保成功。”

焦仲卿也没有作声，摆脱母亲的手，对了母亲又拜上了几拜，就回空房里去了。走进空房，东西还摆得齐齐整整，但是房中除了自己，却没有人了。自己伏在梳头桌子上，对天井里闲望了许久，就长叹了几声。

回头看看一张木架子床，就走过来向床上一躺。心里想着：天还没有十分黑，大概迎娶的队伍还在路上；但是一步一步地走着，最后一关当然是会到的，那也就是说，兰芝的性命也快要完结了。我怎么样？自然决定赴黄泉！看到这所空房，正如一座坟墓，开了门等人进来呢。想到这里，正是愁思如火一般，只管在胸里不住地熬煎。心里这股难过，也说不出来要怎么样才能消磨。自己翻了一个身，面向着里面。但天晚了，屋子里模模糊糊的，看上去，好像大海里一样，正在翻腾着几十丈的浪花。

忽然门一声响，小妹月香端了烛台进来，放在桌上。焦仲卿看见，也不作声。

月香道："哥哥，你闷得很吧？可要吃一点东西？"焦仲卿道："有劳妹妹，不吃什么东西。"

月香道："这样愁思，恐怕要愁出病来。"

仲卿道："愁出病来，妹妹，那有什么要紧呢！"

月香见哥哥横躺在床上一动也不动，便道："今夜没有月亮，要不，出外走走，也比这样躺着的好。"

月香这样一句话，提醒了仲卿，一个翻身坐了起来，马上道："妹妹这句话，很有道理。我要到外面去走走，假使有人找我，我马上就回来。"他交代已毕，也不问月香是否挽留，站起来就走。

这时太守衙里，正是张灯结彩的时候，仲卿也是熟路，不多会儿就走到了。仲卿听听太守上房里，不断传出客人狂笑的欢声，看看那班执事和奏乐的人，正在大堂上休息。仲卿问道："你们还没有走吗？"一个奏乐的道："早呢，还没有拜堂呢。"

焦仲卿听到这句话，心里就有数了，也不再问，就往东边一溜，向那没有灯火的地方走去。这是府衙的东夹道，夜晚时候，来往的人稀少，而且又正是月尾，漆漆黑的。仲卿因为这是常走的路，虽然没有灯火，也就暗中摸索过去。走过几十步路，正是衙里一道矮墙。仲卿搬了两块石头，站在上面向矮墙里望去。

这里面有几间屋，就是兰芝休息的所在，仲卿早就打听好了新娘出入的地方。他站在矮墙边，静静地望着，也没有人注意到他。忽然那休息所在的地方，放出亮光来，细心一看，是那窗户开了，跟着一个人影由那里出来，回头那窗户又闭了，黑漆漆中当然人影也要消灭的，不过府衙里正屋里正点着无数盏灯，略微有点儿反光，所以还有点影子，是依稀看得见的。

那影子走起来很快，看到她转了几转，后来水响了一下，就没有声息了。本来焦仲卿就想跑过去，可是前面有人叫起来了："什么人？好像把东西扔进水里去了？"听了这一声喊叫，当然仲卿就不好跳墙过去了。

就在这一声叫喊之中，有两个人提着灯笼，慢慢地走了过来。随后那灯笼绕着池塘，打了一个圈子，一个道："这里好像有人来过？你看，这石头上还溅得有水呢。"又一个人把灯笼一照，叫道："不好，这里有人投水了。你看，这里还有一双丝带，摆在水边石头上哩。"

那个人道："果然，果然。带子不要动它，我们再喊叫一声，叫上面派人来看看。"于是举起灯笼，大声喊叫着道："你们来看看哪，有人在这池里投水了！"喊了几声，上房几个人惊动了，他们也打着灯笼，到塘边来看。那几盏灯照着，有几个人看了看，都道："这是有人投水，凭这副解下来的带子，鲜红的颜色，好像还是妇人。"

这里这样疑惑着，房间里也惊动了，有人喊道："新娘子不见了！新娘子哪里去了？"随着这喊声，出来一群人，自然，也是灯火照耀着的。有个人道："新娘子恐怕是寻短见了，身上穿的裙子，脚下穿的鞋子，全都脱下来了。"远远有个男子，正是李术，他叹了一口气道："这都是我家李平出的主意，迎接的日子，要大大地热闹一下，现在刘兰芝寻了短见了，花了钱不算，人家还以为是逼死的呢！"他说着话，也跑了过来。

大家议论纷纷，决定下去捞起尸体再说，也许人还是有救的。于是几个随从就穿着衣裤，下水去捞。一会儿工夫，就把尸体捞起来了，一摸尸体，当然没有气了。

李术看了一看，便道："留几个人这里看守着，赶快派一个人向刘家去报个信，把尸首装殓起来。"他说着这话，一路叹着气，走回他的上房。

焦仲卿离开出事的地方也不过半箭之路。这些事情，他看得清清楚楚。听李术说要派人在这里看守，心想：看这情形，自己是下去不得了，但是她到黄泉路上去的不远，我不如赶快回去，找个地方安排一下，赶紧追上她去吧。

焦仲卿正想要走，忽然又想道：我站在这个地方，他们是不会看见的。这对兰芝是最后一面，还看一会吧！这时，那清水池塘，剩了四个人在那里看守，旁边有六七盏灯，照得很亮。

焦仲卿看去，刘兰芝尸体，放在池边一块长满芳草的地方。她像睡着了一样，手脚垂着，没有什么痛苦的样子。她的头下，还枕着一卷树叶子；头上还带着什么却看不清楚。上身穿了粉红衫子，周身还滚了青色的边，下身穿了白色的裤子。下面穿了罗袜，没有穿丝履。她像静静地睡着，一些异样没有。

焦仲卿细想：这是多么近啊！恨不得走上前去，和兰芝握握手，但是有四个人在那身边，无法前去。

这时有风吹过清水塘边，那池边有几棵柳树，树枝全向外指。焦仲卿想道：这好像她在说叫我走呢，她在前面等我呢。是呀！我走吧！他望着兰芝那挺直的身子，真觉有点舍不得。只管站立着，良久良久，忽觉两手发热，已经落下几点眼泪在手上了。

忽然远处传来“汪！汪！汪！”的犬吠声，一处犬声吠过，他处就继之而起。焦仲卿自己就省悟道：夜深了，走吧！对兰芝遥遥点了点头，开始下来。

焦仲卿慢慢地摸着墙，从垫脚的石头上走下，赶紧顺了石头街，往南行走。到了南头，那两株大樟树，树叶巍巍地垂着，颇有些阴森森的感觉，自己心里忽然一省悟道：我怕什么鬼？再过一会，我不是和她一样吗？这樟树里面，不是兰芝家里吗？在这里死，正好她来接我，怕什么！这样想着就走到樟树底下。自己慢慢摸着衣服，又忽然想道：慢着，虽是她家在这里住过，可是现在不在这里住了。这样又一想，便走出樟树的树荫，还是顺了路，向南方走。

“南门是关的了，记得那年听兰芝的箜篌，曾在这里上过城墙，后来城外水树中间，惊起两只水鸟，从空飞去。当时曾这样说，这水鸟好像是一对鸳鸯，就是比喻我们二人的。现在看起来，是一双断了翅膀的比翼鸟吧！”自己慢慢想着，爬上了城墙。

这个时候，已经二更多天。四顾苍茫，先向城外看去，略微看得出山川的黑影子来，顶上是星斗横天。再向城里一看，全是一丛丛更加黑的影子，有时在黑丛丛的影子里边，冒出两三点儿星火。在这里也想找一个地方，但四围探视了一番，毫无所有，就只是城墙。“自然，归宿地方也许是有的吧，就向城下一跳，岂不是归宿之处？可是这里有疑问，跳下去跌个七死八活，人并没有死，这便怎样呢？那在黄泉路上，等我的兰芝，恐怕会大大地失望，就是庐江府里的朋友，也会笑我的。”于是不在这里寻找死所了，又慢慢走下城来。自己也不知走哪条路是好，只管向前走。

路上看到几块池塘，但这里水都是极脏的，当然不是归宿之所。因之又走了两条小巷，却是古井所在。当脚踏到这井边时，又停止了脚步，想想这井水多半是街上人吃用的水，何必弄得以后人们不敢取水。焦仲卿走了这么多大街小巷，总没有选得一个归宿之所。忽然心里一动，就想：何必这样着急？现在可以走回家去，母亲、妹子都认为我已经回家了，问我两句话，我也可以答应一声，等屋里无人，我写一张绝命书，然后从容找个地方，这有多好！是的！对的！

焦仲卿这样想了，立刻就往家里走，到了大门口打门，是他妹子来开。焦仲卿装成很自然的样子，像平常一样向房间里走。月香在后面看了一看，问道：“哥哥，你到外面去了大半天，是闲着走走，还是看朋友去了呢？”

仲卿道：“看朋友去了。朋友都说，算了罢，这样一个女人，何必把她挂在心上。我想朋友的话，也是对的，从此不想她了。”说完这句话，就走进房间写绝命书去了。

月香听他这样说了，以为大概果然是不想她了。哥哥既回房去睡觉，便不惊动他了，自关了门，捧灯进房。

仲卿进了房，关上了房门。看看桌上，点了一支红烛，自己把烛芯弹了一弹，将亮光放大，把烛台移着靠里。在抽屉里。找出一张素纸，铺在桌上。刚坐下来，对着一张素纸，只觉心里有说不出来那分难受，忽然泪珠滚滚向下面落下来了。

哭了一会，自己又一想到：哭干什么？要做什么，赶快就做，别在这里耽误时候了。于是在笔筒抽出笔来，就写起字来：

“不孝儿仲卿百拜留书母亲大人：此书能达母亲，儿已绝命矣。儿妻兰芝，虽得罪母亲，自问无甚过错。儿曾有约，当禀告府君，望府君下一令，仍命回宅。儿劝母亲，大度包容。不料事与愿违，儿屡次欲告府君，府君辞以勿见。事隔数日，已为公子纳聘，兰芝不幸，已为李家妇矣。儿以为兰芝失信，当面责之。与杨五哥定计，今日黄昏以前，见之于大渡口。兰芝云，言出于口，岂容失约，今日入府之后，即为毕命之时。儿得是言，肝肠寸裂。即云，尔既若斯，当与共死。彼此相约，黄泉复见。回家小息片时，往衙中探视。果然兰芝一命已赴清池。儿踉跄回家，留信永绝。儿之不孝，知有海深，望母见谅。然尚有一言，即望通知岳家，允许两棺合葬。面水环山，茂林修竹，斯即吉地。长松之上，有鸟一对，翱翔上下，是即吾二人也。纸短情长，难尽万一，顿首百拜。仲卿绝笔。”

写完了，仲卿看了一看，便把它折了一折，放在衣服袋里，拍了拍衣服，站将起来，就离开桌子，要找归宿之处。于是开了房门，放开脚步，抬头一看，已经到堂屋中间。那大风正在吹着，天井里柏树的树枝，只管拍拍乱响。正好这柏树有这么一枝横条，向东南方歪歪的斜指着，估计那树枝，有门杠那么粗，那是无论放什么重东西在上面也不会断。

于是站在那里，然后跪下，向母亲的房间拜了几拜，站了起来，不由得空笑了几声。

焦仲卿走到柏树底下，就在那向东南横枝的所在，把护腰的白罗巾解下，自己看看，约莫有丈来长。默念道：“母亲啊，儿去了啊！月香妹妹，家中事要累及你了！”他于是只管对着这柏树，无数次徘徊着。

这时，天上格外黑暗。那星斗虽然是满空布着的，但是不知哪里来的那一片云，将星斗慢慢遮起。长空漆黑，手伸了出去，自己都会瞧不清。那东南风只管使劲地刮，刮着那柏叶柏枝，只是拍拍沙沙乱响一阵。

庐江府的人，这时候都还在睡眠里。那守夜的更鼓，仿佛有些儿不耐吧，遥远地打着三更，只管敲着“冬冬呛！冬冬呛!”

十七

树上有鸳鸯 自由自在飞

次日，一大清早，焦家已哭声震天了。焦仲卿的尸体，此时由几位街邻安放在堂屋里。阮氏坐在墩子上，拿手巾蒙着脸，只管“我的儿，我的宝”地一味乱哭。月香站在门边，也是痛哭不断。有十来位街坊，在周围站着，望着两位哭得伤心的人，也都为之叹气。这时有一位姓王的街邻道：“我说焦大娘，请你先停住哭。你家仲卿兄，平常为人，很是明白事理。他这一死，虽然说为了刘兰芝，我看他总有隐情。何妨搜搜他身上，或者桌上以至床上，有一份遗言，也未可知吧？”

这一番话，提醒了月香。月香连忙走近仲卿身边，伸手来搜。原来焦仲卿的身体，此时睡在地上，地下铺了毡子。仲卿尚是昨日的装束，头戴儒巾，身上穿了碧罗夹袍子，垂脚垂手，躺着还是好好的。月香在他身上，只管搜着，一会工夫，就搜出了一张折叠的纸，打开一看，上写“不孝儿仲卿百拜留书母亲大人”，月香手拿着书，就喊道：“果然有遗言，请看，请看。”

大家公推了一番，就由街邻周方拿过去念。他念上一段，又用白话解上一段。念到完了，大家才道：“原来昨晚衙门里还出了这样一段事。真是难得，两个人商量好了：夫妻二人，永不相离。”

阮氏垂泪道：“虽然说他二人同死，这样子很好。可是难为了老娘了！”

姓王的街邻站在她身旁，心里就想说：你若不是无端休掉了好好的儿媳妇，你儿子媳妇，怎样会死？但是她已死了儿子了，也不要使她格外难过，便道："过去的事，不要说它了，现在就是合葬这件事，你老人家怎么样？"

阮氏道："我还有什么可说的，当然可以合葬。但是刘家这一方啊，还只怕正在恨我吧，恐怕不允合葬。还有太守一方，也不晓得怎样。"

众街邻都道："刘家一面，这话自然难说。但是兰芝对你儿子太好，刘家的母亲，允许合葬，也未可知。太守这一方，只要你两家同意，也不会不答应吧。"

这样说了，少不得大家有一番议论。最后，姓王的街邻道："先派人去说说看。再有一层，仲卿兄昨晚上死了，刘家尚不知道。既然仲卿要求合葬，你们焦、刘两家，先前是亲戚，于今看看死者的情谊，还是亲戚。派一个人去报信，就说仲卿昨晚死了，也看看刘家怎么说。"

大家都说很好，但哪一个去呢？

月香这就擦干眼泪，就站在众人面前道："论到报信，晚辈去最好，但是我哥哥年纪太轻，没有晚辈。现在我去，诸位看看如何？"

大家听说，齐叫了一声好。周方道："好虽然是好，不过路远了些。"

姓王的街邻道："路不多。昨晚衙门里出了这样一件事，一定通知她家里，当然她哥哥她母亲一定前来。虽然晚上要关城门，可是太守下一个口谕，也会开城的。所以小姑娘要去，不必上她家，直上衙门门口，那就得了。小姑娘去了，若是刘家愿意了，太守面前，两家上个禀帖，禀报一番，这一点子事情，太守总可答应的。难道太守还说，这是他娶过门的媳妇，自己要埋吗？"

阮氏道："小女去，我也不拦着。但是她是个女孩子，恐怕说不清楚，所以还要去一个说话有分寸的人。”

大家想着也是，又是商量一阵，推了姓王的街邻前去。他也不推脱，取了仲卿这封遗书，就同月香马上就走。家里有许多朋友，购买棺木，办理棺里用的东西，那自然不用提了。

月香同姓王的街邻走到庐江府太守衙门，见衙门外空地，围上了许多人，站了半个圈子。挤开了这些人，望望里面，见地上摆了一具棺木，棺木前头，摆了一张小桌，桌子上摆了几双杯碗。棺木旁边，有六七个人在谈论。果然，兰芝的哥哥刘洪、母亲文氏全在这里。

月香就走了过去，对着文氏磕了一个头。姓王的街邻也挤了过来，就道：“告诉大娘，你那女婿焦仲卿，昨天晚上也死了。与你家姑娘兰芝，这时在黄泉路上会见了。”

月香磕了头起来，便道：“多日不见伯母的面了，昨晚哥哥回去，就跟随嫂嫂，半夜不在了。”

文氏先前是见过月香的，月香磕下头去，虽有一肚子的气，还没发作。这时听见仲卿死，就道：“哎哟，死了？”

月香又走到棺木前，又磕了几个头。

姓王的街邻和刘洪也是熟朋友，走过来就是一揖道：“这件事虽然太惨了，可是在焦、刘两家说，是很有面子的。昨晚仲卿死去，家里人今早才得知。他家有两棵柏树，靠南枝横了出去，在这里就骑鹤升天了。后来尸体放在堂屋里面，他小妹在身上一摸，有一封遗书，请洪兄观看。小姑娘，把遗书拿来。”

月香见了刘洪，道了一个万福，然后就把遗书，从身上取出，双手递给刘洪。对刘洪说来，这也是料不着的事，他马上把遗书取过来，念给母亲听。念完了，叹了一口长气。

月香道：“过去的事，都是我母亲错了。后悔，也没法子挽回了。现在就是我哥哥临终的话，望刘家伯母、刘家哥哥，予以成全，答应合葬这一双棺木。然后我们申报太守，禀明此事，或者太守也会依允的。”

文氏站着望了棺木，好久没有作声。

刘洪在旁边插言道：“太守那里，没有什么难处。昨晚上对我说了，这都是他儿子弄出来的，花了不计其数的钱，花车来了，堂也没有拜，新娘子就偷着跳水了。不过，他又说，他在银钱上虽吃了一点亏，但是他治下出了一位贞烈女，自然也有面子。至于以后的事，他说由我家里去办，不能说花车坐过，那就算他家媳妇。况且他儿子也爱发个小脾气，花车过去，来具棺材，李公子也不会要的。他只有一层，昨日过礼过来，有三百万钱，又有三百匹绸缎，叫我退回，我自然照办。此外，没有什么了。所以埋葬的事，太守也不管的。”

月香道：“那就格外好办了，现在只凭伯母一句话了。”

文氏还望了棺材良久，才道：“我要看你母亲啊，我这女儿虽然死了，我也不允许她姓焦的，慢说两具棺木，一齐埋了。不过你小姑娘，还算知礼。你哥哥跟着死了，也算对得起我的女儿。还有这位先生，又在旁边只管说情。好，我看着大家面子，可以合葬。”

月香听了这话，赶忙又给文氏道了一个万福。

姓王的街邻道：“太守既然不管埋葬这一层，可是他还没有晓得仲卿先生这一死。我们上一道呈文，告诉太守这一件事，或者，太守以为这抄书吏死得不错，给我们这事风光风光，也未可知。”

刘洪点点头道：“这也有理，请焦府赶快上呈文。”

姓王的街邻道：“大娘，我们就回去了。大娘还有什么吩咐的没有？”

文氏叹了一口气道：“于今还有什么吩咐不吩咐？刘洪，你也去祭祭你的妹夫。你也问一问，两棺既然合葬，还有什么要办的没有。”

刘洪答应是，就同了月香、姓王的街邻向焦家而去。这里围着看热闹的人，都晓得焦仲卿昨晚已经死去，实现了他跟兰芝所立的誓，相见于黄泉。于是，大家有叹息的，也有赞赏的，当时一人传十，十人传百，片刻工夫，这件事已经传遍庐江府城了。

刘洪到了焦家，一直来到堂屋里，却见焦仲卿躺在地毡以上，倒有些和睡的差不多。他自己看了一番，也掉了几点泪。看见阮氏在门边掉泪，也上前见礼。

姓王的街邻当时就把文氏的话，说了一遍。

阮氏道："我还有什么话可说，一千个错，一万个错，都是我错了。亲家母既然不念旧恶，肯答应两棺合葬，我儿黄泉之上，有了伴了，我当谢谢。"她说话时很是凄惨，那一件皂色的褂子，左一把眼泪，右一把眼泪，糟得也不成样。刘洪本想挖苦她几句，看看这个样子，也就算了，因道："过去之事，也不必提了。现在都已愿意，合葬之处，焦府上可有地方？"

阮氏道："没有地方。你们有地方吗？"

刘洪道："我们倒有一个地方。就离我们家不远，叫作小渡。背着皖山，面对潜水，山水之外，树木很多，那里很好。不过虽然说地点有了，但两家合葬，当然要两家愿意。"

阮氏道："既有地方，说起来十五里路，也不算远，好，依大哥所议，就是那里吧。"

刘洪在身上摸了几摸，然后把仲卿的遗书取出，拿在手上，对了阮氏道："这是仲卿遗书，请你好好地收存。再就是仲卿死了，请你向府君报告一下，也许府君能够风光一下。我没有什么事了，先告辞了。"他就把遗书交给了阮氏，向大家告辞而去。

焦家这就把仲卿后事，赶紧办理。一方申报府君，告诉仲卿死的经过。府君倒不耽误，当天下午就派人答复了。答复大意，就是，仲卿这样死了，是可惜的。但是他为兰芝而死，义夫行为，倒是不可多得。至于两家合葬，那也是词严义正的事。不过关于二人死后的事，府君有许多地方，有些未便，那就两下心照了吧。

那时庐江府的老百姓，听说焦、刘二家，一双男女，为婚姻而死，可算得一对义夫节妇，好些人都要来看看。

这种消息一时传遍，要看二位棺木的人，就牵绳不断地来。刘兰芝的棺木，停在太守衙门口，是个小小的空场，还容纳得下。至于焦仲卿的棺木，是停在他们家中的堂屋里，那就容纳不下了。因之焦、刘两家商议，把棺木同抬到南门内一个大空场里停放。而且还写了一张大纸字条，约明停放两日，以便来人祭奠。

因此两日来场中祭奠的倒很多，有赞叹的，有奠酒浆的，有作诗的，倒是很热闹。到了第三日，焦、刘二家，就共推了焦月香为送殡的主人。两家亲友，来的也不少，尤其是焦刘二家的本族，来了两三百多人。

在送殡的行列的最前面，是一班看客，第二班是亲友，第三班是最亲信的朋友，各人围在一根草绳里面，打着板，唱起薤露歌来，第四班是自己送殡的人，第五班才是两具棺材，行列非常整齐。

月香穿着白色的长衣，低了头在棺材面前走着。人家都点点头：这样的妹子很难得啊。

队伍走了半日，到了小渡。这里的确是像刘洪说的话，后面是那几百里的皖山，向这里俯瞰着，前面就是长堤，潜水在那里细细长流。这里是一块微高的土地，四围有树环绕。事先已经派人先起好了坑，队伍一到，立刻把两具棺木，面朝东南，齐齐地向坑里一摆。挖坑的农人几十位，带有锹锄，马上动手掩盖起来。

半天的工夫，农夫将两家坟盖起，还立了一块石碑，上面写着："大汉义夫节妇焦仲卿刘兰芝之墓。"立了碑之后，先是主人焦月香，对墓先磕了头，然后站到一边。送殡人分了辈分，有拱揖的，有磕头的。农人在这里预备有树秧、分作两边种植，分的是东边植松树，西边植柏树。还有梧桐，就依照上坟的地方，分左右栽植。送殡的人，看各事都已完毕，就向月香告辞。

到了最后，就剩月香、刘洪几个人了。月香起身要走回家里去。刘洪道："小妹，你何必回去？你看，天色快要黑了，也没有车子，走了回去，小妹，你也太累了吧？我母亲倒也很喜欢你，母亲说送葬以后，小妹可别走，到我家去，小住两天。说句自大的话，母亲没有了女儿，就把小妹当女儿吧。"

月香本来要回去的，听了刘洪的话，想想也是对的。焦、刘两家，合葬了这义夫节妇，不能再红着脸见面，要慢慢好起来才对。他既然这么说了，当然应允，便道："既然伯母这样说了，那就叨扰罢。而且到了这里，也应当看看伯母。"

刘洪大喜，就别了众人，在前引路。月香到了刘家，自己还没有作声，那文氏就接了出来，执着她的手道："小妹，你来了，那很好啊！现在我家，已没有女儿，小妹不嫌弃，我就拿你当女儿看待。"

月香道："伯母说哪里话来。当女儿恐怕小侄女还当不上呢。现在穿了这身孝衣，不能行礼。等到了房里，脱了孝服，然后拜见。"

文氏听了她的话，自然欢喜。方氏也赶快跑出来，只说小妹累了。月香进了房中，脱了孝服，请文氏上坐，然后行礼。方氏也在房里，两人道了万福，文氏又牵着月香的手，同月香细谈家常。还把兰芝在日做的东西，给月香看。晚上吃过晚饭以后，还挑了一间新房子给月香睡。那意思，无非怕月香害怕。

月香睡在床上，慢慢地就想到：小渡这块地方，现在是哥哥嫂嫂的坟墓，也许今天晚上，新月上来，有这么一点儿光，他们二人无拘无束，要赏玩一下新居吧？她想了一想，自己闭上眼睛，重睁开一看，果是焦仲卿、刘兰芝两个人并肩排立，站在一个花月丛中，看一种正开的花。两个人脸上，都带上嘻嘻的笑容。

月香道："哥哥，嫂嫂，原来你们并没有死啊！"

仲卿道："我并没有死，你嫂嫂也没有死。我们现在在一个地方，自由自在地活着。"

月香问嫂嫂道："嫂嫂，这话是真吗？"

兰芝道："是真的。"

月香道："哦！自由自在，这自由自在一句话太空洞了，请问，有什么法子可以说明白？"

仲卿道："可以的，请你随我来。"说着，便把袖子一扬，在前面引路，那兰芝也随了他向前走。月香也不推拒，就和哥哥走。走至一处地方，好像是一处森林。靠东边一排，是梧桐树，靠西边一排，也是梧桐树。

仲卿道："这树木多么丛密。我们好像这里一对鸟，你看，鸟若是饿了，吃河里的鱼虾，渴了，喝河里的水。有时，天气冷了，就飞进这一丛树林，有时热了，飞入河里去游泳，这还不自由自在吗？"

月香听了这话，还是不大明白，只管望着她哥哥。忽然仲卿将袖子一摆，兰芝也是一摆，两个人全不见了。可是人虽不见了，梧桐树上，却来了两只鸳鸯。见人望着他，朝小市港河里飞去。月香心里想着，这对鸳鸯，有点意思，也向小市港望去。望去很久，忽然看见窗户外露出了很多星斗，原来却是一个梦。

这一番梦，月香不能忘记，每年到这个日子，她都来扫墓。扫墓时节，树是慢慢大了，那树上果然常常有对鸳鸯。这鸳鸯高兴时常是一同鸣叫，每夜叫到五更呢。因此多少行人，都要听取一番。不过鸳鸯有时倦了，起来一飞，就飞入小市港河里了。

后来小市港，经当地老百姓公议，因焦仲卿的原故，就叫做小吏港。那个坟墓的地方，也叫着阿焦坂。过去千余年，都叫小吏港的。不知何故，后来又恢复原名，叫着小市港了。不过阿焦坂，依然还叫做阿焦坂。至于庐江府就是现在的潜山县，到那县中，向小市港找一位七八十岁老人，还可以说点儿故事给我们听听哩。